Tödliche Türchen

24 Weihnachtskrimis aus Hessen

Tödliche Türchen

24 Weihnachtskrimis aus Hessen

Herausgegeben von
Fenna Williams und Angelika Schulz-Parthu

LEINPFAD
VERLAG

Die Handlung und alle Personen sind völlig frei erfunden;
Ähnlichkeiten wären rein zufällig.

© Leinpfad Verlag
Herbst 2014

Umschlag: kosa-design, Ingelheim
Layout: Leinpfad Verlag, Ingelheim
Druck: wolfprint Ingelheim

Leinpfad Verlag, Leinpfad 5, 55218 Ingelheim,
Tel. 06132/8369, Fax: 896951
E-Mail: info@leinpfadverlag.de
www.leinpfadverlag.com

ISBN 978-3-942291-81-1

Inhalt

Santa Klau's Mainhattan-Adventskalender für Killer, Knackis und schwere Jungs. Mit 24 Gefängnistürchen zum Öffnen Karsten Eichner

1. Dezember:

Lass die Adventszeit ruhig und besinnlich beginnen. Klaue zur Einstimmung lediglich eine Tüte Bethmännchen auf dem Weihnachtsmarkt am Römer.

2. Dezember:

Schluss mit der Faulenzerei! Besorge dir auf dem Weihnachtsmarkt mindestens drei prall gefüllte Brieftaschen. Bonuspunkte gibt es für die Entwendung der Dienstwaffe einer der zahlreichen Zivilstreifen.

3. Dezember:

Höchste Zeit für erste Weihnachtsbesorgungen – genug Geld hast du ja nun. Decke dich an der Konstablerwache beim Dealer deines Vertrauens mit ausreichend Heroin, Kokain, Schlafmohn und Crystal Meth ein.

4. Dezember:

Die erste echte Herausforderung: Lege heute den Dealer deines Vertrauens um – ehe er bemerkt, dass du ihm versehentlich Blüten aus der nordkoreanischen Fälscherwerkstatt angedreht hast. Wasche die Blüten dann umgehend bei einer Reinigung in der B-Ebene der Hauptwache. Zur Belohnung darfst du die Juwelier-Auslagen in der nahen Goethestraße ausbaldowern.

5. Dezember:

Nikolausabend. Beste Gelegenheit, in der Dunkelheit einem der zahlreichen falschen Nikoläuse eins über die Rübe zu geben und ihm den Geschenkesack zu rauben. Ein Extra-Sternchen gibt es, wenn du den Nikolaus dabei effektvoll vom Eisernen Steg oder vom Domturm schubst.

6. Dezember:

Nikolaustag. Höre zur Feier des Tages den Polizeifunk ab. Hat dein Nikolaus die Eigentumsübertragung nicht überlebt, darfst du den Sack komplett behalten. Falls wider Erwarten doch ein Lebenszeichen zu hören ist, spende die Hälfte der Geschenke an das Sozialwerk für inhaftierte Schwerkriminelle. Wer weiß – vielleicht können die dir schon bald auch mal einen Gefallen tun.

7. Dezember:

Zeit für das große Weihnachts-Shopping in der Goethestraße – natürlich, ohne einen Cent zu bezahlen, schließlich willst du mit deiner gestohlenen Platin-Card ja nicht groß auffallen. Besuche deshalb ausschließlich Geschäfte, in denen die gelangweilten Verkäuferinnen High Heels tragen. Das bringt dir bei der anschließenden Flucht wertvolle Sekunden.

8. Dezember:

Vollbringe eine gute Tat und zaubere vielen alten Menschen ein seliges Lächeln aufs Gesicht. Bringe dazu im AWO-Heim im Ostend ein Tablett mit selbst gebackenen Haschplätzchen vorbei.

9. Dezember:

Praxis-Lehrgang, Teil 1. Schau' dir mindestens drei Folgen

von „Ein Fall für zwei" auf DVD an. Profis erkennen natürlich sofort, welche der Szenen nicht in Frankfurt, sondern in Wiesbaden gedreht wurden.

10. Dezember:

Zeit für ein wenig Klassenkampf und die große Umverteilung von oben nach unten. Verkleide dich als Weihnachtsmann und schmuggle dich in eine der zahlreichen Investmentbanker-Weihnachtsfeiern, die aus Gründen der Diskretion mittlerweile meist in edlen Landhotels in der Umgebung stattfinden. Nach der zwanzigsten Magnumflasche Schampus wird es dir ein Leichtes sein, zehn dick gefüllte Brieftaschen abzugreifen sowie mindestens fünf Autoschlüssel von Mercedes, Porsche & Co.

11. Dezember:

Klassenkampf, Teil 2: Versenke gegen Morgen den immer noch komatösen Chefinvestmentbanker mit seinem Porsche Cayenne Turbo im Main – natürlich, ohne Spuren zu hinterlassen.

12. Dezember:

Glückwunsch, du hast dir einen freien Tag redlich verdient. Mach' dir ein paar schöne Stunden mit den appetitlichen Mädels im ‚Sudfass'. Zahle am Ende lässig mit der gestohlenen Platin-Firmenkreditkarte von einem der Investmentbanker – bevorzugt von einem, der sich mit diskret abgelegtem Ehering an die blutjunge Bedienung rangemacht hat. Die Compliance-Abteilung der Firma und die interessierte Ehefrau sollen schließlich gern erfahren, wofür du das ganze Geld verjubelt hast.

13. Dezember:

Bei Investmentbankers letzter Mainfahrt hast du natürlich doch Spuren hinterlassen – aber eben solche, die die Polizei auch garantiert finden soll. Mit Erfolg: Der Vize des toten Investmentbankers wird wegen dringenden Mordverdachts festgenommen.

14. Dezember:

Klassenkampf, Teil 3: Spende mindestens 10.000 Euro aus dem Guthaben der Investmentbanker für das Hinterbliebenenwerk der im Dienst getöteten Profikiller. Für diese Summe erhältst du noch vor Silvester eine Spendenbescheinigung der Cayman Islands Black Money Investment PLC, die selbstverständlich nirgends steuerlich abzugsfähig ist. Aber Steuern zahlst du hierzulande ja sowieso nicht.

15. Dezember:

Schon wieder Gelegenheit für eine gute Tat. Schmeiß' dich in deinen besten Anzug, besuche eine begüterte alte Witwe auf dem Sachsenhäuser Berg und gib dich als ihr neuer Versicherungsvertreter aus. Hilf ihr fürsorglich beim nötigen Aktualisieren ihres Lebensversicherungsvertrags. Trage dort diskret den Namen deines Paten ein. Er übernimmt die komplette weitere Abwicklung des Falles. Und schickt in circa einem Vierteljahr den Profikiller aus Palermo vorbei, der auf „natürliche Todesfälle" bei alten Damen spezialisiert ist.

16. Dezember:

Museumstag. Im Museum für Weltkulturen am Schaumainkai findest du bestimmt ein paar passende Präsente für die weitläufige Verwandtschaft. Vorher checkst du natürlich den Nebenraum der Garderobe, um dort eine möglicherweise allzu neugierige Aufseherin diskret zwischen- oder fallweise endzulagern.

17. Dezember:
Praxis-Lehrgang, Teil 2: Lies' die Memoiren des Frankfurter Baulöwen und Milliardenpleitiers Dr. Jürgen Schneider. Kenner knabbern bei der Lektüre gesalzene Erdnüsse.

18. Dezember:
Tu' deinem Paten in Butzbach was Gutes. Besuche ihn dort im Gefängnis. Um ihn aufzuheitern, erzähle ihm dabei von der alten Dame vom Sachsenhäuser Berg.

19. Dezember:
Zeit für ein wenig Publicity kurz vor den Feiertagen. Schmeiß' einen Banker vom 38. Stock aus einem der Bankentürme – und binde ihm vor dem letalen Sturz eine Guy-Fawkes-Maske der Occupy-Bewegung vors Gesicht. Ein rauschendes Medienecho wird deiner Aktion sicher sein.

20. Dezember:
Heute kümmern wir uns um die elektrische Eisenbahn – den Traum aller kleinen und großen Jungs. Du wählst natürlich die XXL-Variante. Entwende dazu am Darmstädter Hauptbahnhof eine Rangierlokomotive. Fahre anschließend nach Biblis, wo du im AKW unbemerkt einen der Castor-Waggons ankuppelst. Suche dir anschließend eine wenig befahrene Nebenstrecke in Richtung Slowakei, wo dich schon dein iranischer Kontaktmann strahlend erwartet. Merke: Auch Mullahs lieben Märklin!

21. Dezember:

Immer noch nicht alle Geschenke beisammen? Und keine Lust auf bummvolle Geschäfte? Kein Problem für dich. Eine kleine, gezielte Bombendrohung am Telefon – und du kannst in Feuerwehr-Uniform in aller Ruhe das menschenleere Main-Taunus-Zentrum nach den letzten Geschenken durchstöbern.

22. Dezember:

Lust auf eine Partie „Schiffe versenken"? Zahlreiche Linien bieten die beliebten Adventsreisen auf Rhein und Main an – du hast praktisch freie Auswahl. Die Bodenventile sind meist leicht vom Maschinenraum aus zugänglich. Mit dem gesunkenen Havaristen in der Fahrrinne verschaffst du Tausenden von Binnenschiffern ein paar ruhige Urlaubswochen.

23. Dezember:

Sofern der Tag nicht auf ein Wochenende fällt: Letzte Gelegenheit für einen kleinen, schnellen Banküberfall in Rödel- oder Sossenheim, um über die Feiertage genügend Bares im Haus zu haben. Das lustige Geldautomaten-Sprengen heben wir uns für Silvester auf, wir haben schließlich Stil und Niveau!

24. Dezember:

Zeit für das große Weihnachtsfinale. Anfänger knacken für die große Geschenketour bei Verwandten, Bekannten und Knastbrüdern vor dem Sachsenhäuser Polizeirevier in der Mörfelder Landstraße einen Streifenwagen. Profis stehlen sich in das Polizeipräsidium an der Miquelallee und schweben mit einem dort geparkten Polizeihubschrauber zum Fest ein. Experten-Tipp: Gerade die kleinen schweren Jungs freuen sich auch riesig über ein funkelnagelneues Polizeiboot aus dem Osthafen. Der Fantasie sind hier praktisch keine Grenzen gesetzt. Hundert Extra-Sternchen bekommt, wer der Familie pünktlich zum Heiligabend einen Spezialeinsatz der GSG 9 im heimischen Wohnzimmer beschert. Das ist großes Kino – und mit maximal zehn Jahren gewiss nicht überbezahlt. Absolute Profis setzen sich natürlich in letzter Sekunde durch den eigens angelegten Fluchttunnel ab und haben vorsorglich auch das mit Schwarzgeld finanzierte Ferienhaus in einem südlichen Steuersparparadies bereits weihnachtlich dekorieren lassen. In diesem Sinne: Frohes Fest!

Der perfekte Mord Ella Daelken

Ich wähle die Route unbewusst, eigentlich bin ich auf dem Weg in den Süden. Ein paar Tage Urlaub, raus aus dem Einerlei. Auf der A 5 Richtung Basel steigen plötzlich Bilder in mir auf. Ein eiskalter Wintertag, beleuchtete Fachwerkhäuser, mein erstes Mal. Ewig habe ich nicht daran gedacht. Und jetzt liegt die Abfahrt Zwingenberg vor mir. Ehe ich mich versehe, lenke ich den Wagen von der Autobahn.

Ich checke in dasselbe Hotel mitten in der Altstadt ein wie damals. Zugegeben – eine romantische Nachlässigkeit, aber ein überschaubares Risiko. Zehn Jahre sind eine lange Zeit. Ich habe mich verändert, bin älter geworden. Und wer sollte sich an mich erinnern? Es ist alles wie damals. Der Schnee hat den Melibokus weiß gefärbt, in den Fenstern der Fachwerkhäuser Adventskränze mit leuchtenden Kerzen, die ein heimeliges Licht werfen. Schon nach einer Stunde überkommt mich ein fast vergessenes Gefühl der Ruhe. Am Nachmittag schließe ich mich einer Stadtführung des Geschichtsvereins an. Die älteste Stadt an der Bergstraße, bereits 1274 sind ihr die Stadtrechte verliehen worden. Ich lasse die Worte an mir vorbeiziehen, hin und wieder nehme ich ein interessantes Detail auf. Bezaubernde Fachwerkkulisse, altehrwürdige Bergkirche, jahrtausendealte Passstraße. Zur Krönung gönne ich mir einen Dippehas in einem der Scheunenrestaurants in der Scheiergass. Das Ganze ist Idylle pur, fast zu schön, um wahr zu sein. Weihnachtskitsch gepaart mit wohliger Kleinstadtatmosphäre. Genau das, was ich gesucht habe. Wie schon vor zehn Jahren.

Es war ein kalter Wintertag. Ich fuhr planlos über die Autobahn, irgendwann landete ich in Zwingenberg. Vielleicht war es der Name, der den Ausschlag gab. Zwingenberg – früher musste jeder Reisende auf der Bergstraße durch die Stadt, wenn er nicht in den ringsherum liegenden Sümpfen und Wäldern zugrunde gehen wollte. Auch mich führte mein Weg hierher und heute denke ich, dass das Schicksal es so wollte. Als ich die Altstadt das erste Mal sah, den Berg, den Weihnachtsmarkt, die lauschigen Gässchen, wurde mir klar, dass dies der perfekte Ort sein würde für mein Vorhaben.

Wochenlang hatte ich darüber nachgedacht: Der perfekte Mord. Nein, nicht einer, der verborgen blieb. Wie langweilig, vierzig bis sechzig Prozent aller Morde werden nicht erkannt, unaufmerksame Ärzte und verschwiegene Angehörige sorgen dafür, dass die Rate seit Jahren gleich hoch ist. Das ist keine Herausforderung. Irgendwann wurde es mir klar: Ein perfekter Mord ist ein motivloser Mord. Angehörige und Polizei stehen vor einem Rätsel. Bleiben zurück mit der immer gleichen quälenden Frage: Warum?

Mir ging es nie um Theorie. Ich wollte es in der Praxis erfahren. Als ich damals Zwingenberg zum ersten Mal sah, wusste ich, dass ich am Ziel meiner Suche war. Es war diese gottverdammte Beschaulichkeit der Stadt. Ich ging durch die Straßen, Schneeflocken umwirbelten mich und ich begann die Suche nach meinem ersten Opfer.

Man sollte meinen, in so einem Ort gibt es genug ideale Opfer, aber zunächst fiel es mir schwer, mich zu entscheiden. Schließlich war es seine Durchschnittlichkeit, die mich auf ihn aufmerksam machte. Mitte dreißig, schütteres Haar, Brille, verheiratet, eine zehnjährige Tochter. Ich sah ihn am Sonntag mit seiner Familie auf dem Weihnachtsmarkt. Die Tochter lachte, rannte voraus, kam zurück, ließ sich Geld geben und verschwand wieder. Er ging mit seiner Frau Hand in Hand hinterher, unterhielt sich am Glühweinstand mit Bekannten, kaufte ein grässliches Pfeifenmännchen, später gingen sie gemeinsam nach Hause. Er war so durchschnittlich, so absolut normal – er war perfekt.

Ich beobachtete ihn einige Tage. Morgens verließ er um kurz nach sieben sein Reihenhaus in Hanglage. Von dort fuhr er mit dem Auto in die Altstadt, parkte und ging bis zu dem kleinen Geschäft auf der Wiesenpromenade, wo er einen Weinladen betrieb. Im Schaufenster hing ein Bild der Weinkönigin, eine junge Frau mit einigen stilisierten Weinreben im Haar, die lächelnd mit einem Glas posierte. Ich beobachtete ihn lange genug, um einen guten Zeitpunkt festlegen zu können. Dann entschied ich mich für den Montag. Seine Frau besuchte eine Freundin, später gingen beide zum Frauenchor des Sängerkranzes. Niemand sollte ihr eine Beteiligung unterstellen können. Sie musste wie alle anderen vor einem Rätsel stehen.

Ich postierte mich an seinem Laden. Zum Feierabend kam seine Tochter, gemeinsam gingen sie durch die Altstadt, sie zeigte ihm im Schaufenster rosa Inlineskates, die sie sich zu Weihnachten wünschte. Später gingen sie in ein Café, er bestellte Stollen und Kaffee für sich, für seine Tochter trotz der Kälte ein Eis. Als sie irgendwann auf die Toilette verschwand, war die Zeit gekommen. Ich fühlte die Ampulle mit Gift und hoffte, dass sie mir nicht im entscheidenden Moment aus meiner schweißnassen Hand fallen würde. Ich war nervöser als gedacht. Endlich stand ich auf. Als ich ihn berührte, zuckte er zusammen, drehte sich überrascht um. „Könnte ich den Zucker haben?", frage ich mit ungewohnt kratziger Stimme. Er lächelte arglos, langte über den Tisch zum Zucker. Das war der Moment, als ich das Gift in seine Kaffeetasse gab.

Kaum saß ich wieder, kam seine Tochter zurück. Sie setzte sich neben ihn, flüsterte ihm leise etwas zu, dann drehte sie sich nach mir um, mit einem Blick, der mir durch Mark und Bein ging. Er lachte, schüttelte den Kopf und fuhr ihr mit der Hand durch die Haare. Dann trank er seinen Kaffee, verzog nicht einmal das Gesicht.

Ich raffte meine Sachen zusammen und ging hinaus. Durch das hell erleuchtete Fenster konnte ich sehen, wie er zusammenbrach. Seine Tochter sprang auf, versuchte ihn zu stützen. Nach einiger Zeit fuhr ein Krankenwagen vor, aufgeregte Menschen blieben stehen, bildete einen Pulk. Ich verschwand hinter einem Weihnachtsbaum. Dort konnte ich einen Blick auf ihn erhaschen, wie er von den Sanitätern in den Krankenwagen geschoben wurde. Schreiend, sich windend.

Ich hätte sofort auschecken sollen, aber ich konnte es nicht. Ich musste wissen, wie es weiterging. Abends fuhr ich zu seinem Haus. Es war dunkel, anders als bei den anderen Häusern der Straße erhellte keine Weihnachtsbeleuchtung die Fenster. Dann verließ ein Mann das Haus, stieg in einen dunklen Wagen. Der Leichenbestatter. Es hatte geklappt. Mein erster Mord! Das Glücksgefühl war unglaublich, überschwemmte mich mit einer großen Woge, die noch Monate später zu spüren war. In den folgenden Tagen prüfte ich jeden Morgen neue Artikel im *Echo*. Die Polizei und die Angehörigen standen vor einem Rätsel. Im Café hörte ich die wildesten Gerüchte, amüsiert lauschte ich dem Rätselraten über das Motiv. Ich hatte es geschafft: Der perfekte Mord an meinem perfekten Opfer im perfekten Ort.

Und nun bin ich wieder da. Es hat sich nur wenig verändert. Die Fachwerkhäuser strahlen noch immer ihre altertümliche Atmosphäre aus, die Kinder freuen sich auf das Weihnachtsfest, die Erwachsenen hasten hin und her, um Geschenke zu besorgen. Ich sitze im gleichen Café wie damals, eine seltsame Nostalgie hat mich erfasst. Ich spüre die Ruhe des Ortes und gleichzeitig die Anspannung. Diese Anspannung, die ich so lange vermisst habe. Nachdem ich mein Hobby zum Beruf gemacht habe, wurde vieles zur Routine. Inzwischen langweilt es mich unsäglich. Ich brauche neue Inspiration, einen frischen Anreiz. Als meine Augen wie von allein durch den Raum gleiten, wird mir bewusst, dass ich ein neues Opfer suche. Ein weiterer perfekter Mord an diesem perfekten Ort mit seinen perfekten Menschen. Gegenüber liest eine junge Frau. Sie streicht sich die Haare zurück, schaut verträumt aus dem Fenster. Kurz bleibt ihr Blick an mir hängen. Sie hat etwas Unschuldiges. So viel Jugend, so viel Hoffnung, noch so viel Zeit zum Leben.

Sie wird mein perfektes Opfer sein.

Als sie geht, folge ich ihr unauffällig. Am nächsten Morgen bin ich schon zur Stelle, als sie das Haus verlässt. Sie geht wieder in die Altstadt, setzt sich in das Cafe, liest in ihrem Buch. Ich wähle den Tisch neben ihrem. Noch während ich nach einem Thema suche, um sie anzusprechen, blickt sie auf. Aus der Nähe sehe ich einige Sommersprossen auf ihrer Nase. Süß. Sehr süß.

„Glauben Sie, dass es so etwas wie einen perfekten Mord gibt?", fragt sie unvermittelt. Ihre Stimme ist angenehm, weich, so unschuldig.

„Wie kommen Sie darauf?"

Sie weist auf ihr Buch. Ach Gott, ein Kriminalroman.

Vermutlich von der kitschigen Sorte, in dem der gute Polizist den Bösen zur Strecke bringt.

„Glauben Sie denn, dass es den perfekten Mord gibt?", frage ich zurück.

Sie fährt sich mit der Zunge nachdenklich über die Lippen, bevor sie antwortet: „Es ist möglich. Natürlich müssen die Umstände stimmen. Und man müsste skrupellos genug sein." Sie klappt ihr Buch zusammen und setzt sich zu mir hinüber, mustert mich nun intensiv, fast schon provozierend. „Ihnen würde ich es zutrauen."

Ich lache auf und mustere sie genau. Alles scheint ihr offenzustehen, die Freiheit der Zukunft. Eine Zukunft, die sie nicht haben wird.

Ich nehme einen Schluck Kaffee: „Es könnte schon sein, dass es den perfekten Mord gibt."

Sie lehnt sich nachdenklich zurück. Jedenfalls so nachdenklich, wie man als Anfang Zwanzigjährige sein kann. „Wir beide zum Beispiel", erklärt sie, „wir kennen uns nicht, niemand hat uns je gemeinsam gesehen. Touristen kommen und gehen. Wenn Sie sterben, niemand käme auf mich." Sie ist wirklich niedlich.

„Warum sollte ich sterben?", frage ich, während meine Augen den Tisch nach Zucker absuchen.

Sie bemerkt es und reicht mir die Zuckerdose herüber: „Ist der Kaffee zu bitter?" In diesem Moment liegt etwas in ihren Augen, das ich nicht einordnen kann. Ich bin irritiert, versuche festzuhalten, was mir unbewusst für einen Moment in die Erinnerung huscht.

Dann wird es mir klar.

Als sie das Erkennen in meinem Gesicht registriert, lächelt sie mich an, nimmt ihr Buch und steht auf. „Es wird ungefähr zwanzig Minuten dauern. Es wird sehr schmerzhaft sein. Sie werden schreien, winseln, nach Luft röcheln. Genau wie mein Vater. Und wie bei ihm wird sich kaum jemand erklären können, wer Sie umbringen wollte und warum." Sie beugt sich zu mir herunter: „Aber wir beide wissen es, nicht wahr? Wir kennen das Motiv: der perfekte Mord."

Dann steht sie auf und geht hinaus. Hinaus in die friedlichen Gässchen von Zwingenberg.

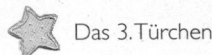

Wer hat Angst vorm Weihnachtsmann?
Klaudia Jeske

Als Kind hatte sich Felice Talbach ein bisschen vor Knecht Ruprecht mit seiner Rute gefürchtet, aber das war mehr als dreißig Jahre her. So empfand sie weder Angst noch Argwohn als der Weihnachtsmann, weißbärtig und rotgewandet wie es sich gehört, plötzlich vor ihr auftauchte. Er drückte ihr das Fleischmesser in die Hand und huschte wortlos davon.

Hätte Felice eine Sekunde früher das Blutrote an der Klinge bemerkt, so wäre sie dem Mann hinterhergerannt oder hätte gerufen: „Haltet ihn auf!" Aber der Gedanke, es könnte etwas nicht in Ordnung sein, dämmerte ihr zu spät.

Sie hielt das blutverschmierte Messer von ihrem Körper fern und blickte sich verdutzt um. Die anderen Aussteller auf dem Weihnachtsmarkt hatten anscheinend von der Szene nichts mitbekommen. Nina vom Verkaufsstand mit Töpferarbeiten, links nebenan, telefonierte und blätterte dabei in irgendeiner Liste. Lutz vom rechts angrenzenden Holzspielzeugstand war verschwunden. Vielleicht war er mal für kleine Jungs, dachte Felice, dann hatte er sicherlich Selma gebeten, ein Auge auf seine Waren zu haben. Vis-à-vis bot die zierliche Selma ihre Karten und Alben aus handgeschöpftem Papier feil, das sie mit Naturfarben aus Artischocke und Rotkohl eingefärbt hatte. Gerade jetzt wurde sie von einem Kunden verdeckt, der sich von ihr beraten ließ.

Vom Innenhof, in dem die Winzer ihre Getränke ausschenkten, waberte der Duft nach süffigem Glühwein in die Gasse. Hier an den Kunsthandwerkerständen wartete man

21

noch auf den erhofften Besucheransturm. Der gerade eröffnete ‚Weihnachtsmarkt der Nationen' zog sich durch die romantischen Gassen von Rüdesheim und viele Leute hielten sich vermutlich erst einmal dort auf, bevor sie den Weg zu den Höfen der Winzer fanden.

Felice fühlte sich unbehaglich. Was sollte sie tun? Sie wusste nicht, ob sich der Weihnachtsmann bloß einen üblen Scherz mit ihr erlaubt hatte. Vermutlich war es nur rote Farbe, die an der Klinge klebte, beruhigte sie sich selbst.

Es wäre bestimmt albern, einen Aufstand zu machen oder gar die Polizei zu rufen, sie würde Gefahr laufen, sich zu blamieren.

Felice nahm ein verschmutztes Stück Filzstoff, das sie sowieso nicht mehr für die Hüte, Pantoffeln und putzigen Zwerge benutzen konnte, die sie anfertigte, und wischte die scharfe Klinge damit ab. Sie warf den Filz in einen Papierkorb und förderte unter dem mit dunkelblauem Samt verhüllten Verkaufstisch eine der Pappschachteln zutage, in der sie ihre Zwerge transportiert hatte. Sie öffnete den Kartondeckel, versenkte das Messer in der Schachtel, schloss sie wieder und stellte den Karton an seinen Platz zurück.

Aus den Augen – aus dem Sinn.

Dennoch war das Schuldgefühl, das sie im Alltag gewöhnlich ausblenden konnte, durch den seltsamen Vorfall erwacht. Unruhig schaute Felice auf ihre Armbanduhr. Wo blieb Gerda, die hier in Rüdesheim lebte und ihr an diesem Adventssonntag – wie schon oft bei ähnlichen Gelegenheiten – am Stand helfen sollte? Normalerweise galt Gerda Schöllermann als ein Muster an Pünktlichkeit, doch heute war sie spät dran.

Eine Kundin, die sich lang und breit das Filzverfahren erklären ließ, Felices Arbeiten ausnahmslos ganz entzückend fand und sich dann doch nicht zum Kauf entschließen konnte, lenkte sie eine Weile lang ab. Dann tauchte Gerda mit hektischen roten Flecken im Gesicht und vor Aufregung funkelnden Augen auf. „Stell dir vor, auf dem Dixi Klo haben die eine Leiche gefunden. Da sind jetzt überall Polizisten."

Ein Schauer fuhr Felice den Rücken hinunter. Ihr Atem wurde schneller. „Wer ist es?"

„Das konnte ich leider nicht erkennen. Zu viel Blut."

„Gerda, mir ist etwas ganz Seltsames passiert – gerade eben …", setzte Felice an, doch dann verstummte sie, denn soeben hatte sich ein roter Mantel in ihr Blickfeld geschoben. Der Weihnachtsmann kam mit einem schweren Sack auf dem Rücken die Gasse hinaufgepoltert. Sie ließ ihn nicht aus den Augen. Gerda winkte ihm zu.

„Kennst du den?", fragte Felice. Ihr Mund war trocken.

„Das ist Hans-Dieter. Der macht alle Jahre wieder für den Bürgerverein den Weihnachtsmann und verteilt Süßigkeiten an die kleinen Besucher."

Hans-Dieter begrüßte Gerda mit besorgter Miene. Er war ein kurzbeiniges Weihnachtsmännchen mit einem natürlich wirkenden, dicken Bauch. Felice begriff, es konnte sich nicht um dieselbe Person wie vorhin handeln. Dieser hier war viel kleiner als der andere Weihnachtsmann, zu dem sie hatte aufblicken müssen.

„Ich bin gerade einem Kollegen von Ihnen begegnet. So einem Langen mit schmalen Schultern", beeilte sie sich einzuwerfen, bevor Gerda und der Mann dazu kamen, das Gespräch aufzunehmen. „Gibt es denn einen zweiten Weihnachtsmann?"

Ganz offensichtlich fand Hans-Dieter ihre Frage momentan gänzlich unangebracht, denn er warf ihr einen verständnislosen Blick zu.

„Wie viele Weihnachtsmänner laufen denn hier herum?", blieb sie hartnäckig.

„Also meines Wissens ist das ganz alleine mein Job", brummte Hans-Dieter und wandte sich Gerda zu: „Wie es aussieht, ist Horst der Tote."

„Horst?", fragte Felice verstört.

„Horst Steinfatt", sagte Gerda mit einem Kloß in der Stimme.

Es war, als fege plötzlich ein eiskalter Windhauch durch die Gasse. Felice spürte, wie die Wärme aus ihrem Körper wich. Der Gedanke, dass der Weihnachtsmann Lederhandschuhe getragen hatte, flutete ihr Gehirn. Mit weichen Knien beugte sie sich unter den Verkaufstisch. Das Messer musste schleunigst von hier verschwinden. Sie holte die Pappschachtel hervor und bat Gerda, die Stellung zu halten.

Als Felice auf dem Parkplatz in ihren Lieferwagen einsteigen wollte, stand er plötzlich neben ihr.

„Angst?", fragte Martin.

Felice starrte ihren Ehemann an, der vor zwei Jahren aus ihrem Leben verschwunden war: Er trug eine unauffällige Jacke mit Schulterpolstern, die ihn breiter wirken ließen, als er eigentlich war. Im Gesicht spross ein schmuddelig grauer Vollbart.

„Was machst du hier, zum Teufel!" Schon während sie es aussprach, keimte ein schrecklicher Verdacht in ihr auf. „Hast du den Steinfatt umgebracht?"

„Schade um ihn ist es nicht. Oder?"

Felice schüttelte fassungslos den Kopf. Nahm es denn nie ein Ende? Vor Jahren hatte Martin – gerade erst mit seinem

Architekturstudium fertig und frisch mit Felice verheiratet – ein Geschäftskonzept entwickelt, um großstadtmüde Bauherren aufs Land zu locken. Blauäugig hatten Martin und Felice Talbach mehrere Hektar Land vom Bauern Horst Steinfatt gekauft und darauf vertraut, dass die Ausweisung als Bauland nur noch reine Formsache sei. Es hätte tatsächlich klappen können, doch dann waren Naturschützer im Namen von Zippammern auf den Plan getreten. Der folgende jahrelange Rechtsstreit, ob das Areal als Brutgebiet erhalten bleiben müsse, die Kreditschulden – alles war ihnen über den Kopf gewachsen, bis Felice einen Ausweg gefunden hatte.

Jemand ließ einen Motor an. Martin duckte sich hinter dem Lieferwagen. „Der Scheißkerl hat mich vernichtet", zischte er.

„Wenn wir den Prozess nicht verloren hätten …", sagte Felice.

„Du hast einen Lover, habe ich gehört", unterbrach er sie. „Wohnst bei dem Kerl in seinem schmucken Einfamilienhaus. Wahrscheinlich sagen die Kinder schon Papa zu ihm! … So haben wir nicht gewettet, Felice. Du sanierst dich, machst dir ein schönes Leben und ich kann sehen, wo ich bleibe."

„Verdammt, Martin, du wolltest dich nie wieder blicken lassen!"

Er machte ihr ein Zeichen, nicht weiterzusprechen. Aus seiner Jackentasche zog er ein Handy hervor und schaute kurz auf das Display. Dann nickte er. „Spür am eigenen Leib wie es ist, wenn du nicht bei deinen Kindern leben darfst … Wenn du alles verlierst." Er deutete auf die Pappschachtel, die Felice unter dem Arm trug. „Die Kripo wird *dich* verhaften, weil *deine* Fingerabdrücke auf dem Messer sind. Es ist nur gerecht."

Sie schüttelte ungläubig ihren Kopf. Der Boden unter ihren Füßen wankte. Sie suchte Halt, lehnte sich an die Lieferwagentür. Ihre Stimme zitterte: „Wer hat mir das Messer in die Hand gedrückt?"

„Der Weihnachtsmann. Du hast ihn doch gesehen ... "

„Schwachsinn!"

„Es ist nur gerecht", wiederholte er.

„Damit wirst du niemals durchkommen!"

„Der Versicherungsbetrug ist auf deinem Mist gewachsen, Felice! Du hast mich ausgelöscht! Ich Idiot hab immer gemacht, was du wolltest. Ab jetzt bestimme ich die Spielregeln." Er drehte sich um und ging. Irgendwo zwischen parkenden Pkws und Kleintransportern verlor sie ihn aus den Augen. Kurz darauf tauchte die Polizei auf. Sie fragten nach dem Messer. Felice rückte es ohne Umschweife heraus.

Stundenlange Verhöre bei der Kripo folgten. Ein Zeuge habe beobachtet, wie sie das blutige Messer im Karton verstaute, erzählte man ihr. Verzweifelt versuchte sie den Beamten verständlich zu machen, was tatsächlich passiert war. Aber bei der Kripo glaubte niemand an den Weihnachtsmann. Und auch nicht an Gespenster. Denn Martin Talbach war vor zwei Jahren bei einem Brand ums Leben gekommen.

Damals hatte Felice die sterblichen Überreste ihres Mannes identifiziert.

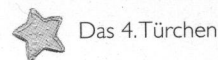

So weiß wie Schnee, so rot wie Blut Thorsten Weiß

Seine Stimmung war düster wie die Mansarde, in der er saß. Der Schnee der vergangenen Nacht ließ nur wenige Sonnenstrahlen durch das winzige Dachfenster fallen.

„Schnee am ersten Advent", murmelte er und betrachtete die weißen Kristalle wie eine Kostbarkeit.

Alexander Orban erinnerte sich an keinen so frühen Wintereinbruch, selbst im Odenwald. Doch was wusste er noch von der Welt hier draußen. Schließlich hatte er die letzten Jahre in einer neun Quadratmeter kleinen Zelle im Knast in Weiterstadt verbracht. Rückblickend war es geradezu prophetisch, dass seine Jugendfreunde ihn nicht Alex, sondern Al riefen – in Anspielung auf den brutalen Gangster Al Capone. Er konnte es ihnen nicht verdenken, waren sie doch immer wieder seinem Jähzorn zum Opfer gefallen.

Die Jahre im Knast hatte er jedoch *ihr* zu verdanken.

„Vergiss sie, Alexander", hatte der Anstaltspsychologe geraten, „du bist jung, gerade einmal sechsundzwanzig, bau dir eine neue Existenz auf."

Aber er wollte sie nicht vergessen. Lediglich ihren Namen hatte er sich zu denken verboten. Jedoch vergaß er niemals, dass sie sein Leben zerstört, ihm alles genommen hatte, was er liebte. Der aus Schmerz und Schuld geborene Wunsch nach Rache war das Einzige, das ihm blieb.

In einem halben Jahr würde seine Tochter in die Schule kommen. Alexander hatte sie seit jenem Tag nicht mehr gesehen. Damals war sie noch ein Baby und niemals würde er ihr herzzerreißendes Weinen vergessen, das ihn nach

27

dem Öffnen der Wohnungstür bis ins Mark getroffen hatte. Sofort wusste er, dass etwas nicht stimmte. Ihre warme Altstimme, die ansonsten beruhigend auf die Kleine einredete, fehlte. Dafür kurze, spitze Schreie, untermalt von einem tiefen Stöhnen. Auch sie hatte er nur noch einmal gesehen, vor Gericht, während sie gegen ihn aussagte, auf ihr Zeugnisverweigerungsrecht verzichtete. Es schmerzte wie eh und je, wenn er daran zurückdachte. Alexanders Brustkorb zog sich zusammen, ließ dem Herzen kaum Platz zum Schlagen, ganz so, als wäre es in einen Schraubstock gespannt. Erst die Wut sprengte die Umklammerung, weitete die Brust für stoßweise Atemzüge. Das hasserfüllte Antlitz, das ihm aus dem Spiegel entgegenstarrte, erinnerte ihn an die fast vergessenen Erzählungen des Großvaters aus der weihnachtlichen Sagenwelt des Odenwaldes:

„Der Benznickel trägt die Züge des Teufels, wenn er die Kinder in seinen Sack steckt und mitnimmt."

Damals war der Benznickel alles andere als ein Kinderfreund. Eine furchterregende Gestalt, in Felle gehüllt, mit Ketten gefesselt, entsetzlich lärmend, vor der man ängstlich unter den Küchentisch kroch. Nicht wie heutzutage, wo er auf den Märkten als gütiger Nikolaus auftritt.

Sein Plan hatte lange reifen können. Über fünf Jahre hinweg hatte Alexander Mittel und Wege ersonnen, sich ihr unerkannt zu nähern. Und sie alle verworfen. Bis sich eine Möglichkeit in seinem Hirn festgesetzt und immer weiter verdichtet hatte. Seine Chance, ihr mit gleicher Münze heimzuzahlen, was sie ihm angetan hatte. Heute war es endlich so weit, er würde seinen Plan in die Tat umsetzen. Heute würde er sich in den traditionellen Benznickel verwandeln. Das Grauen, das er in der Kindheit wegen dieses bärbeißigen Gesellen empfunden hatte, sollte wahr werden. Für sie.

Er richtete den Blick zum verschneiten Dachfenster, prüfte die Klinge des Springmessers.

„So weiß wie Schnee, so rot wie Blut", flüsterte er.

„Because I'm happy, la laa, la la la laa, happiness is the truth."

In gut drei Monaten begannen die schriftlichen Abiturprüfungen. Jasmins Konzentration sollte eigentlich darauf gerichtet sein, sich intensiv vorzubereiten. Stattdessen tanzte sie von einer Ecke des Zimmers in die nächste, wirbelte im Kreis herum und sang glücklich Pharrell Williams' Gute-Laune-Hit. Dabei ließ sie die Haare wie tibetanische Gebetsfähnchen durch die Luft fliegen, sodass sie ihr strahlendes Gesicht perfekt umrahmten. Heute war ihr Tag. Ein lang gehegter Traum ging in Erfüllung. Unter all den Bewerberinnen hatte der Vereinsring sie ausgewählt, auf dem Benznickel-Markt das Christkindchen, die traditionelle Begleiterin des Benznickels, zu spielen. Gemeinsam würden sie die Spitzweck an die Kinder verteilen.

Obwohl in Neustadt geboren, wirkte Jasmin mit ihrer bronzefarbenen Haut und dem schwarzen Haar auf den ersten Blick nicht wie eine echte Odenwälderin. Ihre Eltern zogen vor Jahren aus der Türkei in den kleinen Ort zu Füßen der Burg Breuberg, weil ihr Vater eine Anstellung in der Pirelli-Fabrik gefunden hatte.

„Ein türkisches Christkindchen", spotteten viele Freunde, nachdem Jasmin ihnen von der Bewerbung erzählte, „willst du über Nacht erblonden?"

Doch die willensstarke Jasmin hatte bereits in der Kindheit beschlossen, eines Tages das Christkindchen zu spielen.

„Jesus war kein blonder Wikinger", hielt sie stolz dagegen, „er war Aramäer, genau wie ich."

Charmant und beharrlich überzeugte sie den Vorstand

des Vereinsringes davon, mit dem traditionellen Rollenbild zu brechen. So kam es, dass Jasmin an diesem ersten Advent glücklich durch den Raum tanzte. Dabei drückte sie das schneeweiße Gewand des Christkindchens an sich, als wollte sie es nie wieder hergeben.

Eine weit weniger gute Stimmung herrschte bei Anna ein Stockwerk tiefer. Jasmin hatte es sofort bemerkt, als sie ihr am Morgen im Treppenhaus begegnete. Jedermann in Annas Umgebung wusste stets um ihren aktuellen Gemütszustand. Dazu reichte ein kurzer Blick auf ihre Frisur. Trug sie die Haare offen, fühlte sie sich frei und unbeschwert. Wollte sie ein Ziel erreichen, band sie das Haar zusammen und ein Pferdeschwanz wippte in ihrem Nacken auf und ab. An diesem ersten Advent aber waren Annas Haare in einen so festen Knoten gezwungen, dass das bloße Betrachten schmerzte. Anna hatte Angst.

Sie hatte sich so sehr auf den Benznickel-Markt gefreut. Hatte ungeduldig auf die Buden und Stände mit dem bunten Weihnachtsspielzeug und den Naschereien gewartet. Auf die Spitzweck, die der Benznickel auf seinem Pony mitbrachte, um sie mithilfe des Christkindchens zu verteilen. Und mit ihren ständigen Fragen, wann es denn endlich so weit sei, ihrer Umgebung den letzten Nerv geraubt. Doch jetzt konnte sie nur noch daran denken, was passieren würde, sobald sie dem Benznickel begegnete.

„Ich bin so blöd", schalt sie sich ein ums andere Mal, „wieso hab ich nicht an den Benznickel gedacht?"

Angesichts der drohenden Folgen hätte Anna ihre Tat am liebsten ungeschehen gemacht. Sie war davon überzeugt, dass der Benznickel wusste, was sie getan hatte, und sie bestrafen würde. Denn der Benznickel wusste alles, genau wie der Weihnachtsmann. Zugleich hoffte sie, dass er ihr vergab. Aber an ein gutes Ende glaubte Anna nicht.

Die Wege in Neustadt waren kurz. Das Flüsschen Mümling im Süden sowie der steile Hang des Breubergs im Norden lagen als natürliche Grenzen des Ortes eng beieinander. Doch Alexander konnte sich kaum noch in Geduld fassen. Auch die Jahre in Haft hatten ihn das Geschehen nicht in anderem Licht sehen lassen. Ihn marterte die Erinnerung, dass sie die Urheberin der kurzen, spitzen Schreie gewesen war. Im Schlafzimmer hatte er sie gefunden, in wildes Liebesspiel verstrickt. Wie ihre Haare über die Brust eines fremden Kerls peitschten, hatte sich ihm ins Gedächtnis gebrannt. Andere konnten vergeben, er konnte es nicht. Und so, wie sich sein Schmerz damals in einem unmenschlichen Schrei Bahn gebrochen hatte, so hoffte er heute, bei einem letzten, tödlichen Rendezvous mit ihr endlich seinen Seelenfrieden zu finden.

Ein abschließender Blick in den Spiegel bestätigte ihm, dass er ganze Arbeit geleistet hatte. Sein sehniger Körper verbarg sich unter einem unförmigen, gut ausgepolsterten Lodenmantel, den eine geflochtene Kordel in Höhe des vermeintlich massigen Bauches zusammenhielt. Ein künstlicher Vollbart verdeckte gemeinsam mit einem breitkrempigen Filzhut sein Gesicht. Er, Al Orban, war der Benznickel, niemand würde ihn erkennen, wenn er sich ihr näherte. Bis zu dem Augenblick, in dem sein scharfes Messer aufschnappte und den weißen Schnee mit ihrem Blut tränkte. Diese Vorstellung zog ihn derart in den Bann, dass er die Mansarde wie in Trance verließ. Erst das Geräusch der ins Schloss fallenden Haustür versetzte ihn aus dem Reich der Fantasie in die Gegenwart zurück. Er durfte sich kurz vor seinem Ziel keinen Fehler erlauben. Nur ihr Tod konnte ihn endlich aus dem Kreislauf aus Schmerz, Schuld und Rachegelüsten befreien. Von dem Schmerz, der ihn überkam, wenn er an das verlorene Glück zurückdachte. Der Schuld, die er auf sich geladen hatte, als er erst wütend, dann zunehmend verzweifelt auf ihren Liebhaber eingestochen hatte. Bis das Blut dieses Mistkerls das Bettlaken tränkte. Sechzehn Einstiche zählte die Gerichtsmedizinerin an der Leiche.

Sie hatte sein Leben zerstört und heute würde er sie bestrafen. Er wäre endlich frei, ein Leben ohne die Dämonen der Vergangenheit zu beginnen. Den nagenden Zweifel, ob er glücklich würde, wenn er seiner Tochter die Mutter nahm, verschloss Alexander so gut er konnte vor sich selbst.

Seine Gedanken wanderten zurück zu ihr und eine erregende Idee erfasste ihn. Er würde ihr vorab unbemerkt seine Aufwartung machen, ihr die Gefahr, in der sie schwebte, ins Unterbewusstsein pflanzen und wenn er zustach, in ihren Augen die Erkenntnis aufflackern sehen, unmittelbar bevor sie endlich starb. So wandte er sich nach links, folgte der schmalen Straße in die marktabgewandte Richtung. Historische Gebäude säumten die verwinkelten Gassen des alten Ortes, einige mustergültig saniert, andere dem Verfall preisgegeben. Er ging bewusst in gemütlichem Tempo, trotzdem dauerte es nur wenige Minuten, bis er das Haus erreichte, in dem sie heute lebte. Dort lehnte er sich an die Laterne auf der gegenüberliegenden Straßenseite und blickte an der Fassade hinauf zu ihrer Wohnung.

In dem bodenlangen schneeweißen Kleid wirkte Jasmin wie ein Engel. Selbst ohne die Pappmaché-Flügel, die sie während des Auftritts tragen würde. Immer wieder schaute sie in den Spiegel an der Tür des Kleiderschranks. Fast erwartete sie, sich in Jeans und Pullover zu sehen, als erwachte sie aus einem wunderschönen Traum. Doch jeder Blick bestätigte ihr aufs Neue, dass sie nicht träumte, sondern wahrhaftig das Christkindchen von Breuberg war. Mit der linken Hand fasste sie den Rock, hob ihn grazil an und schwebte im Arm eines imaginären Tanzpartners über das Parkett. Dabei hielt sie ihre rechte Hand von sich gestreckt und schoss mit dem Smartphone einige Selfies, während sie ihre Pirouetten drehte. Als die Geigen in ihrem Kopf verklangen, kam Jasmin nahe dem Fenster zum Stehen. Sie betrachtete die Fotos, um eines davon für ihre Facebook-Seite auszuwählen. Da nahm sie aus den Augenwinkeln vor dem Haus eine Bewegung wahr. Auf der anderen Straßenseite lehnte ein Benznickel an der Laterne und schaute finster herüber. Irritiert fuhren ihre Hände über das Kleid, glätteten nicht vorhandene Falten. Bei den Proben der vergangenen Tage hatten sie und Patrick, der dieses Jahr den Benznickel spielte, sich ausnehmend gut verstanden. So gut, dass sie sich in ihn verliebte und hoffte, er fühle genauso. Aber warum blickte er jetzt so zornig zu ihr hinauf? Jasmin ging hinter den Vorhängen in Deckung, während sie den Benznickel durch das Fenster unauffällig in Augenschein nahm.

„Das ist nicht Patrick", stellte sie überrascht fest. „Wer bist du, Benznickel?"

Anna sah den Benznickel die Straße entlangkommen. Sein Auftauchen schockierte sie.

„Bitte geh vorbei, geh einfach vorbei", bettelte sie.

Aber der Benznickel blieb direkt vor dem Haus stehen. Nervös verfolgte sie, wie er sich in aller Seelenruhe an eine Laterne lehnte. Panische Angst stieg in Anna auf, die intensiver wurde, als sie den finsteren Ausdruck des Benznickels erfasste. „Es tut mir leid", flüsterte sie, „bitte tu mir nichts. Ich tu es auch nie wieder."

Alexander starrte auf ihre Wohnung, bis er eine Etage höher eine tanzende Frau wahrnahm. Sie sah aus wie ... ein schwarzhaariges Christkind. Irritiert runzelte er die Stirn. Hatte die Dunkle ihn bemerkt? Er wollte *sie* verunsichern, doch das Auftauchen der Tänzerin brachte *ihn* aus dem Konzept. Besser, er verschwand schleunigst von hier.

Eine Viertelstunde später verließ Jasmin das Haus. Der fremde Benznickel war verschwunden. Zum Schutz gegen die Kälte hatte sie eine dicke Daunenjacke über das Christkindchen-Kleid gezogen. Nach ein paar Schritten erreichte sie die Hauptstraße und folgte ihr in Richtung Benznickel-Markt. Je näher sie der imposanten, weiß verputzten Kirche aus dem 15. Jahrhundert kam, die den Platz auf der westlichen Seite begrenzte, umso deutlicher nahm sie die typischen Marktgeräusche wahr. Die Fläche rund um die Marktlinde mit dem schön gemusterten Pflaster füllte sich zusehends. Jasmin ging an dem Kirchengebäude vorbei, dann blieb sie einen Augenblick stehen, um das Ambiente zu genießen. Direkt an der Vorderseite des Gotteshauses stand der große, weihnachtlich geschmückte Tannenbaum. Der Schnee auf den Zweigen verlieh ihm in diesem Jahr einen besonderen Glanz. Um den gesamten Platz herum leuchteten die festlich herausgeputzten Fassaden der Fachwerkhäuser, ebenso die Marktlinde wie auch die Buden und Stände auf dem Benznickel-Markt. Auf den Stufen bei der Marktlinde sang der Chor der Breuberg-Schule Weihnachtslieder. In der Luft lag der Duft von Zuckerwatte und gebrannten Mandeln, französischer Crêpes und belgischer Waffeln. Jasmin sog all die Wohlgerüche, die der Markt verströmte, ebenso in sich auf wie die weihnachtlichen Bilder und Klänge. Niemals zuvor hatte sie diese so intensiv wahrgenommen wie als Christkindchen. Sie blickte zur Sparkasse am Römerberg hinüber. Vor deren Portal würden sie und Patrick bald gemeinsam die Spitzweck an die Kinder verteilen. Diese Vorstellung erinnerte sie an den fremden Benznickel mit dem finsteren Blick und ihre Nackenhaare sträubten sich. War es aufkommendes Lampenfieber oder die Vorahnung, dass der Tag nicht so verlaufen sollte, wie sie es sich ausgemalt hatte? Jasmin schüttelte den Kopf und verdrängte den Gedanken. Sie ging nach links durch den weihnachtlich geschmückten Torbogen des ehemaligen Kreisamtes in den Innenhof des Gebäudes, um sich mit Patrick und den ehrenamtlichen Helfern zu treffen.

Der große Augenblick war gekommen. Jasmin schnallte ihre Christkindchen-Flügel um und setzte sich mit Patricks Hilfe anmutig im Damensitz auf das Pony. Ein zotteliger Rauschebart verdeckte sein Gesicht, gleichwohl zeigte ihr das verschmitzte Funkeln seiner Augen, dass Patrick ihre Gefühle erwiderte. Hinten auf dem Tier befestigte er den Korb mit den Spitzweck, das Geschenk des Benznickels an die Kinder. Dabei blickte er verstohlen zu Jasmin hinüber und fragte sich, warum er dieses wunderschöne Mädchen vor den Proben für den Benznickel-Markt nie wahrgenommen hatte.
Beim Einsetzen des historischen Glockenspiels an der Fassade des ehemaligen Kreisamtes durchquerten sie den Torbogen und begannen ihre Runde über den Benznickel-Markt. An der Kirche vorbei ging es zuerst auf der Südseite entlang. In Höhe der Marktlinde bogen sie in Richtung des Römerberges ab und kamen schließlich vor der Sparkasse zum Stehen. Benznickel Patrick hob das Christkindchen Jasmin so leicht vom Pony, als wiege sie kaum mehr als eine

Handvoll Federn. Den Korb mit den Spitzweck stellte er ihr zu Füßen.

Im Schatten der Marktlinde verborgen wartete Al Orban. Er betrachtete intensiv die Gesichter aller Umstehenden, auf der Suche nach ihr. Das Spektakel um den echten Benznickel ließ ihn unberührt, bis er einen Blick auf das Christkindchen warf: Es war die schwarzhaarige Tänzerin!

Die Kinder veranstalteten ein wüstes Gedränge, als wollte jedes zuerst einen Spitzweck bekommen. Jasmin konnte das begehrte Backwerk gar nicht so schnell austeilen, wie neue, erwartungsvolle Kindergesichter vor ihr auftauchten. Einzig ein Mädchen mit streng frisierten Haaren achtete sorgsam darauf, am hinteren Ende der Schar zu bleiben. Nachdem alle anderen einen Spitzweck bekommen hatten, drehte es ab und begann, sich zu entfernen.

„Hallo, Anna", rief das Christkindchen, als es das Mädchen sah, „willst du etwa keinen Spitzweck?"

Anna war wie vom Donner gerührt. Sie hatte gewusst, dass der Tag nicht gut ausgehen würde. Resigniert wandte sie sich dem Christkindchen und damit auch dem Benznickel zu, bereit, ihr Schicksal zu tragen.

„Hier, Anna, dieser ist für dich", hörte sie das Christkindchen sagen. „Ich wünsche dir und deiner Mutter ein frohes Weihnachtsfest."

Das hatte Anna nicht erwartet, sie war verwirrt. Erschrocken zuckte sie nach hinten, als sich der Benznickel zu ihr herabbeugte. Doch weder packte noch schlug er sie.

„Frohe Weihnachten, Anna", der Benznickel streichelte sanft über ihr fest verknotetes Haar. „Bleib so ein liebes Mädchen."

Benommen trat Anna einige Schritte zurück. Wieso war

der Benznickel freundlich zu ihr? Sie hatte der blöden Emily die Lieblingspuppe weggenommen und in der Mümling versenkt. Der Benznickel musste das doch wissen und sie bestrafen. Oder konnte er die Emily auch nicht ausstehen? Annas Gedanken überschlugen sich.

„Anna, ist alles in Ordnung mit dir?" Jasmin und Patrick sahen sie besorgt an.

„Ja ... nein ..."

Die Last der vergangenen Tage und nun das unerwartete Glück ballten sich in Annas Kehle zusammen. Das kleine Mädchen begann, hemmungslos zu weinen.

Mühsam löste Alexander den Blick von dem schwarzhaarigen Christkindchen in seinem schneeweißen Kleid und ließ ihn über die Menge schweifen. Dann sah er *sie*, erkannte sie trotz veränderter Haarfarbe und Frisur sofort. Mit der rechten Hand umfasste er das in der Tasche des unförmigen Mantels verborgene Springmesser. Sie hatte ihm sein Leben genommen, jetzt würde er ihres nehmen, endgültig.

Er bemerkte, wie sie auf ein weinendes Mädchen zuging, es in den Arm nahm. Hörte die Kleine immer heftiger schluchzen, dann ihre warme Altstimme.

„Anna, mein Schatz."

In seinem Kopf überlagerte Babygeschrei das Weinen des Mädchens.

„Anna!"

Die Erkenntnis ließ ihn schwindeln. Die Kleine war seine Tochter. Sein Blick hing nur noch an ihr.

Es brauchte einige Zeit, bis sich Anna beruhigte. Dann war sie wie verwandelt. Mit wenigen Griffen löste sie die Bänder in ihrem Haar und ließ es über den Rücken fallen.

„Mama", plapperte sie munter drauflos, „das Christkindchen hat mir einen Spitzweck geschenkt. Und der Benznickel hat gesagt, dass ich ein ganz liebes Mädchen bin. Kaufst du mir eine Tüte heiße Maronen?"

Dabei schüttelte sie die lange eingezwängte Haarpracht ausgiebig, sodass diese wild um ihren Kopf herumwirbelte, das Gesicht wie einen Strahlenkranz umrahmend.

Alexander erstarrte. Seine fröhliche Tochter nahm er nicht mehr wahr. Stattdessen peinigte ihn das Gedächtnis mit dem Bild *ihrer* Haare, die über die Brust des nackten Kerls peitschen. Sofort war die Wut, die ihn blindlings hatte zustechen lassen, zurück. Er umfasste das Messer in seiner Tasche fester, den Daumen auf dem Auslöser für die Klinge. Nur langsam klarte sein Blick auf und er sah wieder Anna, seine kleine Anna. Die Zweifel an seinem Vorhaben brachen wie eine Eruption hervor. Ein schmerzvoller Kampf zwischen dem Wunsch nach Rache und der Liebe zu Anna erfasste seinen gesamten Körper. Seine Muskeln verkrampften, die scharfe zweischneidige Klinge des Springmessers schnellte heraus, ihm tief in Finger und Handfläche schneidend.

„Neeiiinnnnnnn ..."

Alexander sank auf die Knie, Tränen schossen ihm in die Augen. Nicht wegen des Schnitts in seiner Hand, den spürte er kaum. Als er sah, wie vertraut Mutter und Tochter miteinander umgingen, traf ihn die Erkenntnis wie ein Orkan: Er hatte das Band zerschnitten, das ihn mit den beiden verband. Nicht sie hatte sein Leben zerstört, ihm die letzten fünf Jahre zur Hölle gemacht. Er selbst war verantwortlich, Al Orban und sein verdammter Jähzorn. Hätte er besonnener, weniger wutgetrieben reagiert, gehörte Anna heute noch zu ihm – und vielleicht sogar sie ...

Alle Stimmen auf dem Benznickel-Markt verstummten. Schausteller und Besucher schauten zur Marktlinde hinüber, zum falschen Benznickel. Jasmin erschrak für einen Augenblick, als sie den gequälten Schrei vernahm. Dann erkannte sie den Urheber. Es war der Benznickel, der so finster zu ihrer Wohnung heraufgestarrt hatte.

„So, Freundchen, jetzt wollen wir doch mal sehen, wer du wirklich bist."

Mit wenigen Sätzen überquerte sie den Römerberg. Beim knienden Benznickel angekommen, sah sie Blut auf dem Boden. Sie beugte sich zu ihm hinunter. „Brauchen Sie Hilfe?"

Alexander hob den Kopf. Er blickte Jasmin mit tränenverschleierten Augen an. Sein Brustkorb und der künstliche Vollbart zuckten unrhythmisch.

„Ein schwarzhaariges Christkindchen ..."

Er umfasste Jasmins Schultern mit den Händen und stand auf sie gestützt mühsam auf. Die Wunde an seiner Hand hinterließ eine blutige Spur auf ihrem Kleid.

„Sagen Sie Anna, dass ihr Vater sie liebt", stieß er mit erstickter Stimme hervor.

Daraufhin drehte er sich um, schleppte sich mit hängenden Schultern die Treppenstufen an der Marktlinde hinab und verschwand in der Menge.

Jasmin sah ihm nach, bis sie bemerkte, dass ihre Schulter langsam feucht wurde. Ihr schneeweißes Kleid war voller Blut. „So weiß wie Schnee, so rot wie Blut und so schwarz wie Ebenholz", kam ihr die Zeile ihres Lieblingsmärchens in den Sinn. Jasmin fühlte, dass an diesem ersten Advent etwas Bedeutsames geschehen war.

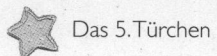

All überall auf den Tannenspitzen sah ich goldene Lichtlein sitzen Claudia Platz

Pia hatte Kailbach hinter sich gelassen und fuhr so schnell durch den dunklen Wald, wie es die schmale Straße zuließ. Zehn Tage war sie weggewesen, zehn Tage, in denen Frank wer weiß was hätte anstellen können. Und von denen er die letzten drei nicht zu erreichen gewesen war, weder per Telefon noch per E-Mail. Kein gutes Zeichen. Mitte November bis Anfang Januar war eine gefährliche Zeit – für sie beide. Dann brach in schöner Regelmäßigkeit das Virus aus, das er sich vor Jahren bei einer Reise in die USA eingefangen hatte. So lange es grassierte, befand er sich wie im Fieberwahn, war stur und unberechenbar.

Dabei hatte alles so harmlos angefangen: mit einer einzelnen Lichterkette in der großen Tanne im Garten. Damals hatte sie ihm beim Schmücken die Leiter gehalten. Seitdem nahm er sie in die Pflicht.

Ein Jahr später beließ er es nicht bei der Tanne, bezog die Hausfront mit ein. Hunderte Lämpchen umrahmten die Fenster und die Eingangstür.

Im darauffolgenden Advent kam das Dach hinzu. Lichterketten mäanderten über die Ziegel, ringelten sich die Dachrinne entlang. Auch die Buchshecke im Gemüsegarten, die die einzelnen Beete voneinander abgrenzte, blieb nicht verschont.

Im vierten Jahr schmückten Lichternetze den Zaun entlang der Hofeinfahrt. Ihre Nerven lagen zu diesem Zeitpunkt bereits blank. Die Stromkosten explodierten, der FI-Schalter flog in regelmäßigen Abständen heraus. Er ließ einen Elektriker kommen, der die Leitungen auf den wachsenden Energiebedarf umrüstete. Schließlich sollte bei all dem Glanz ihr Haus ja nicht abfackeln.

Zu ihrer Überraschung reagierte er auf ihre Einwände – allerdings nicht ganz in ihrem Sinne. Statt die Leuchtmittel zu reduzieren, ersetzte er auf einen Schlag die alten durch energiesparende LEDs. Das senkte zwar den Stromverbrauch, aber die Anschaffungskosten übertrafen diese Einsparung bei Weitem. Es würde dauern, bis sich das amortisierte.

Die LEDs leuchteten nicht nur heller, sie hatten einen weiteren entscheidenderen Nachteil: Sie strahlten nicht einfach in schlichtem Weiß, sondern in den Farben des Regenbogens, verfügten zudem über verschiedene Effekte. Was seinen Spieltrieb weckte und seine Experimentierfreude anregte. Da gab es das Lauflicht in Einzelfarbe, mehrfarbig oder alternierend mit wechselnder Richtung, den Wasserfall-, Sternschnuppen- oder Sonnenuntergangsmodus sowie diese grässlichen Blinklichter, die je nach Farbe und Frequenz an gewisse Etablissements erinnerten. ,Puffreklame' nannte Pia das rote Geblinke nur und brachte ihn damit auf die Palme.

Längst stapelte sich das Material bananenkistenweise auf dem Dachboden und im Keller. Für sie war das Limit erreicht und sie rang ihm vor zwei Jahren das Versprechen ab, es beim Status quo zu belassen. Keine Neuanschaffungen mehr! Er schwor es ihr. Doch wie in all den Wintern zuvor blieb es bei einem Lippenbekenntnis. Jede Saison kaufte er neue Beleuchtungselemente. Wenigstens verzichtete er bisher auf kitschige Leuchtfiguren in Hirsch-, Nikolaus- oder Schlittenform. Noch.

Die Bewohner von Hesselbach tolerierten seine Deko-Manie eine gewisse Zeit. Immerhin war er ihr Bürgermeister, von ihnen gewählt und den Rest des Jahres ein vernünftiger, besonnener Mann, der alles für „seine Gemeinde" tat. Vorletztes Jahr gingen dann doch die ersten Beschwerden beim Gemeinderat, bei ihm und bei Pia selbst ein. Nicht nur, weil er die Nacht zum Tag machte, sondern auch, weil das „Weihnachtshaus" wie es im Ort inzwischen genannt wurde, Schaulustige aus dem Umkreis anlockte, die die enge Hauptstraße mit ihren Autos verstopften und das Dorf mit Lärm überzogen.

Vor allem die unmittelbaren Nachbarn beklagten sich immer vehementer. Frau Rupp von gegenüber, Herr Müller und Herr Jäger von nebenan. Die Mitglieder des Gemeinderates saßen die Situation aus, an Frank prallte alles ab, an Pia blieb es hängen. Sie versuchte, die Wogen zu glätten und redete mit Engelszungen auf ihren Mann ein. Irgendwann brachte sie ihn dazu, etwas einzulenken. Er schaltete die Beleuchtung an Wochentagen um 21 Uhr und an den Wochenenden um 22 Uhr ab. Die Gemüter beruhigten sich zwar etwas, dennoch schwelte der Unmut weiter.

Aus dem Augenwinkel nahm sie ein Schild wahr, das eine Durchfahrtssperre für Hesselbach ankündigte. Sie fuhr zu schnell und es war zu dunkel, als dass sie es hätte lesen können. Komisch, von einer Baustelle wusste sie nichts. Das Radio dudelte ein erstes Weihnachtslied. Für sie viel zu früh. Sie schaltete es aus.

Am Waldsaum stockte ihr der Atem. Roter Lichtschein erhellte den Nachthimmel, tauchte das Dorf in unnatürliches Licht. In Richtung der kleinen Dorfkirche St. Luzia und St. Odilia war er am stärksten. Ihr Haus lag in unmittelbarer Nähe. Dieses wabernde Farbenspiel war eindeutig sein Werk. Kaum war sie weg, geriet er außer Kontrolle!

Erzürnt trat sie auf das Gaspedal, der Wagen schoss den

42

Berg hinab. Weit kam sie nicht. Eine Autoschlange versperrte den Weg. Sie war in diese Abgeschiedenheit gezogen, weil ihr Beruf sie forderte – oft auch an den Wochenenden. Sie brauchte die Ruhe, um abschalten zu können. Doch das war im Advent längst nicht mehr möglich. Die Blechlawine machte ihr das eindrucksvoll bewusst. Es dauerte geschlagene zehn Minuten bis sie ihr Haus erreichte. Genug Zeit, um die gesamte Farbpalette seiner Beleuchtung miterlebt zu haben: Grün, Blau, Violett, Pink … Dezent war etwas anderes.

Inzwischen schäumte sie vor Wut. Die gaffende Menge vor ihrer Einfahrt ließ sich nur durch anhaltendes Hupen vertreiben, wofür sie böse Blicke erntete. Das war im Moment allerdings ihre geringste Sorge.

Im Hof traf sie fast der Schlag. Acht künstliche Tannenbäume flankierten die Einfahrt, vier auf jeder Seite, geschmückt bis in die Spitzen. Das Ende dieser fragwürdigen Allee bildete ein gut drei Meter hoher beleuchteter Bogen, von dem ein pausbackiger Engel lächelte. Er hinderte sie daran, auf ihren angestammten Parkplatz zu fahren.

Als sie ausstieg, erfasste sie erst das ganze Ausmaß des Grauens. Der gesamte vordere Garten lag unter einer künstlichen Schneedecke, die sich beim näheren Betrachten als weißer Kunstrasen herausstellte. Eine Rentiergruppe mit rotblinkenden Nasen zog einen Schlitten mit einem fettem Santa Claus samt Geschenkesack. In der Mitte befand sich ein Stand, auf dem der Schriftzug „Glühwein" prangte. Zwei riesige Weinfässer mit Sitzbänken und Tischen, mehrere Heizpilze sowie eine kleine Weihnachtspyramide mit sich drehenden Nussknackern komplettierten das Ensemble. Fehlten nur noch eine Kapelle, die weihnachtliche Weisen spielte, und ein blondes Christkind in glitzerndem Gewand à la Nürnberg.

Gequält schloss sie die Augen. Sie, die Weihnachtsmärkte in jeder Form verabscheute, hatte einen in Miniaturausführung ausgerechnet auf ihrem eigenen Grund und Boden, direkt vor Augen. Schon wieder Neuanschaffungen, schon wieder ein gebrochenes Versprechen. Genug war genug! Diese Kitschfiguren mussten weg.

Am liebsten hätte sie auf dem Absatz kehrtgemacht, doch dies war ihr Zuhause und nach der langen Fahrt war sie zu müde, um sich ein Hotel zu suchen. Auch wenn sich Hesselbach im Dreiländereck von Hessen, Bayern und Baden-Württemberg befand, betrug die Distanz zum nächsten Ort doch einige Kilometer. Sie nahm gerade ihr Gepäck aus dem Kofferraum, als die Musik einsetzte und sie zusammenzucken ließ. „Leise rieselt der Schnee", schallte es über den Hof. An Stelle des Sees erstarrte Pia. Sie knallte den Kofferraumdeckel zu und stürmte wutentbrannt zur Tür. Dabei entging ihr keineswegs, wie die Beleuchtung sich dem Rhythmus des Liedes anpasste. Ihr Haus war eine einzige getaktete Lichtorgel.

War Frank von allen guten Geistern verlassen, komplett gaga? Hinter ihr ertönten entzückte Ausrufe. Beifall brandete auf. Im Eingang ließ sie den Koffer fallen und brüllte seinen Namen. Er antwortete nicht. Sie fand ihn schließlich im kerzenbeleuchteten Wintergarten, von dem man einen ausgezeichneten Blick auf dieses Weihnachts-Wunderland hatte.

Frank stand an einem Mischpult – ebenfalls neu –, hatte Kopfhörer auf, schob irgendwelche Regler und betrachtete mit entrücktem Gesichtsausdruck das Schauspiel. Erst, als sie ihm auf die Schulter tippte, drehte er sich um und befreite seine Ohren.

„Da bist du ja, Schatz. Und was sagst du zu meiner Neuerung? Ist das nicht fantastisch, wie Musik und Licht harmonieren? Und die Menschen da draußen finden das toll. Achtung, jetzt kommt ‚I'm dreaming of a white Christmas'."

Pia verschlug es für den Moment die Sprache. Nicht nur, dass er ihren Gemütszustand völlig ignorierte. Er offenbarte auch noch Fähigkeiten, die sie nie bei ihm vermutet hätte. Früher konnte er mit Mühe und Not die Stereoanlage bedienen. Jetzt beherrschte er ein ganzes Mischpult und hatte allem Anschein nach auch eine Choreografie entworfen, was er bisher als total unmännlich abgetan hatte. So, wie er jetzt mit der Technik umging, musste er mehrere Wochen heimlich geprobt haben. Vielleicht anstelle seiner Skatabende? Oder während seiner Bürgersprechstunde?

„Ich finde das überhaupt nicht toll, sondern super peinlich. Du bist doch komplett übergeschnappt! Das ist schlimmer als Disneyland. Unser Haus ist eine einzige Lichtexplosion und dürfte selbst von der Internationalen Raumstation zu sehen sein! Da ist eine Flugzeuglandebahn ein Dreck dagegen!"

Er quittierte ihren Wutausbruch mit Gelassenheit und redete unbeirrt weiter. „Hast du mein Himmelstor bemerkt?"

„War ja nicht zu übersehen. Außerdem musste ich drunter durch, um hereinzukommen."

„Ich finde das Christkind besonders schön. Es lächelt so nett, als wolle es der Welt den Frieden verkünden. Noch ist es nicht ganz fertig. Der Weihnachtsstern fehlt, ist aber schon bestellt und wird bald geliefert."

Von Frieden waren sie beide weit entfernt! Die Zeichen standen eindeutig auf Krieg! „Christkind? Das ist eine fette Putte."

„Das ist jetzt echt gemein!", erwiderte er beleidigt und schob die Unterlippe vor.

Pia redete sich weiter in Rage. „Du benimmst dich wie ein störrisches Kleinkind. Dabei kennst du genau meine Einstellung zu diesem ganzen Kitsch. Mal wieder hast du dein Wort gebrochen und neuen Mist gekauft. Mensch, Frank! Warum stößt du mich seit Jahren vor den Kopf, indem du so maßlos übertreibst? Wieso kannst du nicht ein bisschen auf mich eingehen? Du nervst damit nicht nur mich. Und diese Musikbeschallung lässt das Fass endgültig überlaufen. Jetzt haben wir nicht nur den Krach durch die zusätzlichen Autos und Zaungäste, sondern auch noch durch den eigenen Bürgermeister."

„Die Musik ist überhaupt nicht laut!", ereiferte er sich.

„Nicht laut? Wieso schreien wir uns dann die ganze Zeit an, und das in unserem Haus, wo doch die Lautsprecher außen angebracht sind?"

„Musik ist das Sahnehäubchen und rundet mit dem korrespondierenden Licht das Gesamtbild ab. In Australien und USA ist so was längst gang und gäbe", überging er ihren Einwurf.

„Aber nicht in Hesselbach, einem der kleinsten Orte im Land, und dann noch zwei Wochen vor dem ersten Advent. Schon jetzt kommt man kaum durchs Dorf. Wo soll das noch enden?"

Wieder ignorierte er sie. „Gleich ist ‚Last Christmas' dran. Mein kleines Meisterwerk lichttechnischer Gestaltung. Das hat mich eine Menge Zeit gekostet."

Sie stampfte wütend auf. „Hörst du mir überhaupt zu? "

„Mmh?", grunzte er und widmete sich ganz dem Mischpult.

„Konnte ich dich deshalb drei Tage nicht erreichen?"

„Waren das wirklich drei Tage?", meinte er gedankenverloren. „Wie die Zeit vergeht. Krieg dich mal wieder ein. Das hier ist nur ein Testlauf. Bis Advent bleibt alles aus."

„Und was wollen dann die ganzen Leute hier, wenn das nur ein Test ist?"

„Ich muss doch wissen, ob mein Konzept ankommt, und habe deshalb eine Notiz im Amtsblatt veröffentlicht. Außerdem gab es eine länderübergreifende Pressemitteilung. Die Bayern und Baden-Württemberger wollen wir doch nicht ausschließen! Und der Applaus gibt mir recht. Hör doch!"

Pia schaute aus dem Fenster und traute ihren Augen kaum. Jetzt klatschten die Pappnasen auf der Straße nicht nur, sondern begannen auch noch zu tanzen und den Refrain mitzugrölen. „Die ticken doch nicht richtig!"

„Im Gegensatz zu dir sind das keine Spaßbremsen. Außerdem soll doch alles perfekt sein, wenn wir unseren Nikolausmarkt machen!"

„NIKOLAUSMARKT?"

„Ja, am zweiten Adventswochenende. Hast du nicht die Ankündigung der Dorfsperrung an der Straße gesehen?"

Sie erinnerte sich vage. Also keine Baustelle wie vermutet, sondern Weihnachtstrubel. „Und was sagt der Gemeinderat dazu?"

„Och, der ist ganz mit mir d´accord. Ich habe ein Jahr lang intensive Überzeugungsarbeit geleistet, um die Mitglieder auf meine Seite zu bringen, und es ist mir schließlich gelungen. Wir haben uns darauf geeinigt, erst einmal einen Probelauf zu machen. Wenn der einschlägt, wird es eine dauerhafte Veranstaltung. So was belebt den Tourismus, bringt Geld in die Gemeindekasse. Im Sommer können wir uns ja nicht beklagen, aber im Winter gibt es noch Kapazitäten. Ein Highlight im Veranstaltungskalender. Es wird mehrere Attraktionen geben: Ein Karussell für die Kinder, Stände mit Reibekuchen und Lachs, Würstchen und Steaks, kandierten Äpfeln, Lebkuchen und Süßigkeiten, eine Maronenrösterei, Glühwein und warmen Met. Neben dem „Grünen Baum" wird ein Kunst-handwerkermarkt installiert und auf dem Rasen vor unserer historischen Dorfkirche gibt es eine lebende Krippe mit Zie-gen und Schafen", zählte er selbstzufrieden auf.

Pia schwante nichts Gutes. Sie dachte an den hauseigenen Miniaturweihnachtsmarkt. „Du lässt die Leute doch nicht etwa auch in unseren Garten?"

„Deshalb gibt es doch den Glühweinstand und die Sitz-fässer." Rentiere, Santa Claus und Nussknackerpyramide ließ er großzügig außen vor.

„Bist du jetzt völlig durchgeknallt? Die trampeln mir die ganze Erde in meinen schönen Gemüsebeeten fest", schrie sie ihn an.

„Dafür habe ich ja den Kunstrasen legen lassen. Irgend-wie bekomme ich das im Frühjahr schon geregelt. Du musst dich wirklich nicht drum sorgen. Pia, versteh mich doch. Es ist mein sehnlichster Wunsch, einmal für ein Wochenende das perfekte Weihnachtsdorf zu haben. Und Hesselbach bietet die besten Voraussetzungen dafür. Schau doch mal", meinte er und deutete auf den Teil der Hauptstraße, der nach Schöllenbach führte.

Einige der Häuser waren bereits geschmückt. Eine Horde beleuchteter Schneemänner strahlte um die Wette. „Wenn alles fertig ist, wird das unsere Fressgass!", erklärte er ihr. „Apropos Essen, ich habe eine Kleinigkeit vorbereitet. Du hast nach der langen Fahrt bestimmt Hunger. Etwas Fisch und Käse und deinen Lieblingsrotwein. Sollen wir das nicht in aller Gemütlichkeit besprechen? Bei einem schönen Glas Spätburgunder lässt sich doch wunderbar entspannen. Die Beleuchtung mach ich jetzt auch aus, der Testlauf ist ja ge-glückt. "

Die Schaulustigen trollten sich. Endlich wohltuende Stille und Dunkelheit. Nur die Kerzen brannten. Eine Wohltat für Ohren und Augen. Er hantierte in der Küche, kam mit einem Tablett zurück, deckte den Tisch.

Das Essen sah lecker aus und seine Fürsorge stimmte sie milder. Ihre Wut ebbte langsam ab. Ändern ließ sich sowieso nichts mehr. Frank würde an dem ganzen Krempel festhalten. Am besten Augen zu und durch – zumindest in diesem Advent. Für die Zukunft nahm sie sich aber vor, es erst gar nicht mehr so weit kommen zu lassen. Sie kannte ihren Mann gut genug, um zu wissen, dass der Nikolausmarkt nur der erste Schritt zu einem dauerhaften Weihnachtsdorf war, das er für die gesamte Adventszeit plante, und zwar jedes Jahr aufs Neue und von Mal zu Mal aufwendiger. Eine absolute Horrorvorstellung.

Nicht mit ihr! Sie hatte lange genug zugesehen. Wenn er Verbündete gefunden hatte, konnte sie das auch. Ihm würde bald ein scharfer Gegenwind ins Gesicht blasen. Schade nur, dass die größten Beschwerdeführer im Lauf des Jahres verstorben waren. Pia hätte ihre Unterstützung gebrauchen können.

Herr Jäger von nebenan rutschte letzten Januar an einem eiskalten Morgen auf den Haustürstufen aus und erlag seinen schweren Verletzungen. Woher das Blitzeis gekommen war, blieb ein Rätsel, denn in der Nacht hatte es weder geregnet noch geschneit und der Eingang war zudem überdacht.

Frau Rupp verschied im September an einem Insulinschock. Kurz nach ihrem achtzigsten Geburtstag, zu dem ihr Frank als Bürgermeister gratuliert und einen Präsentkorb überreicht hatte.

Und Herr Müller wurde samt seines stets kläffenden Jagdhundes vor vier Wochen bei einem Waldspaziergang unter einem Stapel Baumstämmen begraben, die am Wegrand lagerten. Sie rollten genau in dem Moment los, als Herr und Hund vorbeigingen. Als Unglücksursache galt eine Halterung, die unbemerkt weggefault war.

Pia arrangierte sich über das Wochenende mit der Situation. Bis zum Montagmorgen. Als sie die Tageszeitung aufschlug, prangte im regionalen Teil ein Foto von ihrem illuminierten Haus, auf das sie samt Koffer zustürmte. Sie war eindeutig zu erkennen. Die perfekte Katastrophe. Als Eventmanagerin hatte sie sich in der Branche einen Namen gemacht. Sie stand für dezent-luxuriöse Veranstaltungen. Große Firmen buchten sie gerade deshalb regelmäßig. Aber dieses kitschige Gebäude in der Zeitung war alles andere als zurückhaltend. Es war in seiner Monstrosität eine Beleidigung fürs Auge und schrie geradezu nach Aufmerksamkeit.

Pia schrie auch! Sie fürchtete sich vor ihren E-Mails. Ihr Postfach quoll über. Anscheinend hatte es sich schon herumgesprochen. Manche Kunden amüsierten sich über das Weihnachtslichtermeer, andere konnten sich bissige Kommentare nicht verkneifen. „Hübsches Anwesen und so grell!"

„Wie lebt es sich denn in so einem schillernden Weihnachtsparadies? Kommt Santa Claus auch zu Besuch?"

Bei der nächsten Nachricht musste Pia schwer schlucken. „Diese Außenwirkung ist fatal! Reinste Energieverschwendung! Mit so etwas möchten wir nicht in Verbindung gebracht werden! Ausgerechnet von Ihnen hätte sich unsere Firma mehr Umweltbewusstsein erhofft", schrieb ein großer Energieversorger.

Pia verkniff es sich zurückzuschreiben, dass der Konzern sein Geld mit dem Verbrauch von Energie verdiente, ließ es aber bleiben. Stunden saß sie an einem Text für ihre Homepage, der ihre Reputation retten sollte, und redete sich am Telefon den Mund franselig. Bis zum Abend hatte sie ganze Überzeugungsarbeit geleistet. Keiner sprang ab, dennoch kochte sie innerlich vor Zorn. An allem war Frank schuld. Damit musste endlich Schluss sein.

Als er nach Hause kam, wollte sie ihn zur Rede stellen, doch er ließ sie gar nicht erst zu Wort kommen, sondern präsentierte ihr ein Kostüm. „Na, wie findest dus? Habe ich extra nähen lassen. Das ist das Gewand der Maria für unsere lebende Krippe. Schlüpf doch mal rein, ob es dir passt! Du siehst bestimmt sehr schön darin aus. Vor allem, wenn du dein Haar offen trägst."

„Jetzt reichts endgültig! Ich gebe doch nicht mit Ende dreißig die Dorfmaria zwischen Ochs und Esel, inmitten einer Schafherde!", brüllte sie ihn an, schenkte sich einen Cognac ein und leerte das Glas mit wenigen Schlucken. Tage wie dieser trieben ihren Alkoholkonsum bedenklich in die Höhe.

„Ich habe darum gekämpft, damit du die Rolle bekommst! Die Angela wollte sie eigentlich haben", versuchte er sie umzustimmen.

„Sie kann sie gerne kriegen. Das Ganze ist alberner Hirnschiss. Such dir jemand anders. Und ich sage dir schon jetzt, dass ich nächstes Jahr diesen Zirkus nicht mehr mitmache. Ich habe endgültig genug davon. Das ist geschäftsschädigend. Ich starte eine Unterschriftenaktion gegen diesen Weihnachtskitsch. Mal sehen, ob es nicht doch ein paar Hesselbacher gibt, die meine Meinung teilen. Wenn es sein muss, gehe ich bis zum Landrat oder der Behörde, die diesen Nikolausmarkt-Irrsinn genehmigt hat, und sorge dafür, dass dieser ganze Kram ein für alle Mal unterbunden wird", schrie sie ihn an.

Dann schlüpfte sie in Mantel, Handschuhe und Stiefel und verließ mit der Taschenlampe bewaffnet das Haus. Ein kurzer Spaziergang würde ihr guttun. Ihr Ziel war das Drei-

51

ländereck. Der Grenzstein unter der dreistämmigen Buche lag gute zwanzig Minuten von ihrem Haus entfernt, war eine Station auf dem Nibelungensteig. Der Nadelwald empfing sie mit würdevoller Stille und stimmte sie gleich ruhiger. Sie schaltete die Maclight an. Hochgewachsene Fichten und Tannen säumten den Weg – naturbelassen ohne blinkende Lichter. Warum musste Frank so übertreiben und ihr zunehmend auf die Nerven gehen? Früher war ihre Ehe wunderbar entspannt gewesen. Sie hatten vieles gemeinsam gemacht. Aber jetzt driftete er immer weiter in seinen Beleuchtungswahn, entfernte sich von ihr. Nicht nur während der Adventszeit. Das ganze Jahr über befand er sich auf der Suche nach elektronischen Schnäppchen, die Licht in die dunkle Jahreszeit bringen sollten.

Sie dachte an ihren Garten. Wo sollten nur die ganzen, sperrigen Neuerwerbungen hin? Der Platz auf dem Speicher und im Keller reichte dafür nicht. Sie sah schon die Bananenkisten im Schlafzimmer und Flur stehen. Und auch das Mischpult würde er bestimmt nicht abbauen, sondern es zu Übungszwecken im Wintergarten stehen lassen. Sie hatte endgültig genug. Irgendeinen Ausweg musste es geben.

Warum tat er ihr zum Beispiel nicht den Gefallen, einfach beim Anbringen der Beleuchtung vom Dach zu fallen? Aber das war eher unwahrscheinlich. Von einem gelernten Dachdecker durfte sie so viel Entgegenkommen nicht erhoffen – außer, sie half etwas nach. Nur war auf Dächer klettern absolut nicht ihr Ding.

Ein Stromschlag wäre auch ganz nett – und irgendwie passender. So, wie er mit den meterlangen Kabeln hantierte und Steckdosenleiste an Steckdosenleiste reihte, würde sich gewiss niemand darüber wundern, wenn eine entsprechende Voltdosis ihn ins Jenseits katapultierte. Allerdings hatte sie keine Ahnung, wie sich die LED-Bänder manipulieren ließen, im Gegensatz zu den guten, alten Lichterketten. Da hätte es gereicht, die Isolierung abzukratzen, sodass die Drähte blank lagen. Vielleicht ließe sich das Mischpult unter Strom setzen? Doch auch dafür fehlten ihr leider die Kenntnisse. Was konnte sie nur tun?

Gleich war sie am Stein, nur noch den kleinen Hang hinauf. Der Lichtkegel der Lampe fiel auf die Inschrift und auf die Schonung dahinter. Ein Überstieg aus dünnen Tannenstämmen ermöglichte es Wanderern, über den Zaun zu klettern. Das brachte sie auf einen Gedanken. Vielleicht löste sich das Frank-Problem schneller als gedacht. Am kommenden Samstag bot sich eine einmalige Gelegenheit! Da erwartete er von ihr, dass sie wieder die Leiter hielt, während er die große Tanne herrichtete. Für ihn war dieses gemeinsame Schmücken das Tüpfelchen auf dem i – für sie längst nicht mehr. Damit hatte alles begonnen und damit würde alles enden.

Ihnen beiden war klar, dass sie die lange Leiter nur pro forma stabilisierte. Geriet sie tatsächlich einmal ins Wanken, würde Pia sie niemals halten können. Das konnte man von einer Frau auch nicht erwarten. Keiner würde ihr einen Vorwurf machen, wenn die Leiter samt Frank umfiel, sobald er auf der obersten Sprosse stand. Vielleicht brach er sich bei dem Unfall ja einen Arm oder ein Bein, als Warnung sozusagen – wobei ihr der Hals eindeutig am liebsten wäre. Doch sie wollte dem Schicksal nicht vorgreifen und es selbst entscheiden lassen. Diese Vorstellung gefiel ihr. Ein bisschen hinterhältig vielleicht, aber effektiv.

Auf dem Weg zurück kam sie am Friedhof vorbei. Freie Grabstellen gab es noch genug. Wenige Meter vor ihrem Haus stellten sich Gewissensbisse ein. Immerhin war er ihr Mann, sie hatten sich Liebe geschworen – auch, wenn er jetzt tierisch nervte. Sie sollte noch einmal vernünftig mit ihm reden. Ihm eine letzte, eine faire Chance geben. Er hatte es in der Hand.

Frank saß vor dem Fernseher und verfolgte fasziniert einen Bericht über einen Wettbewerb in den USA, bei dem das am schönsten dekorierte Haus ermittelt wurde. Seine Augen leuchteten, während er ihn begierig verfolgte. Vor ihm lag ein Block, auf dem er bereits eine ganze Liste von Versandadressen und Ideen notiert hatte.

„Können wir reden?", fragte Pia.

„Gleich. Sobald die Sendung vorüber ist. Da sind ein paar super Sachen dabei. Klasse Impulse für die nächste Saison. Das, was sie gerade zeigen, ist echt der Hammer. Ich muss es haben", rief er ihr zu, ohne den Kopf zu wenden.

Pia teilte seine Euphorie verständlicherweise nicht. Sie ahnte, dass er bereits in Gedanken den Kauf getätigt hatte. Ihr Vorsatz schmolz dahin. Ihm war es völlig gleichgültig, dass er sie schon wieder vor den Kopf stieß, ihre Abmachung ausblendete. Sie blieb stehen und schaute über seine Schulter auf den Flachbildschirm. Kurz vor der Werbung wurde der Preis für Franks Objekt der Begierde genannt. Viel zu hoch für diesen Schund, dachte sie. Jetzt erst wurde ihr bewusst, dass sie in dem ganzen Ärger völlig die Kosten für seine letzten Neuanschaffungen außer Acht gelassen hatte. Sie stellte ihn deshalb zur Rede. „Was hast du eigentlich für das Zeug im Vorgarten und das Mischpult bezahlt?"

Er druckste herum. „Der Stand, die Heizpilze, die Biertischgarnituren und die Pyramide sind zu einem Schnäppchenpreis gemietet."

„Und der Rest?"

„Ist aus zweiter Hand. Keine Angst. Das Konto ist nicht überzogen. Ich habe keine Schulden gemacht", wich er ihr aus und senkte den Blick. Ein sicheres Zeichen, dass er es mit der Wahrheit nicht so genau nahm.

Sie musste sich vergewissern, dass er nicht log. Das Gespräch konnte warten. „Okay. Ich nehme jetzt ein Bad und geh dann ins Bett."

„Schlaf gut, Schatz", rief er ihr nach. Die Erleichterung in seiner Stimme war greifbar.

Während Pia das Wasser in die Wanne laufen ließ, loggte sie sich über ihren Tablet-PC in ihr gemeinsames Bankkonto ein. Frank hatte die Wahrheit gesagt. Sie waren nicht in den Miesen. Jetzt schnell noch das Sparguthaben überprüfen. Seit zwei Jahren sparten sie, um ihren fünfzehnten Hochzeitstag in Südafrika zu verbringen, ihr lang gehegter Wunsch. Die Reise sollte etwas Besonderes werden. Safari, Kapstadt, Winelands, Garten-Route. Inzwischen hatten sich 7000 Euro angesammelt. Als sie den Habenstand sah, traute sie ihren Augen nicht. Statt der 7000 waren nur noch 700 da. Das reichte nicht mal für einen Flug! Frank hatte das Konto geplündert, ihren Traum verraten, um seinen kindischen Plan zu verwirklichen. Nur mit Mühe konnte sie an sich halten. Am liebsten wäre sie runtergegangen und hätte ihm eins übergezogen. Aber das wäre unklug. Ein Unfall war schnödem Mord vorzuziehen. Seinetwegen würde sie nicht ins Gefängnis gehen. Die Sache mit der Leiter ließe sich entsprechend verkaufen – ein eingeschlagener Schädel nicht. Es blieb bei Samstag. Noch vier Tage, in denen sie sich nichts anmerken lassen durfte. Pia verzichtete auf das klärende Gespräch, damit er nicht argwöhnisch wurde, und schaffte es, dass Frank keinen Verdacht schöpfte.

Als sie Freitagabend nach Hause kam, bemerkte sie sofort den Metallstern, der von der Mitte des Bogens herabhing. Er blinkte golden und schien ziemlich massiv zu sein. Sie blieb kurz stehen, zog eine Grimasse und schüttelte verärgert den Kopf. Frank stand am Fenster, winkte ihr zu, lächelte. Pia winkte gequält zurück. Morgen war ihr Tag. Noch ein paar Stunden, dann hatte der Spuk ein Ende. Gleich war sie am Himmelstor. Franks Lächeln wurde breiter. Im Weitergehen spürte sie einen schwachen Widerstand an ihren Schienbeinen. Sie störte sich nicht daran, setzte ihren Weg fort. Plötzlich hörte sie ein metallisches Klicken und schaute nach oben. Ein Ruck ging durch den Stern. Er löste sich aus der Verankerung, sauste auf sie zu. Das Letzte, was sie sah, war die scharfe Spitze über ihrer Stirn.

Frank wartete, ob Pia wieder aufstand. Als sie das nicht tat, ging er nach draußen und entfernte den Draht samt Auslösemechanismus. Den Stern ließ er liegen, wo er war. Dann rief er die 112. Es hatte bedauerlicherweise einen weiteren tödlichen Unglücksfall in seiner Gemeinde gegeben. Zum vierten Mal innerhalb eines Jahres würde er die Einwohnerzahl nach unten korrigieren müssen.

Die große Tanne ließ er als Ausdruck seiner Trauer ausnahmsweise ungeschmückt – trotz des Nikolausmarktes. Soviel Pietät musste sein. Das schuldete er Pia. Aber im nächsten Advent würde sie wieder in aller Pracht erstrahlen. Da seine Frau ihm dann nicht mehr die Leiter halten konnte, würde er einen Steigwagen anfordern. Als Bürgermeister dürfte das kein Problem sein.

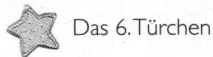

Endlich Paula Bengtzon

Sie kommen. Geräusche von Baggern und Presslufthämmern. Wie sehr habe ich gehofft, dass das passieren würde. Wie oft wurde ich enttäuscht, als sie sich doch woanders niederließen. Etwa an der Weiherstraße ... oder am Caromber Platz. Ob es den Apfelmann auf dem Wochenmarkt immer noch gibt? – einen Apfel für jedes brave Kind? Vielleicht. Vielleicht aber auch nicht. In zwanzig Jahren kann viel passieren. Menschen ziehen weg, Menschen sterben. So wie ich. Was wohl aus mir geworden wäre? Das habe ich mir überlegt. Ich konnte alles sein, was ich wollte – nur nicht erwachsen werden. Nichts an mir wächst weiter, außer der Hoffnung, eines Tages gefunden zu werden.

Der Baulärm hat aufgehört. Auf dem Schulhof höre ich Kinder singen – Schneeflöckchen ... dabei fällt gar kein Schnee. Wenn Schnee läge, würden sie nicht baggern. Es ist der 15. Dezember und ich weiß, für wen sie singen. Heute vor vierzig Jahren hat er hier angefangen, heute geht er für immer.

Wie die Kinder schmettern und frohlocken. Sie singen sich die Seele aus dem Leib – und wissen gar nicht, warum. Ob er sich auf seine Pensionierung freut? Keine Putzkolonnen mehr beaufsichtigen, keine Kaugummis mehr von Schulbänken kratzen, keine verstopften Toiletten mehr vom Unfug der Schutzbefohlenen reinigen. Endlich weg vom Terror der jungen Leiber im Turnzeug, die ihm schlaflose Nächte bereiten. Ob er sich schon eine Reise in den Süden gebucht hat? Ich habe ihn oft darüber reden hören. Jedes Jahr nach Asien, der lieben Menschen wegen. Und erst das Klima und die azurne Schönheit des Meeres! Von Kindern hat er nie gesprochen – von seiner wahren Leidenschaft schweigt er, seit der Spielplatz fertig war. Ob an seinem Urlaubsort auch welche unter der Erde liegen? Über mir sind der Sandkasten und das Klettergerüst und die Schaukel, auf die ich mich gefreut hatte, bevor das alles passierte. Vielleicht ist über den anderen das azurne Meer?

Mich haben sie nie gefunden, obwohl sie tagtäglich, jahrelang auf meinem Grab gebuddelt und gespielt haben, meine nichtsahnenden Klassenkameraden und nach ihnen noch viele, viele andere Kinder, deren Gesichter ich nicht kenne. Für die da draußen bin ich einfach eines Tages verschwunden. Natürlich haben sie nach mir gesucht – aber gefunden haben sie nichts. Weder meinen Ranzen noch meine Kleidung noch ein Fitzelchen von mir. Und dann haben sie mich vergessen.

Dass es niemandem aufgefallen ist, dass der Sandkasten so schnell fertig war. Der Hausmeister hat dafür eine Belobigung bekommen, der fleißige Mann. Und jedes Jahr vor dem Winter hat er das Klettergerüst angestrichen, damit es noch lange hält.

Meine Mutter kann nicht vergessen. Sie kommt manchmal am Sonntag auf den Schulhof. Dann ist niemand da, der sie stört. Sie weiß nicht, warum sie das macht. Vielleicht, weil er am Tage meines Verschwindens gesehen hat, wie ich auf der Sandkastenbaustelle gespielt habe. Wie klug von ihm, das zu sagen. Er war natürlich der Letzte, der mich lebend gesehen hat. Zur Pfarrgasse sei ich gegangen, hat er gesagt, ich hätte in der Grabenstraße zu einem Freund gewollt – aber bei meinem Freund bin ich nie angekommen. Sie glaubten, dass ich auf dem Weg entführt worden sei. Von einem Fremden. Sie glauben zu schnell und zu gerne. Immer. Vor allem fleißigen Männern, die kurz vor Weihnachten Klettergerüste aufrichten, damit nach den Ferien alles in bester Ordnung ist. War es ja auch – für ihn.

Meine Mutter setzt sich auf die Schaukel und weint. Wenn sie ausgeweint hat, dann geht sie wieder zu meinen Geschwistern. Warum macht sie es nicht wie die anderen – vergessen. Ich habe schon genug damit zu tun, hier rumzuliegen und zu warten. Ich warte nicht auf meine Mutter; ich habe auch aufgehört, auf meine Weihnachtsgeschenke zu warten. Es wäre eine Eisenbahn gewesen, Spur H-0.

Ich warte seit Jahren auf diejenigen, die den Spielplatz abreißen. Dass das genau am Tage seiner Pensionierung geschieht, ist gut. Der Sandkasten ist sein Werk und dass es am selben Tag entfernt wird wie er selbst, spricht eine eigene Sprache. Wenn er weg ist, wird es nichts mehr geben, das an ihn erinnert.

Aber so leicht werden sie ihn nicht los. Wenn die Baggerschaufel erst mal meine Knochen zutage fördert, dann werden sie alle sehr, sehr lange etwas zum Nachdenken haben. Sie werden sich herzlich übergeben und dann nach Hause gehen mit ihren neuen Erkenntnissen, um in der Nacht schweißgebadet aufzuwachen. Die alt gewordenen Lehrer werden sich in ihren Betten krümmen und das Beten wieder anfangen, wenn sie begreifen, wo ich all die Jahre gewesen bin und warum. Sie werden sich für ihr Vergessen schämen und keine Worte finden. Außer: Dabei war er doch so ein fleißiger Mann. Sie werden sich fragen, ob man etwas hätte bemerken müssen. Die Schuld hätte man ihm doch ansehen müssen. Ach was?

Sie haben aufgehört zu singen. Der Direx spricht ein paar Worte. Applaus. Zu Kaffee und Kuchen geht man in die Aula.

Endlich beginnt der Presslufthammer mit der Arbeit. Der Boden vibriert. Die Betondecke knirscht. Ob er wohl schon Blut und Wasser schwitzt – oder hat er mich vergessen? Kann man vergessen, dass man ein Kind erschlagen hat? Mit einer Schaufel auf den Kopf – dreimal, dann war es vorbei. Kann man vergessen, dass man mitten in der Nacht Beton gemischt hat, um die Grube auszugießen? Ich war noch gar nicht kalt, da war ich schon nicht mehr zu sehen. Er hat gezittert, aber niemals gezögert. Als er mit dem Spaten auf meinen Schädel eingedroschen hat, hat er nur gesagt – du wirst nie wieder was sehen und du wirst nie wieder was sagen. Dann war es dunkel.

Und jetzt – muss ich nichts mehr sehen und nichts mehr sagen. Die ersten großen Brocken heben sich. Durch den Lärm des Presslufthammers dringen die aufgeregten Schreie der Kinder. Sie lassen sich das Ereignis nicht entgehen. Sie wollen ihren neuen Spielplatz. Wie aufgeregt sie waren, als gestern der Sand abgefahren und Klettergerüst und Schaukel mit kreischender Metallsäge zerlegt wurden.

Der Presslufthammer verstummt. Die Stimmen werden aufgeregter. Das blanke Entsetzen. Jemand ruft um Hilfe. Die Menge strömt, angelockt vom Tumult, aus der Aula. Der Direx bittet um Ruhe.

Sirenen. Quietschende Reifen. Befehle. Männer springen in die Grube. Ja, nur zu, kommt. Nehmt es, nehmt es – mein Weihnachtsgeschenk für euch.

Einer klaubt die Uhr hervor, die zwischen meinen Knochen im Dreck liegt. Seine Uhr.

Dreh sie um, dreh sie um ...

Dem Hausmeister zum 10. Jahr
Alte Dorfschule – Schloßborn

Es zieht mich fort aus der Grube. Raus aus dem Loch. Da ist er. Seine Seele zittert, sie will fort, nur schnell fort. Er taumelt, dann reißt der Faden, an dem sein Leben hing. Sein Körper schlägt auf den Betonplatten des Schulhofes auf. Er ist Vergangenheit. Ich bin seiner Seele Gegenwart. So, wie er mich vor zwanzig Jahren verlassen hat, gehe ich ihm entgegen. In meinen kaputten Strümpfen, dem blutigen Hemd, der zerrissenen Hose. Ich strecke meine Hand aus. Komm, Hausmeister, ich habe auf dich gewartet. Jetzt gehst du mit mir. Dahin, wo es keine Gnade gibt. Und danach gehe ich nach Hause. Endlich.

Ein Zimtstern für Irina Leila Emami

Tief im Innern fühlte Marion, dass sie den Bratapfelkuchen nicht 45, sondern 49 ½ Minuten backen musste. Rezepte waren so seelenlos. Marion jedoch backte mit dem Herzen und mit Berta, ihrem Backofen. Sie backten schon seit zwanzig Jahren zusammen und Berta hatte sie noch nie enttäuscht. Andere hatten Haustiere, Marion hatte Berta. Natürlich sprach sie mit niemand über ihr Verhältnis zu Berta, genauso wenig wie über alles andere in ihrem Leben.

Marion lebte alleine. Ihre Tochter Birte, die Folge dieser Liaison damals im Schwarzwald, war 33 und besuchte sie Gott sei Dank nur höchstens einmal im Jahr, nach Weihnachten am 30.12. So konnte Birte ihr die schönste Zeit des Jahres auch nicht mit ihren ewigen Vorwürfen verderben. Für Birte hatte sie seit über zwanzig Jahren nichts mehr gebacken.

Sie sah auf die Uhr. 5:05 Uhr. Der Bratapfelkuchen brauchte noch zehn Minuten. Ja, sie liebte diese Vorweihnachtszeit besonders. Da gab es so viel zu backen: tausenderlei Plätzchen, Kuchen und Torten. Dann gab es in ihrer Rüdesheimer Kirche St. Jakobus so wundervolle Feste zu feiern und sie konnte ihr Backwerk an den Herrn Pfarrer verschenken. In der weihnachtlich geschmückten Kirche leuchteten seine Augen so selig und seine Worte klangen in Erwartung des Herrn noch wärmer und wohliger als sonst. Sie konnte nicht genug haben von ihm. Gleich, in wenigen Sekunden, war der Bratapfelkuchen bereit. Sein Lieblingskuchen. Das hatte er ihr im letzten Jahr nach der Roratemesse zum Advent, beim traditionellen Frühstück im Pfarrhaus, verraten. Ihr Herz klopfte, als sie daran zurückdachte. Ein schöneres Geschenk hätte er ihr nicht machen können. Davon zehrte sie noch heute.

Nun war Berta so weit. Marion öffnete Bertas Tür und zog das Blech mit dem Kuchen heraus. Wie er duftete! Berta war die Beste.

Nachdem Marion sich gewaschen und umgezogen hatte, ging sie in die Küche zurück. Der Kuchenduft hatte sich schon in allen Winkel ihres Häuschens ausgebreitet. Ihre Wangen begannen zu glühen, als sie daran dachte, wie der Herr Pfarrer mit seinen filigranen Händen die gefüllte Kuchengabel zu seinem Mund führte, um ihren Kuchen mit geschlossenen Augen auf seiner Zunge zergehen zu lassen. Dann würde er sie anstrahlen, lächeln und sagen: „Das nenne ich Backkunst, Sie Fleißige!" Allein für solch einen Augenblick lohnte es sich, zu leben. Mehr wollte sie nicht. Schließlich durfte er nicht nur ihr seine volle Aufmerksamkeit schenken, dafür war er ein zu gewissenhafter Hirte und hatte ein Gelübde abgelegt.

Nun musste sie den Bratapfelkuchen mit den Zimtsternen dekorieren, die sie gestern Abend mit Berta gebacken hatte.

Frau Funke von nebenan hatte sie die Zimtsterne zum Probieren gegeben und ihr erklärt wie außergewöhnlich gut, saftig, knusprig und doch zart sie waren. Frau Funke musste man alles erklären. Marions Herz schlug höher, als sie die Zimtsterne auf den Kuchen drapierte. Während der heutigen Roratemesse, wenn sie alle zur frühen Morgenstunde nur bei Kerzenlicht den Advent feierten, wenn der Pfarrer mit seiner samtenen Stimme diese besondere Messe las, würde sie dahinschmelzen, wie die Zimtsterne später in seinem Mund. Sie leckte sich den Zuckerguss von den Fingern. Ein einziger Zimtstern fehlte noch. Sie hörte in sich hinein, ob sich ihr Entschluss noch richtig anfühlte. Ja! Sie musste den Herrn Pfarrer vor der Sünde retten und Frieden in das Haus Gottes bringen. Wegen Irina! Marions Eingeweide zogen sich zusammen. Mit ihren haarsträubenden Geschichten über ihre angeblichen Peiniger und ihrer Flucht aus der Ukraine hatte Irina die ganze Aufmerksamkeit des Herrn Pfarrers auf sich gezogen. Doch der Herr im Himmel wusste, genauso wie Marion, dass Irina eine teuflische Lügnerin war. Dafür, dass Irina dieses Jahr vor Ostern als Zwangsprostituierte aus der Ukraine geflohen war, sprach sie für ihren Geschmack zu gut deutsch. Der Herr Pfarrer war ein viel zu guter Mensch, als dass er vermuten könnte, jemand wolle ihn hinters Licht führen. Der Arme! Er ahnte es nicht. Irina war nur gekommen, um ihn mit ihren großen blauen Augen ins Unglück zu stürzen. Dabei war er nicht der Einzige, dem sie den Kopf verdrehte. Sie hatte Irina genau beobachtet. Als Marion Frau Funke durch die Blume erklärte, dass Irina auch ihrem Georg schöne Augen machte, hatte diese nur albern gekichert. Manchmal halfen dieser Frau nicht einmal Erklärungen. Aber Marion wollte sich auch für Frau Funke einsetzen. Diese Roratemesse musste Irinas letzte sein! Einmal sollte Irina noch die wunderschöne Stimmung in der Kirche genießen dürfen, den Gesang und die Texte, die diese Vorweihnachtszeit so wunderbar unterstrichen. Vielleicht half Irina das ein klein wenig, Gottes Gnade für ihre verdorbene Seele zu erlangen. Marion war schließlich kein Unmensch. Auch wenn Irina es nicht verdient hatte, so dreist, wie sie sich in immer mehr Angelegenheiten der Kirche einmischte. Nicht auszudenken, wenn sie auch noch anfangen würde zu backen.

Marion nahm den letzten Zimtstern aus der Keksdose. Sie hatte ihn in Klarsichtfolie gewickelt. Diesen einen, letzten

Zimtstern sollte Irina haben. Marion befreite ihn vorsichtig von der Folie.

Fein säuberlich hatte sie im Spätsommer die Samen der außergewöhnlich schönen Rizinuspflanze gesammelt, die sie im Eberbacher Klostergarten entdeckt hatte. Dass ausgerechnet an diesem Ort die Pflanze mit dem tödlichsten Gift der Natur gedieh, musste ein Zeichen sein.

Mit Einweghandschuhen und einem Geschirrtuch vor Mund und Nase gebunden, hatte Marion gestern Abend drei Samen in ihrem Mörser zerstoßen. Mit einem scharfen Messer hatte sie den Zimtstern seitlich eingeschnitten, das giftige Pulver hineinrieseln lassen, und den Zimtstern wieder zusammengedrückt. Zur Sicherheit hatte sie die Stelle nochmals in Zuckerguss getaucht, damit der tödliche Inhalt nicht wieder austreten konnte. Auf den Zuckerguss dieses Zimtsterns hatte sie zum Schluss ein Kreuz geritzt, damit sie ihn ja nicht verwechselte. Nun musste sie aufpassen, dass nur Irina das Kuchenstück mit dem bekreuzten, extra dicken Zuckerguss bekam. Marion war sich sicher, dass sie vor dem Herrn nichts zu befürchten hatte, schließlich handelte sie in seinem Sinne. Nicht auszudenken, was passierte, wenn Irina den Pfarrer doch noch verführen würde. Sie musste ihn retten. Dafür war sie zu jedem Opfer bereit.

Mit dieser Einsicht wich alle Angst von ihr. Sie legte den bekreuzten Zimtstern auf den Kuchen und stülpte die Kuchenhaube darüber.

Als sie um 5.45 Uhr in der Früh zur Kirche lief, blies ihr ein ungemütlich kalter Dezemberwind ins Gesicht. Es war dunkel und das Licht der Straßenlaternen spiegelte sich auf den regennassen Pflastersteinen. Kein Mensch außer ihr war zu sehen. Der Herr Pfarrer musste wirklich mehr Werbung für die Roratemessen machen. Selbstverständlich würde sie ihm dabei helfen. Sie würde Flyer verteilen und die Leute persönlich ansprechen. Wahrscheinlich wusste fast keiner, was eine Roratemesse überhaupt war. Der gemeine Konsummensch dachte in der Adventszeit an Weihnachtsmärkte, Weihnachtskarten, Weihnachtsgeschenke, Weihnachtsfeiern, Glühwein, Gänsebraten mit Klößen und Rotkraut. Marion seufzte betroffen über ihre Mitmenschen und eilte an den noch geschlossenen Buden des Rüdesheimer Weihnachtsmarktes vorbei zur Kirche, wo gleich die wahre Vorweihnachtsfeier stattfinden würde.

Als Marion an der Kirche ankam, sah sie Irina, wie sie mit dem Herrn Pfarrer vor der Tür stand. Sie hatte einen Kuchen in der Hand und der Pfarrer lächelte sie an. Marion wurde schlecht. Was war das für ein Kuchen?

Sie eilte die Treppen zur Kirche empor. Da blickte der Pfarrer zu ihr hinüber. Das Licht der Straßenlaterne spiegelte sich in seinen dunklen Augen. Jedes Mal wenn er sie anblickte, konnte sie nicht anders: Sie lächelte und vergaß alles um sich herum. Dabei wurde es ihr warm ums Herz. Er wandte sich ihr zu und sagte: „Guten Morgen, Frau Spitzinger!" Doch dann drehte er sich wieder zu Irina um.

In diesem Moment traten aus den dunklen Schatten des Morgens mehrere Gestalten. Blitzschnell registrierte Marion die alte Frau Meier, Herrn Anton Weiß und seine Frau Gisela, Herrn Frank und die drei Breitscheid-Schwestern, alles übliche Roratemesseteilnehmer. Fest umklammerte Marion ihren Kuchen und schritt voran.

„Hach, des Irina hat jo nen Kuche gebacke! Wie schee!", krächzte die alte Frau Meier begeistert und zeigte auf Irina. Eine der Breitscheid-Schwestern kicherte.

„Ja, das hat sie, die Fleißige! Und sie hat auch noch alle Lichter in der Kirche angezündet", verkündete der Herr

Pfarrer begeistert. Wie meinte er das? Sollte das etwa ein Vorwurf sein? War sie etwa nicht fleißig? Marions Magen brannte wie Feuer.

„Ich habe aber einen Bratapfelkuchen gebacken. Ihren Lieblingskuchen", entgegnete sie trotzig. Eine der Schwestern kicherte.

„Ei, Frau Spitzinger, annern wern doch auch ma was backe dürfe!", belehrte sie Frau Meier. Hilfe suchend sah Marion zu ihrem Pfarrer hinüber, der sie jedoch nicht beachtete, sondern tuschelnd mit Irina in die Kirche ging.

Marions Mund wurde staubtrocken. Ihre Knie zitterten. War er bereits vom Weg abgekommen? Kam ihre Hilfe zu spät?

Während der Messe war Marion so verwirrt, dass sie kaum mitbekam, was gesprochen und gesungen wurde. Nur, dass der Herr Pfarrer zu oft und zu lang Irina ansah, entging ihr nicht.

Nach der Roratemesse, die ihr wie eine Ewigkeit vorkam, marschierten alle Gottesdienstbesucher stumm ins Gemeindehaus zum gemeinschaftlichen Frühstück. Sie hielt ihren Bratapfelkuchen fest umklammert. Der Herr Pfarrer beachtete sie nicht.

Die Tische waren bereits eingedeckt. Frau Meier zündete mit faltigen, zittrigen Händen zwei Kerzen am Adventskranz an, während jeder seine mitgebrachten Speisen auf den Tischen verteilte. Marion beobachtete aus den Augenwinkeln, was Irina trieb. Diese nahm die Haube von ihrem Kuchen. Pah, was war das? Ein schnöder Marmorkuchen, lieblos mit Puderzucker bestreut. Marion zog die Haube ihres Kunstwerks hinunter. Eine Duftwolke von Zimt und Apfel schlug ihr entgegen. Sie blickte sich um, keiner achtete auf ihr Meisterwerk. Da sah sie, wie Irina zur Tür eilte und dem Herrn

Pfarrer etwas zuflüsterte. Dann verschwanden beide nach draußen.

Panik ergriff Marion. Sie ließ ihren Kuchen Kuchen sein und folgte ihnen, während die anderen schwatzend damit beschäftigt waren, das Frühstück vorzubereiten.

Leise schlich sie die Treppe hinunter, die außen an der Kirchenmauer entlangführte. Draußen war es immer noch dunkel. Sie konnte Stimmen von der Straße hören, eine Autotür wurde zugeschlagen. Ein Motorrad knatterte vorbei. Dann durchschnitt ein schriller Schrei die Dunkelheit. Sie beschleunigte ihre Schritte. War das Irinas Schrei? Marion eilte über den kopfsteingepflasterten Hof und bog auf die Straße. Da sah sie im Straßenlaternenlicht den Pfarrer neben Irina knien, die reglos am Boden lag. Marion trat näher. Er murmelte irgendetwas Unverständliches. Als sie neben den beiden stand, sah sie es klar und deutlich. Irina glotzte mit ihren großen blauen Augen leblos in den Himmel. Der Herr Pfarrer, der neben ihr kniete, hielt ein Messer in der Hand und blickte Hilfe suchend zu Marion empor. Blut, Irinas Blut, tropfte von der scharfen Klinge. Marion kniete zu ihm nieder. Sie verstand. Er brauchte ihr nichts zu erklären. Er hatte diese Teufelin selbst besiegt, mit einem Stich direkt in ihr Herz. Was für ein Mann. Marion nahm ihm wortlos das Messer aus der Hand. Zog ein Tempo aus ihrer Jackentasche und säuberte den Schaft von seinen Fingerabdrücken. Selbstverständlich würde sie die Schuld auf sich nehmen. Sie hätte Irina so oder so ermordet, aber die Gemeinde konnte unmöglich auf ihn verzichten.

Vor lauter Glück wusste sie nicht, wie viel Zeit verstrichen war. Freudig erklärte sie dem Kommissar, der sie im Gemeindehaus vor dem gedeckten Frühstückstisch befragte, dass sie Irina hatte umbringen müssen, um die Gemeinde vor Unbill zu schützen. Es war so befreiend, endlich darüber sprechen zu können. Doch der Kommissar lächelte nur und erklärte: „Frau Spitzinger, das war sicher ein Schock für Sie. Doch Sie können unmöglich die Mörderin gewesen sein."

Marion war es, als verliere sie den Boden unter den Füßen. „Sie müssen mir glauben!", fuhr sie ihn an. „Ich habe Irina vom ersten Tag an durchschaut. Der Teufel höchstpersönlich hat Irina zu uns gesandt. Und als ich im Sommer im Garten von Kloster Eberbach spazieren ging, habe ich das Zeichen des Herrn in Form seiner Schöpfung erkannt. Sie als Fachmann wissen, was ich meine."

„Der Arzt wird in wenigen Minuten da sein. Seien Sie unbesorgt!", lächelte er beruhigend und schielte dabei auf das unangerührte Frühstück auf dem Tisch.

„Ein Arzt? Wozu?", fragte Marion.

„Sie stehen ja völlig unter Schock!"

„Vielleicht bin ich nur ein wenig erschöpft, wissen Sie … ich habe so lange gebacken, und …" Sie wollte die Geschichte von Berta, dem Zimtstern und ihrem Bratapfelkuchen erzählen, doch es gab Wichtigeres. „Bitte, Herr Kommissar", flehte sie eindringlich, „Sie müssen mir glauben, der Herr Pfarrer ist unschuldig! Er ist so ein guter und frommer Mann! Ohne ihn läuft hier gar nichts. Sie dürfen das nicht zulassen!"

„Ja, Frau Spitzinger, das wissen wir. Er ist unschuldig. Er wollte mit Irina einen Kasten Wasser aus ihrem Auto holen, als plötzlich ein Motorradfahrer vorbeiraste und das Messer genau in Irinas Herz schleuderte. Wir haben auch schon einen Verdacht, wer der Mörder gewesen sein könnte. Frau Irina und ihre Vorgeschichte sind uns bekannt."

Marion lächelte. „Hat Ihnen der Herr Pfarrer diese Geschichte erzählt?"

Der Kommissar nickte.

Marion schossen vor Glück die Tränen aus den Augen. Dass der Herr Pfarrer sie durch diese Geschichte beschützen wollte, war mehr, als sie je erwartet hätte. Aber er durfte sich nicht mit einer Lüge versündigen. „Glauben Sie dem Herrn Pfarrer kein Wort! Er hat ja nur ein zu mitleidiges Herz. Ich hätte Irina so oder so ermordet. Nun ist alles gut und ich bin bereit, alle Schuld auf mich zu nehmen."

Der Kommissar sah plötzlich von ihr weg und zur Tür. „Ja, hier ist die Patientin", rief er und zeigte auf Marion.

Bevor der nette, junge Mann mit dem weißen Kittel sie am Arm hinausführte, legte der Kommissar seine Hand auf Marions Schulter und sagte: „Sie dürfen bestimmt bald wieder nach Hause. Alles wird gut!"

„Ja, es wäre schön, wenn ich bald heim zu Berta könnte. Wissen Sie, sie ist mein Backofen! Und sie würde mich vermissen!"

Der Kommissar sah fragend zu dem netten, jungen Mann im weißen Kittel hinüber. Dieser schob Marion sanft aus dem Gemeindesaal. So viel Fürsorge hatte sie lange nicht mehr gespürt. Da kam der Herr Pfarrer auf sie zu, stellte sich vor sie, legte ihre Hand zwischen seine Hände und sprach: „Alles Gute, Frau Spitzinger!"

Marion lächelte. Voller Glückseligkeit hörte sie, wie der Kommissar hinter ihr sagte: „Mir knurrt der Magen. Die haben sicher nichts dagegen, wenn ich mir ein Stückchen von diesem köstlichen Bratapfelkuchen nehme."

Bevor sie den Raum verließ, rief sie zu ihm zurück: „Essen Sie, so viel sie möchten. Aber nicht den gekreuzten Zimtstern. Der war für sie! Ich habe ..."

„Ja, ja, Frau Spitzinger. So, jetzt gehen wir ganz vorsichtig die Treppen hinunter, gell!", unterbrach sie der nette, junge

Mann und schob sie sanft hinaus. Sogar der Herr Pfarrer stützte sie beim Treppenhinabsteigen. Wie schön!

Nachwort

Ihren Namen hat die traditionsreiche, katholische Roratemesse vom Eröffnungsvers: „Rorate caeli desuper, et nubes pluant iustum" (Ihr Himmel tauet den Gerechten, ihr Wolken regnet ihn herab). Heute werden Roratemessen in der Adventszeit (Adventus Domini = Ankunft des Herrn) bis zum 16.12. vor Sonnenaufgang (vor Anfang des Lichts) an Wochenenden oder je nach Gemeinde auch an Werktagen gefeiert. Dabei steht Maria, die nach der Verkündigung des Engels Gabriel Gottes Sohn erwartet, im Vordergrund. Die Kirche ist während der Messe ausschließlich mit Kerzen beleuchtet und die Gemeinde trifft sich hinterher zum gemeinschaftlichen Frühstück.

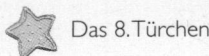

Vom Himmel hoch Ivonne Keller

Mimis Plan war glasklar: Lorenzo musste sterben. Und zwar heute. An diesem Ort. Sie hatte eine halbe Ewigkeit auf diese Möglichkeit gewartet und sie hatte nicht vor, es zu verkacken.

Von hier oben auf der Mauer der Bad Vilbeler Wasserburgruine hatte sie einen erstklassigen Blick nach unten aufs Geschehen. Die aufwendig restaurierten Grundmauern bildeten den perfekten mittelalterlichen Rahmen für den Weihnachtsmarkt, der sich im Innenhof abspielte – man fühlte sich in alte Zeiten zurückversetzt. Dennoch wollte sich keine rechte Romantik einstellen. Zu viele Menschen. Kein Schnee. Stattdessen frühlingshafte zwölf Grad. Und dann dieser Duft nach gerösteten Mandeln und Glühwein, dieses Gedudel von Jingle Bells und Last Christmas. Unerträglich. Doch sie hatte keine Zeit, sich mit Gerüchen und Musik zu beschäftigen, viel wichtiger war es, Lorenzo zu finden. Lorenzo Lindemann. Sein mild klingender Nachname täuschte – er war ein ganz durchtriebener Hund. Irgendwo zwischen all den selig grinsenden Leuten, die sich an tannenzweig- und lichterkettengeschmückten Buden entlangschoben, musste er sein.

„Wie sieht er denn eigentlich aus, dein Lorenzo?", fragte Karl, der eben neben ihr auf der Mauer auftauchte. Sie hatten ihn ihr als Wachhund mitgegeben. Dabei brauchte sie weiß Gott keinen Aufpasser.

„Wenn ich das so genau wüsste", beantwortete sie seine Frage. Wenn Lorenzo so gut aussah wie früher, war er blond und trug das Haar etwas länger. Wie ein kalifornischer Surfer mit Brett unterm Arm. Es war aber zu vermuten, dass er inzwischen eine andere Frisur trug und auch die Haarfarbe sich geändert hatte. Möglicherweise sogar die knackige Figur. Es hatte lange gedauert, herauszufinden, wo er sich aufhielt; zwanzig Jahre waren ins Land gegangen, bis sie endlich auf jemanden gestoßen war, der ihn kannte. Doch jetzt war sie kurz vorm Ziel.

„Was machst du eigentlich, wenn unser Informant ihn mit irgendwem verwechselt hat und es gar nicht *er* ist, der hier in diesem Nest so eine wichtige Rolle spielt?"

„Papperlapapp", entgegnete Mimi. „Lorenzo ist unverwechselbar. Und niemand sonst trägt diesen Namen. Lorenzo Lindemann, so heißt doch kein Zweiter." Obwohl sie es natürlich nicht wissen konnte. Zum Internet, wo sie es angeblich hätten recherchieren können, hatten sie keinen Zugang. Sie arbeiteten noch auf die traditionelle Art – was einige betrübte, besonders die Jüngeren. Sie selbst hatte ja sowieso keine Ahnung davon.

„Na gut", unterbrach Karl ihre Gedanken. „Dann mischen wir uns mal unters Volk."

Während sie weihnachtlich dekorierte Buden mit Auslagen von Häkeldecken, Holzspielzeug für Kinder und mit Kräutern gefüllten Stoffsäckchen passierten, reckte Karl seine Nase nach Waffeln und selbst gebackenen Muffins: „Was für ein Jammer, dass wir nicht noch ein einziges Mal ...", seufzte er schließlich, doch Mimi knuffte ihn in die Seite: „Du bist nicht zum Kuchenessen hier." Während sie mühelos durch die Menge glitten, taxierte Mimi jeden Mann zwischen vierzig und siebzig. Möglicherweise sah Lorenzo jünger aus, als er war – oder auch älter – je nachdem, wie ihm das Leben mitgespielt hatte. Auf jeden Fall besser als ihr, so viel stand fest.

Nach ihrer dritten Runde kniff Mimi die Augen zu Schlitzen zusammen. „Ich glaube, der da drüben könnte es sein", flüsterte sie, obwohl es gar nicht nötig gewesen wäre. Sie deutete auf einen schlaksigen Mittfünfziger; auf seinem Kopf trug er eine lässige graue Wollmütze, die keck nach hinten wegknickte. Darunter lugten blonde Strähnen hervor – vermutlich gefärbt – Lorenzo war schon immer eitel gewesen. Die Wahl der kurz geschnittenen Sportjacke und die eng sitzende Jeans rundeten die jugendliche Erscheinung ab. Mimis Blick streifte die junge Frau an seiner Seite. Sie trug unverschämt hohe Pumps, dazu eine blickdichte Strumpfhose, Jeansrock und einen halblangen senffarbenen Mantel, der perfekt mit ihrem rötlichen Pferdeschwanz harmonierte. Das Aussehen der Frau verpasste Mimi einen Stich. Es war, als sähe sie durch einen Zeittunnel hindurch sich selbst in einer etwas sportlicheren und schlankeren Ausgabe. Lorenzo umgab sich also immer noch gerne mit schönen Menschen und liebte es, im Mittelpunkt zu stehen. Widerlich, wie dieses Weib gerade so schrill über einen von Lorenzos Witzen lachte – und auch das dabeistehende Pärchen gackerte eifrig.

„Irgendwie sieht er ja ganz nett aus", bemerkte Karl. „Ganz lustig und unkompliziert."

„Das täuscht." Mimi und kniff die Lippen zusammen. Ersaufen lassen hatte er sie. Im Meer vor der sardischen Küste, am 27. Juli 1994. Ihrem vierzehnten Hochzeitstag.

„Ich gäbe alles darum, so einen kandierten Apfel zu essen", murmelte Karl wieder und Mimi konnte nicht anders, als ihn stirnrunzelnd ins Auge zu fassen. „Was willst du überhaupt hier? Du hast nichts anderes als Essen im Sinn. Dabei haben sie mir dich doch als Unterstützung mitgegeben! Obwohl ich weiß Gott keine bräuchte! Und jetzt sieht es so aus, als müsste ich auf dich aufpassen, statt mich meinen Plänen zu widmen! Reiß dich zusammen. Wir können es uns nicht leisten, dass jemand auf uns aufmerksam wird."

Karl zog einen Flunsch und folgte ihr in gebührendem Abstand, reckte aber weiter den Hals nach Magenbrot und Zimtsternen. Als sie knapp hinter Lorenzo zum Stehen kam, zog dieser die Schultern hoch, als fröstele er. Seine junge Begleiterin fragte besorgt: „Ist dir kalt? Ich hab' dir doch gesagt, du sollst lieber den Mantel nehmen!"

Lorenzo lachte in seiner unbekümmerten Art und drückte ihr einen Kuss auf die Wange: „Ach Unsinn, Schätzelchen. Sorg' dich nicht immer gleich."

Mimi runzelte die Stirn und musterte die junge Frau. Irgendetwas brachte dieses feingliedrige Wesen in ihr zum Klingen. Sie wusste nur gerade nicht was. *Konzentrier dich, Mimi,* sagte sie sich. *Nur nicht ablenken lassen.* Was nicht leicht war, denn nun zupfte Karl an ihr. „Mimi, wirklich. Ich finde es super, dass du endlich rausgefunden hast, wo er ist, aber hier und heute klappt es beim besten Willen nicht. Hier sind einfach zu viele Leute."

„Oh doch", widersprach Mimi und fokussierte Lorenzo weiter. Sie wusste, wie sie ihn hier wegbekam. Es war sogar sehr einfach. Sie bückte sich und langte mit sicherem Griff von hinten zwischen seinen Beinen hindurch. Dann tastete sie nach der richtigen Stelle und drückte zu.

Lorenzo Lindemann führte gerade eine Tasse heißen Glühwein an seine Lippen, als ihm ein plötzlicher Schmerz in die Weichteile schoss. Ein erschrockener Atemstoß entfuhr seinen Lippen und er konnte gerade noch verhindern, dass er in die Knie ging und sich oder den anderen den Glühwein überkippte. Stattdessen drückte er Püppi die Tasse in die Hand und kniff die Beine zusammen, wie ein kleines Kind, das dringend zur Toilette muss.

„Ist was?", fragte Volker, sein Freund und Kollege, doch Lorenzo bekam kein Wort über die Lippen. Er wusste nicht wieso, aber er musste auf einmal an Mimi denken. Als ob sie sich mit einem Schlag in sein Bewusstsein katapultiert hätte. Und etwas zog ihn von den anderen fort. Es war schwer zu beschreiben, aber wenn er es in Worte hätte fassen sollen, dann war es genau das: Etwas zog ihn an den Eiern in Richtung Ausgang. Zumindest vermutete er das für einen Moment, während er im Rückwärtsgang durch die Menschen drängte, weg von Püppi, Volker und Margarete, die ihm mit offenen Mündern hinterherstarrten. „Wo willst du denn hin?", rief Volker und rümpfte die Nase wie ein Kaninchen. Und Püppi verzog ihren süßen Mund zu einem O. Margarete flüsterte ihr etwas zu und beide fingen kopfschüttelnd an zu lachen.

Statt zum Ausgang zog es Lorenzo jedoch über den Platz an den Ständen und an einem Ausschank vorbei, zu einer Stahltreppe, die sich an das Gemäuer anschmiegte und nach oben führte. Im Sommer waren am Ende der Treppe auf einer Plattform Stehtische für die Besucher der Burgfestspiele aufgebaut, wo sie in den Pausen oder vor Beginn der Vorstellung bei einem Glas Wein verweilen konnten. Auf der Hälfte der Höhe teilte sie sich – links ging es nach oben, rechts führte sie an der Außenmauer entlang nach unten zum Wassergraben, der die Burg umgab, und zu einem Steg. Lorenzo war noch nie rückwärts eine Treppe nach oben gestiegen – schon gar nicht in dieser Geschwindigkeit – und schlug sich prompt die Hacken an den ersten Stufen an. Er hatte jedoch keine Zeit, darüber nachzudenken, denn der Schmerz zwischen seinen Beinen drängte zum Weiterstolpern. Passend zu seiner Verfassung dröhnte mit einem Mal der Posaunenchor durch die Lautsprecher. Die Bläser gaben alles. Stille Nacht, heilige Nacht. Und ihm war zum Schreien. Kaum war er an dem Absatz angelangt, an dem sich die Treppe teilte, ließ der Schmerz zwischen seinen Beinen nach. Lorenzo richtete sich schwer atmend auf und tastete nach seiner wunden Männlichkeit. Gott sei Dank – es war noch alles an Ort und Stelle. Er blickte zur Bühne, auf der die Bläser mit aufgeblasenen Backen an ihren Instrumenten hingen. Die Trompeten, Flügelhörner und Posaunen schienen in der Luft zu schweben, während flinke Finger routiniert Notenhefte umblätterten. Lorenzo fühlte sich seltsam. Zum einen wegen des schmerzhaften Überfalls auf seinen Körper und seine Willenskraft, zum anderen wegen der Kälte, die seinen Leib erzittern ließ. Doch da war noch etwas, was ihm Sorgen bereitete: Er hörte Stimmen. Oder besser: eine ganz bestimmte. Die Stimme von Mimi, seiner verstorbenen Frau. *Na super*, dachte Lorenzo, *ich drehe durch*. Er hatte schon immer geahnt, dass der Wahnsinn nicht fern lag, wenn man bedachte, was er schon alles durchgemacht hatte, aber gerade jetzt, wo alles so gut lief, hatte er eigentlich nicht mehr damit gerechnet. Im Sommer war er nach etlichen Zwischenstationen in anderen Kleinstädten nun im fünften Jahr hier bei den Burgfestspielen als Schauspieler engagiert. Im Winter, so wie jetzt, betätigte er sich als Leiter von Theaterworkshops. Auch Püppi fühlte sich sauwohl, sie kannte inzwischen die halbe Stadt.

„Hier spielt die Musik", unterbrach Mimis Stimme brutal seine Gedanken, „denk bloß nicht, dass der Spuk schon vorbei ist."

Lorenzos Kopf jagte von links nach rechts, dann drehte er sich einmal um die eigene Achse – doch kein Mensch war zu sehen. Ihm stellten sich die Nackenhaare auf. Hilflos hielt er Ausschau nach Püppi und den anderen, aber die waren im Menschengewühl nirgends zu entdecken; steckten vermutlich irgendwo fest oder waren schon durch das Tor über die breite Steinbrücke nach draußen gelaufen, um nach ihm zu suchen. Hier würden sie ihn jedenfalls nicht vermuten. Er musste unbedingt wieder nach unten. Ihnen hinterherlaufen und irgendwie klarmachen, dass er im Begriff war, den Verstand zu verlieren. Gerade, als er den Abstieg antreten wollte, packte ihn wieder etwas zwischen den Beinen.

Mimi registrierte voller Genugtuung Lorenzos Entsetzen. Sie konnte kaum genug bekommen von dem gehetzten Gesichtsausdruck und dem hektischen Umsichschlagen, als belästige ihn ein Schwarm Bienen. Immerhin hatte sie auch gewaltig gestrampelt, damals in den Gewässern vor der Costa Smeralda, als er mit dem Motorboot einfach so davongebraust war – sie in der durch die Motorschraube aufbrausenden Gischt zurücklassend. Sie packte ihn noch ein wenig fester und raunte: „Das ist die falsche Richtung."

Er sah so aus, als wollten seine Augen aus den Höhlen treten. Als wolle er um Hilfe rufen – was er vermutlich nicht tun würde, denn nichts hasste Lorenzo mehr, als sich lächerlich zu machen. Was er mit als Grund angeführt hatte, als es damals in ihrer Ehe bergab ging. Dabei waren es nur seine Ignoranz und sein mangelndes Verständnis dafür gewesen, dass sie sich selbst finden musste. Angefangen hatte alles mit dem Kursus „Wecke die innere Löwin in dir", den sie besucht hatte, nachdem ihr die Situation zu Hause über den Kopf zu wachsen drohte. Danach folgten Workshops wie „Tantra – der Weg in ein erfülltes Liebesleben" und „Loslassen – Fesseln sprengen". Und sie hatte Fesseln gesprengt! Lorenzo hatte das nicht gefallen. Verantwortungslos hatte er sie genannt. Egoistisch. Sexbesessen. Dabei war doch nichts attraktiver als eine zufriedene Frau! Das fand zumindest ihr

Yogi Andreas, der ihr innerhalb kürzester Zeit den perfekten herabschauenden Hund beigebracht und auch beim Thema Tantra einiges auf dem Kasten gehabt hatte. Und da war Lorenzo durchgedreht. Sie würde sich nicht genug kümmern. Um ihn. Um das Kind. Dann hatte er sie zu diesem Sardinienurlaub genötigt, obwohl zur selben Zeit das Seminar „Dein Weg zur inneren Kraft – dein Weg zu dir" seit Wochen gut sichtbar im Küchenkalender gestanden hatte. Doch Lorenzo hatte das nicht die Bohne interessiert. Dabei war es doch auch sein Kind gewesen. *Er* hätte es doch genauso gut herumtragen können, wenn es Koliken hatte. Aber nein, seine Theaterproben waren vorgegangen. Seine Premieren, seine Meetings, seine Tourneen. Und sie allein mit Kind. Anfangs hatte sie sich ja noch alle Mühe gegeben. Bis etwas anderes in ihr Leben getreten war. Etwas Sinnvolles. Es war doch so: Wo der Gedanke an eine unaufgeräumte Küche ihr zu Beginn ihrer Mutterschaft das Wochenende hatte vermiesen können, interessierten sie solche Dinge dann einfach nicht mehr. Für Lorenzo war das auch wieder nicht richtig gewesen. Ob sie es denn normal fände, dass das Kind einen wunden Po, wirres Haar oder dreckige Füßchen hatte. Ständig hatte er an ihr herumgemeckert. Dabei war sie endlich mal in ihrer Mitte gewesen! Im Zentrum des Seins, eins mit sich und dem Universum. Er hatte ihr einen Vogel gezeigt. Hatte sie mit in diesen Urlaub geschleppt und ihr einfach verboten, den Workshop zu besuchen. Angeblich wollte er ihnen mit dieser Aktion eine neue Chance geben. Das Kind hatte er bei seinen Eltern untergebracht. Was ihr ganz recht gewesen war, es war ihm nicht gut beizukommen gewesen, diesem kleinen Ding, dass sie bei ihren Meditationen und Rückzügen in sich selbst gestört hatte. Obwohl sie in diesem Urlaub sowieso zu nichts von alledem gekommen war.

Stattdessen gab es stundenlange Wanderungen durchs Hinterland, Hand in Hand Berge rauf und runter, zu Wasserfällen und Grotten. Und dann stritten sie. Um die Zukunft. Sie hatte es nämlich satt mit seiner Theaterspielerei. Das brachte einfach nicht genug Geld ein. Immerhin kosteten ihre Seminare eine Stange Geld. Doch für solche Dinge hatte Lorenzo kein Ohr gehabt. Ach du meine Güte. Er war mit ihr aufs Meer hinausgefahren, stand mit wutentbrannter Miene am Steuer der Motorjacht, auf dem blonden Kopf eine hellblaue Schirmmütze, dazu ein pinkfarbenes Polohemd – so wie es damals Mode gewesen war – sein Gesichtsausdruck eine Mischung aus Zahnschmerzen und Gewitter. Und sie hatte in ihrer weißen bodenlangen Tunika verzweifelt versucht, ihre Chakren miteinander in Einklang zu bringen, weil sie sich entsetzlich vor Wasser fürchtete. Sie konnte nämlich nicht schwimmen. Jedenfalls stritten sie wie die Kesselflicker. Er hatte gewollt, dass sie Andreas aufgab. Dass „dieser Yogi" sie umgekrempelt habe, und er sie nicht wiedererkenne. Was mit der Mimi passiert sei, in die er sich einst verliebte? Diese intelligente, scharfsinnige, hübsche BWL-Studentin und spätere Head of Human Resources bei Olgenhoff & Partner.

„Die Menschen ändern sich eben!", hatte sie gebrüllt.

Da hatte er einfach Gas gegeben.

Nur die Nerven bewahren, dachte Lorenzo und suchte am Geländer Halt. Wenn er jetzt durchdrehte, konnte Püppi ihre Zukunft vergessen. Wenn er jetzt baden ging, dann ging alles baden. Sie brauchte ihn doch! Er war einzige Stütze. „Zieh Leine!", zischte er und krallte nun die Finger an den kalten Stahl. Noch einmal verstärkte sich der Schmerz an seinen Weichteilen. Gnadenlos. Schreiend löste er die Hände vom Geländer und versuchte abzuwehren, was ihm solche

Pein bereitete. Doch zu fassen bekam er nichts. Stattdessen ging es die Treppe zum Wassergraben hinunter. Die Leute, die gegenüber auf den Parkwegen in Richtung Eingang zur Burg flanierten, beachteten ihn gar nicht. Und ihm war der Hals wie zugeschnürt.

Am Fuß des Stegs angekommen, starrte er auf die Wasseroberfläche. Spürte, wie ihn etwas mit aller Gewalt dorthin zog und – sobald er Widerstand leistete – den Schmerz ins Unermessliche verstärkte. Er krümmte sich auf den Planken zusammen wie ein trotziges Kleinkind, das das ersehnte Eis nicht bekommt; dann schlug er wieder um sich, doch es nutzte überhaupt nichts. Es blieb ihm nichts anderes übrig, als dem Zug ins Wasser zu folgen. Als seine Turnschuhe das eiskalte Nass berührten und er mit den Waden, über die Knie, die Oberschenkel hinunterglitt in die trübe Brühe aus Entenkot und etwas, das aussah wie ein Ölfilm, löste er sich endlich aus seiner Schockstarre und brüllte los. Er meinte, er müsse sich anhören wie Hulk oder King Kong. Dabei riss er sich die Mütze vom Kopf und wedelte wild damit herum. Doch die Klänge des Posaunenchors übertönten alles. So wie der Motor der Jacht damals Mimis Brüllen übertönt haben musste, denn gebrüllt hatte sie mit Sicherheit. Er hatte nichts davon gehört. Vermutlich war sie bei seinem wütenden Davonbrausen aus dem Gleichgewicht geraten und von Bord gegangen. Und als er bemerkt hatte, dass sie fehlte, und er umgekehrt war, um nach ihr zu suchen, hatte er sie auf dem offenen Meer einfach nicht finden können. Nie würde er vergessen, wie er den Behörden davon berichten musste. Die tagelange Suche. Und bei seiner Rückkehr die Beichte an Püppi, dass er ohne die Mama nach Hause gekommen war. Danach waren sie aus Hamburg weggezogen. Es gab einfach zu viele Erinnerungen an schöne Zeiten.

Mimi hob den Kopf und traute ihren Augen nicht. Da tauchte doch eben dieses junge Ding auf der Treppe auf. Neben ihr Karl. In der Hand einen Lebkuchentaler. Dieser Verräter! Wie konnte er ihr das antun und dieses Weib alarmieren? Dabei war sie so kurz vorm Ziel gewesen!

„Papa!", rief das Wesen. „Was machst du denn da um Gottes willen?" Erstaunlich schnell stakste sie die Treppe hinunter und riss an Lorenzos Hand, während Mimi sie nur fassungslos anstarren konnte. War das ihr Mädchen? Diese *Frau*? Sie hatte sie in ihrer Wut auf Lorenzo all die Jahre völlig vergessen.

„Weißt du, Mimi", zischte Karl und zog sie mit aller Gewalt von ihren Gedanken und Lorenzo fort, während dieser schlotternd aus dem Wasser kletterte und von Püppi in die Arme geschlossen wurde, „ich kann viel akzeptieren, wenn es um Rache geht! Aber einem traumatisierten Mädchen den Vater zu nehmen, das dulde ich nicht!"

In diesem Moment hob der Posaunenchor über die Lautsprecher zum Finale an und auch der letzte Spaziergänger auf dem Weg zum Eingang des Weihnachtsmarkts schien inzwischen mitbekommen zu haben, dass da auf dem Steg am Wassergraben irgendetwas los war. Leute kamen mit großen Schritten gelaufen und jemand rief nach Decken und Handtüchern.

Mimi starrte wütend zum Himmel. Spürte, wie sie sich auflöste. Dann sah sie, wie Karl eilig den Lebkuchentaler in den Mund stopfte, und sie unterhakte. Sie knurrte, als es aufwärtsging. Bald schon lag die Wasserburg unter ihnen, die letzten Klänge des Posaunenchors schallten nach oben. Sie warf Karl einen wütenden Blick zu.

Es war ihre letzte Chance gewesen und sie hatte es verkackt.

Von der Wichtigkeit des Wachses Marcus Winter

Es hatte in diesem Jahr schon mehrere *letzte Male* für ihn gegeben. Der letzte Betriebsausflug mit der Belegschaft der Druckerei Hoffert & Sohn Ende Mai an den Bodensee. Die letzten Betriebsferien im Sommer und die letzte Geburtstagsfeier im Kreise der Kollegen, als er Anfang Oktober 63 Jahre alt geworden war. Jetzt stand er hier, einen Becher Glühwein in der Hand, auf seiner definitiv letzten Weihnachtsfeier in den Räumlichkeiten der Firma, für die er 45 Jahre lang gearbeitet hatte.

Bernhard Schulze lehnte an einer Wand von Halle 2 und ließ seinen Blick über die etwa fünfzig Kollegen gleiten, die sich schwatzend und lachend zuprosteten und zum Teil schon mächtig angesäuselt waren. Die kleinste Halle der Firma war schon seit Längerem stillgelegt, unter einer grauen Plane konnte Schulze im hinteren Bereich noch deutlich die Konturen der beiden alten Heidelberger Tiegeldruckpressen erkennen, die schon seit einiger Zeit nicht mehr in Betrieb waren. Susanne Janssen, die langjährige Sekretärin des Seniorchefs, und diese sympathische neue Controllerin, Anke Kleinschmidt, hatten den Raum seit Tagen weihnachtlich dekoriert, Stehtische und Bierzeltgarnituren aufgebaut und über einen Cateringservice diverse Köstlichkeiten liefern lassen.

Bei Hoffert & Sohn, einer der ältesten Druckereien Darmstadts, gab es zwar Jahr um Jahr immer weniger Weihnachtsgeld für die Belegschaft, aber für die traditionelle Feier am Freitag vor dem vierten Advent hatte sich der Senior noch nie lumpen lassen. Aber auch das würde bald vorbei sein, dachte Schulze. Günther Hoffert war schwer krank und hatte schon vor sechs Monaten die Leitung der Firma an seinen Sohn übertragen. In Schulzes Augen eine klare Fehlentscheidung, die seinen Abschied in den Ruhestand aber immerhin leichter machte.

Er nahm noch einen Schluck des nur noch lauwarmen Glühweins, stellte den halbvollen Becher auf einem Tisch ab und durchquerte langsam die belebte Halle. Das Stimmengewirr war unglaublich, die allgemeine Stimmung ausgelassen. Erste Kolleginnen bevölkerten sogar schon die kleine Tanzfläche, während der neue Azubi als DJ fungierte und gerade nach Tim Toupet etwas von Andrea Berg auflegte. Aus den Augenwinkeln bemerkte Schulze den Prokuristen Mühlbauer, der an einem Tisch gedankenverloren in sein Glas Grohe-Pils starrte. Er wirkte wie ein Fremdkörper inmitten der feiernden Belegschaft. Kurz spielte Schulze mit dem Gedanken, sich zu ihm zu setzen und ein paar Worte mit ihm zu wechseln. Doch dann stürmte die Janssen an ihm vorbei, um sich Mühlbauer für ein Tänzchen zu schnappen. Schulze setzte schmunzelnd seinen Weg fort, um Halle 2 zu verlassen.

Bernhard Schulze schlenderte, die Hände in den Hosentaschen vergraben, langsam durch die benachbarten Produktionshallen. Die dort stehenden neuen Digitaldruckmaschinen für Etiketten- und Foliendruck machten ihm zum wiederholten Mal klar, wie sehr sich das Druckereigewerbe im Allgemeinen und die tagtägliche Arbeit in der Firma Hoffert & Sohn im Besonderen in den letzten Jahrzehnten verändert hatten. Bücher und Prospekte druckten sie nur noch in Halle 1, der Hauptumsatz wurde in den Hallen 3 und 4 gemacht, wo es fast ausschließlich um das Bedrucken von

Zahnpastatuben und Folien für Getränkeflaschen ging. Den halbwegs reibungslosen Übergang in die Moderne hatte der Senior vor zehn Jahren beinahe verpasst. Das dies nicht passierte, war, wie eigentlich jeder in der Firma wusste, hauptsächlich dem Prokuristen Mühlbauer zu verdanken gewesen. In Schulzes Augen wäre es auch die weitaus bessere Entscheidung gewesen, Mühlbauer zum Geschäftsführer zu berufen. Aber Blut war eben auch heute noch dicker als Wasser und so hatte Günther Hoffert vor einem halben Jahr seinen Sohn Marcel in die Firma geholt. Er sollte die Druckerei in vierter Generation weiterführen, wie es schon immer der Plan gewesen war. Daher spielte es auch keine Rolle, dass Marcel das BWL-Studium in Mannheim nach zwei Semestern geschmissen und es in Wirtschaftsinformatik an der TU Darmstadt nur wenig länger ausgehalten hatte. Von seiner letzten Station, dem California Institute of Technology, war er jetzt ganz offensichtlich nur sehr ungern zurückgekehrt, aber die Erkrankung seines Vaters hatte ihm keine Wahl gelassen. Zumindest war der Familienrat wohl dieser Meinung gewesen.

Was für eine Fehleinschätzung! Schulze ließ sich auf einen Stuhl neben der neuen CombiStar Pro sinken. Er strich vorsichtig über die kühle Metalloberfläche. Er konnte nur hoffen, dass Mühlbauer es auf Dauer schaffte, sich bei strategischen Entscheidungen gegen den Juniorchef durchzusetzen. Nur dann würde die Firma Hoffert & Sohn, und damit die Arbeitsplätze seiner jüngeren Kollegen, eine Zukunft haben. Sonst würde all das hier in wenigen Jahren unter den Hammer kommen.

Am anderen Ende der Halle fiel eine der großen Feuerschutztüren mit einem lauten Nachhall ins Schloss. Offenbar hatte noch jemand das Bedürfnis, dem lautstarken Trubel der Feier für ein paar Augenblicke zu entkommen. Schulze erhob sich langsam, um sich zurück in Halle 2 zu begeben. Während er losschlurfte, hörte er leise Stimmen, ohne jedoch einzelne Wörter verstehen zu können. Demnach waren mindestens zwei Kollegen hereingekommen. Nachdem er die große Rapida 1000 passiert hatte, blieb er augenblicklich stehen. Nur wenige Meter von ihm entfernt lehnte Marcel Hoffert am zentralen Leitstand der Druckmaschinen und stierte mit glasigen Augen in Richtung Hallendecke. In seiner linken Hand hielt er ein halbleeres Bierglas, mit der rechten griff er in den dunklen Haarschopf einer Frau, die vor ihm kniete.

Schulze wich zurück. Hinter der Rapida 1000 blieb er stehen und atmete leise aus. An ihrer schlanken Silhouette und dem dunkelroten Kleid hatte er sofort die neue Controllerin Anke Kleinschmidt erkannt. Schulze war enttäuscht. Es war nicht so, dass er in den letzten vierzig Jahren im Rahmen von Betriebsfeiern nicht schon ähnliche Situationen mitbekommen hätte. Aber diese Frau Kleinschmidt hatte er völlig anders eingeschätzt. Wie konnte die sich nur mit diesem ebenso geistig schlichten wie unsympathischen Junior einlassen? War sie etwa einfach schamlos karrieregeil? Oder war hier Alkohol im Spiel? Zumindest Hoffert junior schien ja schon reichlich benebelt zu sein.

Verwirrt verließ Schulze die Halle durch den Südausgang und ging langsam zurück zur Feier. Hier ging es nach wie vor hoch her, der DJ hatte inzwischen einige Arbeitskollegen zu Karaoke-Aufführungen animieren können. Ilse und Viktor aus Halle 4 versuchten sich im Duett an „Schön ist es, auf der Welt zu sein", wobei lediglich Ilse die Töne halbwegs traf.

Bernhard Schulze blickte noch einmal über die feiernden Kollegen hinweg, dann verließ er Halle 2 und ging die Treppe hinauf in den Bürotrakt der Druckerei. Auch hier wollte er nur noch einmal zum Abschied durch alle Flure dieses Gebäudeteils schlendern, um dann endgültig – und für immer – der Druckerei Hoffert & Sohn den Rücken zu kehren. Gerade als er seinen kleinen Rundgang fast beendet hatte, kam ihm auf der Treppe Anke Kleinschmidt in ihrem roten Kleid entgegen. Sie nahm ihn augenscheinlich gar nicht wahr und stürmte an ihm vorbei, zur Tür der Damentoilette. Nur Augenblicke später hörte Schulze, wie die junge Frau sich offensichtlich übergab.

Vermutlich war also auch sie total besoffen. Schulze schüttelte den Kopf, seine Enttäuschung gab ihm erneut einen Stich. Nachdem die Würgegeräusche nachließen, meinte Schulze, durch die geöffnete Tür ein deutliches Schluchzen zu hören. Vorsichtig betrat er den Raum und fragte ins Dämmerlicht: „Frau Kleinschmidt? Hallo? Kann ich Ihnen helfen?" Er knipste das Licht an und sah die junge Frau auf dem gefliesten Fußboden sitzen. Tränen liefen über ihr Gesicht, sie sah verzweifelt aus, völlig verstört – wirkte aber gänzlich nüchtern.

Augenblicklich war es Schulze klar. Von wegen karrieregeil! Es traf ihn wie ein Schlag. Marcel Hoffert, dieser schmierige Gernegroß, hatte sie gezwungen. Seine Macht ausgespielt, wie vor ihm schon Clinton, Strauss-Kahn, Berlusconi und tausend andere. Augenblicklich kam Schulz die hübsche Studentin in den Sinn, die vor etwa zwei Monaten nach nur einer Woche Praktikum nie wieder erschienen war. Und die junge polnische Putzfrau, die vor sechs Wochen so überraschend fristlos gekündigt hatte.

Wie hatte er nur so dämlich sein können! Kopfschüttelnd reichte Schulz der noch immer auf dem Fußboden sitzenden Frau die Hand. Er zog sie hoch und bot ihr ein Papierhandtuch aus der weißen Box an der Wand an.

Sie nahm es stumm, trocknete die Tränen und schnäuzte sich die Nase. Nachdem sie das Tuch in den Papierkorb geworfen hatte, beugte sie sich über das Waschbecken und benetzte ihr Gesicht mit kaltem Wasser. Sie spülte ihren Mund aus und zog sich ein neues Papiertuch aus dem Spender an der Wand. Während sie das Tuch anschließend mit beiden Händen vor das Gesicht hielt, verharrte sie einen Augenblick. Durch das Handtuch hörte Schulze erneut ein Schluchzen.

Eine gefühlte Ewigkeit geschah nichts. Dann ließ Anke Kleinschmidt langsam die Hände sinken. Sie wich Schulzes Blick aus, warf das Papier zerknüllt in den Eimer neben dem Waschbecken und seufzte leise.

„Sie müssen ihn anzeigen", sagte Schulze schließlich leise. „Das dürfen Sie sich nicht gefallen ..."

Anke Kleinschmidt sah ihren Kollegen voller Panik an. „Sie wissen Bescheid? Wie ..., woher ..."

„Es tut mir wirklich unendlich leid, Frau Kleinschmidt. Ich war eben in Halle 3, ganz zufällig. Ich habe Sie gesehen. Bin aber gleich verschwunden, weil ich spontan dachte, sie hätten ihm freiwillig ..."

„Freiwillig?" Anke Kleinschmidt stützte sich am Rand des Waschbeckens ab. Sie flüsterte nur. „Freiwillig? Mit diesem Arschloch? Wie können Sie so etwas glauben?"

„Entschuldigung, das tut mir wirklich leid. Sie wissen doch auch, was bei Betriebsfeiern alles so passiert."

„Ja, aber nicht mir. Nicht mit diesem Ekel."

„Dann müssen Sie ihn anzeigen. Bei der Polizei. Nötigung, sexueller Missbrauch, was weiß ich, wie das genau heißt. Mit was hat er Sie denn bedroht?"

„Das können Sie sich doch denken. Ich bin alleinerziehend, war fast drei Jahre arbeitslos und bin hier noch in der

Probezeit. Ich brauche diesen Job. Unbedingt. Und er ist der Chef."

„Trotzdem. Oder gerade deshalb. Sie müssen ihn anzeigen. Wenn Sie einen Zeugen brauchen ..."

„Auf keinen Fall, Schulze. Never! Was können Sie denn auch bezeugen? Sie haben doch selbst gesagt, dass Sie gedacht hätten, ich hätte das freiwillig gemacht. Das bringt doch nichts."

Erneut rannen Tränen über Anke Kleinschmidts Wangen und sie zog ein weiteres Papiertuch aus der Box. „Das bringt doch nichts", wiederholte sie und schnäuzte in das Tuch. „Und es war ja heute auch nicht das erste Mal. Dreimal hat er sich schon von mir bedienen lassen. Den Richter kann ich mir vorstellen, der das zu beurteilen hätte. Nein, nein, ich hätte ihn, wenn überhaupt, wohl sofort anzeigen müssen, nach der ersten Sache in seinem Büro. Aber auch das hätte ja nichts gebracht. Außer, dass ich definitiv wieder sofort arbeitslos gewesen wäre."

„Aber so kann es doch nicht weitergehen."

„Ich weiß. Aber eine Anzeige kommt nicht infrage. Und Sie dürfen auch mit niemandem darüber reden. Versprechen Sie mir das, Herr Schulze. Bitte!"

Schulze ergriff ihre Hände und hielt ihrem verzweifelten Blick stand. „Versprochen. Ohne Ihre Zustimmung erfährt niemand etwas. Aber wenn Sie meine Hilfe brauchen, bin ich da."

Anke Kleinschmidt nickte stumm und richtete sich auf. Sie strich ihr Kleid glatt und begutachtete sich im Spiegel. Kopfschüttelnd hob sie ihre Handtasche vom Fußboden auf und kramte darin nach ihren Schminkutensilien.

Schulze rang nach den richtigen Worten. Da er weder „einen schönen Abend" noch „alles Gute" wünschen wollte, sagte er schließlich nur: „Ich geh dann mal", und verschwand über den im Dämmerlicht liegenden Flur.

„Ein Gedicht, ein Gedicht", tönte es ihm schon von Weitem vielstimmig aus Halle 2 entgegen. Als er den Raum betrat, hielt gerade Mühlbauer das Mikrofon in der Hand.

„Advent, Advent, ein Lichtlein brennt! Erst eins, dann zwei, dann drei, dann vier, dann steht das Christkind vor der Tür!"

Die Kollegen applaudierten johlend, als habe der Prokurist fehlerfrei ein Sonett von Shakespeare rezitiert. Lächelnd gab er das Mikro an Susanne Janssen weiter.

„Ein Gedicht, ein Gedicht", grölten die Drucker aus Halle 4 erneut.

Die Sekretärin zögerte einen Augenblick, ließ die Hand mit dem Mikrofon zunächst sinken, hob es dann doch zum Mund. „Bei einer Kerze ist nicht das Wachs wichtig, sondern das Licht."

Der Applaus war diesmal deutlich schwächer. „Och nö", war irgendwo von weit hinten zu hören. „Das reimt sich doch gar nicht", rief jemand. Viele sahen sich ratlos an. Die Janssen reichte das Mikro an Viktor und wandte sich ab.

„Ein Gedicht, ein Gedicht", tönte es dann aber schon wieder und Viktor hob die Hände, um weltmännisch die lärmenden Kollegen zu beschwichtigen.

„Tannenbäumchen, von Raissa Kudaschewa." Er blickte mit wichtiger Mine über die Köpfe der Kollegen hinweg. „Im Walde steht ein Tannenbaum im immergrünen Kleid ..."

Den Rest hörte Schulze schon nicht mehr. Er zog die Tür zu Halle 2 wieder hinter sich zu und ging zu seinem Büro in der ersten Etage, um seinen Mantel und seine Aktentasche zu holen. Oben angekommen, löste er den Schlüssel zum Firmengebäude von seinem Schlüsselbund und legte ihn auf seinen alten Eichenschreibtisch. Dann begab er sich zurück auf den dämmrigen Flur, um endlich nach Hause zu gehen. Als er an der großen schweren Bürotür des Firmenchefs vorbeikam, bemerkte er einen schwachen Lichtschein, der durch den unteren Türspalt auf den Teppichfußboden drang. Schulze klopfte kurz und trat ein.

Tatsächlich, Hoffert junior saß in seinem großen Drehstuhl hinter dem mächtigen Schreibtisch und paffte eine dicke Havanna. In seiner rechten Hand hielt er einen großen Cognac-Schwenker, den er gerade zum Mund führte.

„Ah, Schulze. Kommense rein!" Bei der entsprechenden Geste schwappte der Weinbrand bedrohlich bis an den Rand des Glases. „Woll'n Se auch einen?"

Bernhard Schulze ging auf den Schreibtisch zu. Eigentlich wollte er etwas ganz anderes. Diesem arroganten Schnösel mal die Leviten lesen, ihm ganz deutlich sagen, was er von ihm als Firmenchef hielt. Und als Mensch. Und überhaupt.

„Aber nur einen ganz kleinen", sagte er stattdessen und setzte sich in einen der beiden Besucherstühle. Er hatte der jungen Frau ja schließlich sein Wort gegeben. Nicht eine Sekunde würde er daran denken, das zu brechen.

Als Hoffert sich erhob, um ein zweites Glas aus einem Regal an der Wand zu holen, schwankten seine Schritte merklich. Er kehrte zurück, füllte den Schwenker zwei Fingerbreit mit Weinbrand und reichte ihn Schulze.

„Auf die Firma Hoffert & Sohn", rief Junior aus und hob das Glas. Er nahm einen kräftigen Schluck. „Inschbesondere auf den Sohn."

Schulze nippte nur wenig und stellte den Cognac-Schwenker vorsichtig auf der gläsernen Oberfläche des großen Schreibtischs ab. Sowohl den lederbezogenen Chefsessel und die beiden Besucherstühle als auch den Designer-Schreib-tisch aus Aluminium und Glas hatte der Juniorchef schon zwei Wochen nach Übernahme der Firmenleitung in das ansonsten eher traditionell eingerichtete Büro liefern las-sen. Jedem Besucher sollte wohl sofort klar werden, dass bei Hoffert & Sohn jetzt ein anderer Wind wehte.

Bernhard Schulze fühlte sich elend. Dieser Kerl würde die Firma innerhalb weniger Jahre direkt in den Abgrund füh-ren. Von seinen sexuellen Übergriffen mal ganz abgesehen. Welch eine Tragik.

„Schulze, was ham Sie denn eigentlich so vor, im Ruhe-stand? Briefmarken sammeln?" Hoffert junior legte seine Zi-garre auf einen kleinen Untersetzer aus grünem Porzellan ab.

„Nein, nein. Ich bleibe dem Druckgewerbe treu." Schulze war halbwegs froh, etwas belanglose Konversation betrei-ben zu können. „Ich habe ja sonst nichts gelernt. Ab und zu werde ich im Hessischen Landesmuseum hier in Darmstadt arbeiten. In der Abteilung für Schriftguss, Satz und Druck-verfahren, da leite ich ehrenamtlich Vorführungen."

Eine Zeit lang gelang es Schulze tatsächlich, etwas Small Talk mit Marcel Hoffert zu betreiben. Obwohl sein Gegen-über augenscheinlich nicht wirklich an seinen Plänen als Ruheständler interessiert war. Noch während Schulze aus-führlich von der zukünftigen Arbeit im Landesmuseum be-richtete, bemerkte er plötzlich, dass Hoffert junior in seinem bequemen Ledersessel eingenickt war.

Schulze nahm einen letzten kleinen Schluck aus seinem Glas. Hoffert begann derweil, mit offenem Mund zu schnar-chen. Die Zigarre auf dem viel zu kleinen Untersetzer war erloschen, seine fleischigen Hände ruhten in seinem Schoß.

Schulze erhob sich langsam. Bei einem Blick auf einen großen Adventskranz auf dem Schreibtisch erkannte er, woher der kleine grüne Teller stammte. Ursprünglich hatte jede der vier Kerzen auf einem solchen Untersetzer gestanden. Der Juniorchef hatte offensichtlich den Teller unter der schon am weitesten heruntergebrannten Kerze weggenommen und als Aschenbecher zweckentfremdet.

Schulze blieb stehen. Den schön dekorierten, aber mittlerweile auch schon sehr vertrockneten Adventskranz hatte bestimmt die Janssen gebastelt. Der Juniorchef hatte sicher gar keinen Sinn für so etwas. Erstaunlich, dass er ihn überhaupt vier Wochen auf seinem Designer-Glastisch geduldet hatte.

Schulze schüttete den Rest seines Weinbrands in das Glas von Marcel Hoffert. Dann wischte er seinen eigenen Cognac-Schwenker mit einem Papiertaschentuch trocken und stellte ihn zurück ins Regal. Er kehrte zum Schreibtisch zurück, ergriff das neben dem Zigarettenstummel liegende Feuerzeug und entzündete alle vier Kerzen auf dem Kranz. Auch das Feuerzeug wischte er ab und legte es wieder an die alte Position. Er schob einen prall gefüllten Stehordner mit der Aufschrift „Aufträge 4. Quartal", der am Rande der Tischplatte lag, ganz nah an den Adventskranz. So würde das Feuer deutlich mehr Nahrung haben und das schmelzende Wachs konnte zusammen mit dem Papierstapel die erforderliche Menge Kohlenmonoxid für den großen Raum erzeugen. Eine Übertragung des Feuers an sich auf den ganzen Raum war nach Schulzes Einschätzung aufgrund der Glasplatte des Tisches nicht zu befürchten.

Direkt vor dem Verlassen des Büros warf er noch einen kurzen Blick zurück. Im Kerzenschein glänzte silbern ein Speichelfaden, der aus dem linken Mundwinkel des schnarchenden Mannes rann.

Leise schloss Schulze die Tür hinter sich.

Er verließ das Betriebsgebäude endgültig und schlurfte langsam zum Werkstor. Er schaute kurz hinauf zum Bürofenster des Firmenchefs. Er meinte, bereits ein recht helles Flackern zu bemerken. Vielleicht bildete er sich das auch nur ein.

Bei einer Kerze ist nicht das Wachs wichtig, sondern das Licht, kam es Schulze in den Sinn. Wenn sich Antoine de Saint-Exupéry und Susanne Janssen da mal nicht getäuscht hatten.

Er schlug den Mantelkragen hoch und ging nach Hause.

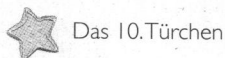

Advent, Advent Regina Schleheck

Mit dem Tag, an dem Marten aus dem St. Josefs-Hospital entlassen wird, verfällt er zusehends. Lisbeth vermutet, dass es an den Krankenschwestern liegt, die ihm fehlen. Das hat sie Erdmute zumindest am Telefon gesagt. Auch wenn er seit dem Schlaganfall nicht wieder aufgestanden ist und keinen vernünftigen Satz mehr geredet hat, war er doch immer noch in der Lage, die jungen Mädchen unvermittelt in den Hintern zu kneifen, während sie ihm die Kissen aufschüttelten oder ihn fütterten, sodass sie kreischend den Löffel fallen ließen, während Martens Blick unverändert starr an der Decke hing, als hätte seine Hand ein Eigenleben entwickelt, von dem er gar nichts wüsste.

Jetzt hat er nur noch Lisbeth und die kneift er nicht in den Hintern, obwohl sie doch so eine rosige und propere Person ist, deren Hintern geradezu danach schreit, einmal gekniffen zu werden. Lisbeth ist fast fünfzehn Jahre jünger als ihr Bruder und Marten kann von Glück sagen, dass sie nie Anstalten gemacht hat, das elterliche Haus in Wiesbaden zu verlassen – nach einer ersten großen Enttäuschung, von der nichts weiter überliefert ist, als dass es sich um einen Vorwerk-Vertreter gehandelt haben müsse. Immerhin ist das elterliche Haus so in den Besitz eines umfassenden Sortiments von Reinigungsgeräten gekommen, die Lisbeth in späteren Jahren durchaus zu schätzen wusste. Sie war es dann, die die Pflege der Eltern übernahm, bis diese vor acht Jahren im Abstand von zwei Monaten nach längerer Bettlägerigkeit verschieden, erst der Vater, dann die Mutter. Bis heute stutzt sie einmal die Woche den Efeu am

Doppelgrab auf dem Sonnenberg und wechselt die Kerze.

Als Marten nach seinem Schlaganfall aus der Klinik entlassen wurde, ist er selbstverständlich zu Lisbeth in das Elternhaus gebracht worden, das sie nun alleine bewohnt. Erdmute, die ältere Schwester, ist extra aus München angereist, um sich um die Entrümpelung von Martens Zweizimmerwohnung zu kümmern. Wertsachen hat sie nicht gefunden. Aber wie sollte man in diesem Durcheinander auch etwas finden? Da ihr Bruder seit dem Tod seiner Frau nie wieder einen Abfalleimer auf den Hof getragen hat, stattdessen eine akribische Mülltrennung direkt in der Wohnung vorgenommen hat, waren die Zimmer kaum noch zu betreten. Der Berg Joghurtbecher, hinter dem Fernseher bis zur Decke gewachsen, verschwand fast unter einem grünen Schimmelüberzug. Erdmute hat erst einen Moment überlegt, ob sie hysterische Anfälle kriegen sollte, aber da keiner dabei war, fluchte sie nur kräftig und dann fuhr sie in den nächsten Supermarkt, um Gummihandschuhe und Müllsäcke zu besorgen. Sie rief ihren Mann an und verkündete ihm, dass sie vor Weihnachten wohl nicht zurückkommen werde. Dann gab sie im Hotel Bescheid und kümmerte sich um ein Entrümpelungsunternehmen. Die arme kleine Lisbeth war ja schon geprügelt genug mit der Pflege des Alten.

„Guck mal", sagt Lisbeth, die mit Erdmute an Martens Bett getreten ist. Sie nimmt die Zündholzschachtel auf, die auf dem Nachttisch neben dem Bett liegt. Erdmute bestaunt den hübschen kleinen Adventskranz, den die Schwester ihrem Bruder dort hingestellt hat.

„Ist das nicht rausgeschmissenes Geld?", fragt sie. „Der kriegt doch gar nichts mehr mit!"

„Guck!", wiederholt Lisbeth. Sie lässt das Streichholz

an der Reibefläche entlangratschen. Marten zuckt zusammen, aber seine Augen bleiben geschlossen. Lisbeth führt die Flamme an den bereits geschwärzten Docht der ersten Kerze und zündet sie an. Da kommt Leben in Marten. Er zieht die Luft durch seine große Nase scharf ein, mehrfach, dann reißt er die Augen auf. „Nnnei!", schreit er und wirft den Kopf hin und her, als wollte er etwas Unheimliches abschütteln.

„Was ist denn los mit dir?", fragt Erdmute, packt den Bruder an den Schultern und rüttelt ihn, dass er zu Sinnen kommt.

Lisbeth ist derweil damit beschäftigt, seine Herztropfen auf einen großen Löffel zu träufeln: „… siebzehn, achtzehn, neunzehn, zwanzig!", zählt sie halblaut, setzt das Fläschchen ab und kippt den Inhalt des Löffels in ein Wasserglas.

„Was hast du denn jetzt schon wieder?", fragt sie und hält das Glas ein Stückchen von dem unruhig gestikulierenden Bruder weg, damit er es ihr nicht aus der Hand schlägt. Sie lächelt dabei wie eine Mutter, die ihr trotziges Kind beruhigen will.

„Tod!", schreit Marten. Seine nun weit aufgerissenen Augen hängen gebannt an der Kerzenflamme. Erdmute guckt spöttisch zwischen Marten und dem Adventskranz hin und her.

„Rausgeschmissenes Geld", sagt sie kopfschüttelnd, „der ist doch nicht mehr dicht im Kopf!" Sie lacht und setzt hinzu: „War er ja eigentlich noch nie so wirklich."

„Das sagst du nur, weil ihr beide euch noch nie riechen konntet", spottet Lisbeth. „Ihr habt euch doch dauernd gezankt!"

„Tja", lächelt Erdmute, „jetzt kann er sich nicht mehr wehren!"

Das Feuer flackert ein wenig. Marten starrt angstvoll in die Flamme. Es scheint, als veränderte der schwarze Schatten um den Docht seine Form hin zu einer Fratze mit zwei Hörnern.

„Das ist eine Adventskerze, du Dummkopf", sagt Lisbeth zu Marten. „Jetzt nimm deine Tropfen! Dr. Hundgeburth sagt, du musst sie unbedingt nach Vorschrift einnehmen, also halt still!"

Sie führt das Glas an seine Lippen, aber Marten, dessen Blick immer noch starr in das Kerzenlicht gerichtet ist, schreit wieder: „Nei! Tod! Tod!" Dabei fuchtelt er so wild mit den Händen, dass er seiner Schwester tatsächlich das Wasserglas aus der Hand schlägt. Es zerschellt auf dem Parkettboden.

„Idiot!", faucht Lisbeth. Ihre Hand schnellt vor, aber sie kann sich gerade noch bremsen. Sie bückt sich seufzend und hebt die Scherben auf.

„Wie hältst du das bloß aus?", fragt Erdmute am zweiten Advent beim Kaffee.

Eben beginnen die Glocken der Marktkirche am Schlossplatz laut zu bimmeln, sodass die Schwester nicht gleich antwortet, sondern ihre Tasse absetzt und den Hals reckt, um Marten zu beobachten, der mit geschlossenen Augen daliegt. „Nicht mehr lange", entgegnet sie schließlich und zündet die zweite Adventskerze an.

Marten wird unruhig. Er schnüffelt heftig und schlägt die Augen auf, sein Blick fixiert die Kerzen, und die Hände machen abwehrende Gesten. Er stößt ein Winseln aus. „Nnnnnei", jammert er.

„Was hat er?", fragt Erdmute, die Kaffeetasse noch am Mund.

„Tod!", schreit Marten so laut, dass Erdmute sich den Kaffee über das Kostüm schüttet.

Lisbeth trägt den Adventskranz aus Martens Gesichtsfeld. „Die Kerzen machen ihn anscheinend verrückt", sagt sie. Sie holt einen feuchten Lappen und Wasser aus der Küche. Dann gießt sie Marten ein Glas voll und angelt nach den Herztropfen.

„Er hat doch früher nie Angst vor Feuer gehabt", wundert sich Erdmute, die mit dem Lappen an ihrem Kostüm rumrubbelt und den Flecken immer größer macht.

„Er hat halt einen Knall!" Lisbeth schraubt das Fläschchen auf.

„Ich habe übrigens Mutters Testament in seiner Wohnung gefunden. Er hatte es in seinem Schreibtisch versteckt", sagt Erdmute. „Er muss uns damals gründlich beschissen haben! Mutters ganzer Schmuck, der da als unser beider Erbe angeführt ist, da habe ich nie was von gesehen. In Martens Wohnung habe ich ihn allerdings auch nicht gefunden. Meinst du, er hat ihn weggeschafft? – Ich war ja damals bei der Testamentseröffnung nicht dabei und hatte überhaupt ganz andere Dinge im Kopf. Aber du – du warst doch da! Hast du das denn nicht mitgekriegt?"

„Ach du je, Mutters Schmuck", sagt Lisbeth gedehnt und tut überrascht, als sei ihr das noch gar nicht in den Sinn gekommen. „Ja, richtig – ja, damals …" Sie greift schnell nach dem Löffel und beginnt die Tropfen abzuzählen.

„Der leibliche Bruder", grollt Erdmute, „ein richtiges Schwein! Immer hat er alles an sich gerissen! Immer der Bestimmer! Und immer den besten Riecher, wie er einen Vorteil aus allem schlagen konnte! Wahrscheinlich hat er längst alles verkauft! Und dabei habe ich wirklich daran gehangen. Ich hab nur einfach gar nicht daran gedacht damals! Weißt du noch? Vivi war mitten im Examen damals, das ging einfach vor." Sie seufzt. „Zu spät", sagt sie. „Jetzt können wir ihn noch nicht einmal mehr zur Rede stellen."

„... fünfunddreißig, sechsunddreißig, siebenunddreißig, achtunddreißig, neununddreißig, vierzig", zählt Lisbeth, leert den Löffel in das Wasserglas und hebt es an Martens fest zusammengepresste Lippen. Mit Daumen und Zeigefinger der linken Hand drückt sie seine Kiefer auseinander, zwingt seinen Kopf in den Nacken und nötigt ihn so, alles herunterzuschlucken.

Am dritten Advent kommt Erdmute erst abends vorbei. Lisbeth hat Marten schon ruhiggestellt. Er liegt da wie aufgebahrt, bleich, mit geschlossenen Augen, und atmet nur flach. Lisbeth winkt Erdmute an sein Bett, zündet die Adventskerzen wieder an und schiebt den Kranz dicht neben das Kissen, neben Martens Kopf. Während sie die Herztropfen abzählt, geht ihr Blick zwischen ihrem Bruder und dem Löffel unablässig hin und her. Martens große Nase beginnt zu zucken.

Erdmute erzählt von den Zuständen in Martens Wohnung. „Ein Gestank war das", sagt sie. „Ich verstehe überhaupt nicht, wie er das ausgehalten hat. Früher hatte er doch immer so eine empfindliche Nase!" Martens Hände beginnen zu wandern. Seine Augen scheinen unter den Lidern zu flackern. Die Zunge ist schwer von Schlafmitteln, aber was er lallt, ist immer das Gleiche: „Tod! Tod! Tod!"

„Himmel, kommst du überhaupt noch zum Schlafen?", fragt Erdmute. „Das ist ja gruselig!"

„... fünfundfünfzig, sechsundfünfzig, siebenundfünfzig, achtundfünfzig, neunundfünfzig, sechzig!", entgegnet Lisbeth und leert den Löffel ins Glas.

Marten leistet kaum Widerstand, als sie ihm die Medizin verabreicht. Er scheint zu müde zu sein die Augen zu öffnen, aber sein Körper wehrt sich doch mit aller Macht gegen den

Schlaf, er zuckt und zappelt. Lisbeth hebt den Adventskranz an und hält ihn dicht an Martens Gesicht. Sie beobachtet, wie seine Erregung trotz geschlossener Augen zunimmt. Dann bläst sie die Kerzen eine nach der anderen aus. Marten kommt zur Ruhe.

„Nein, das mache ich nicht mehr lange mit", sagt Lisbeth.

„Rate, wen ich mitgebracht habe!", strahlt Erdmute, als sie am vierten Advent klingelt. Noch ehe Lisbeth darüber nachdenken kann, guckt Vivian über die Schulter ihrer Mutter, hinter deren Rücken sie sich versteckt hat. „Tante Lisbeth!", lacht sie.

„Ich dachte, ihr habt erst Weihnachten frei!", Lisbeth umarmt ihre Nichte und schiebt sie gleich wieder von sich, um sie zu begutachten. „Gut siehst du aus, Kind! – Aber kommt rein! Ich hab frischen Stollen! – Erschrick bitte nicht, wenn du Onkel Marten siehst." Sie seufzt. „Er wird von Woche zu Woche anstrengender."

Sie finden sich mit Kaffee und Stollen in dem Pflegezimmer ein. Vivian steht neben dem Bett und betrachtet ihren Onkel nachdenklich.

„Er versteht nichts von dem, was wir sagen?", fragt sie.

„Wenn du mich fragst, versteht er mehr, als er sich anmerken lässt", kichert Lisbeth. „Aber wahrscheinlich will er einfach nichts hören!"

„Egal!", sagt Vivian. Sie beugt sich über Marten.

„Hallo, du alter Betrüger!", sagt sie laut.

„Was soll das heißen, Vivi?" Erdmute kleckert vor Schreck beim Eingießen Kaffee auf die Untertasse, will die kleine Pfütze mit einer Papierserviette aufwischen, stößt dabei aber gegen die Tasse, die noch einmal überschwappt, sodass die Serviette durchtränkt ist.

„Hast du nicht erzählt, dass du dieses Testament bei ihm gefunden hast?", sagt Vivian böse zu ihrer Mutter. Und in Martens Richtung faucht sie: „Die eigene Familie übers Ohr hauen, was?" Martens Hände fahren unruhig hin und her, sein Blick hängt an der Decke.

„Hier, Marten, ich bringe dir was", sagt Lisbeth. Sie stellt den Adventskranz auf das Tischchen neben Martens Bett und zündet nacheinander vier Kerzen an. Dann träufelt sie seine Herztropfen auf den Löffel. Das Erste, was sich an Marten regt, ist wieder seine große Nase, die scharf Luft einzieht. Es schüttelt ihn. Lisbeth kichert. „Deine Tochter kann er auch nicht riechen, siehst du?", sagt sie.

„In seiner eigenen Wohnung war er jedenfalls nicht so pingelig", grollt Erdmute.

Martens Gesichtsausdruck zeigt blanke Abwehr. Sein Blick irrt durch das Zimmer, auf die brennenden Kerzen, er beginnt, mit nahezu panischen Bewegungen auf der Bettdecke hin und her zu fuchteln, als suchte er ganz dringend etwas. „Tod!", klagt er.

Vivian lacht böse. „Kannst es kaum abwarten, was?", sagt sie. „Ich gönne es dir. Und für deine Schwestern wäre es die reinste Erlösung!"

„Tod!", jammert Marten mit allen Anzeichen des Entsetzens. Er fixiert die Kerzenflammen. „Tod! Tod!"

„Von mir aus kannst du im Fegefeuer schmoren!", sagt Vivian und setzt sich mit einer Kaffeetasse und einem Stück Stollen auf den Stuhl am Fenster.

„... sechsundsiebzig, siebenundsiebzig, achtundsiebzig, neunundsiebzig, achtzig!", sagt Lisbeth triumphierend und fixiert mit der einen Hand Martens Kopf, mit der anderen hält sie das Glas an seine Lippen. „Da! Trink!"

Marten starrt immer noch wie gebannt auf die Kerzen,

er protestiert, ohne Worte zu finden, verschluckt sich, aber Lisbeth zwingt ihn zu trinken, bis das Glas leer ist. Marten jammert und zappelt mit Händen und Füßen.

„Wenn ihr den Kaffee ausgetrunken habt", sagt Lisbeth, „dann lasst uns in den Keller gehen. Zu der alten Anrichte. Da ist Mutters Schmuck drin versteckt."

„Was?", entfährt es Erdmute und Vivian gleichzeitig.

Lisbeth ist eine rosige Person, aber im Schein des Kerzenlichts wirkt sie noch ein bisschen rosiger als sonst.

„Ich hatte mir damals gleich gedacht, dass Marten uns übers Ohr hauen wollte", sagt sie, „und da habe ich die wertvollsten Stücke gesichert. Jetzt, wo du das Testament gefunden hast, dachte ich, ist es an der Zeit, dass ich dir und Vivian euren Anteil gebe. Es ist schließlich Weihnachten und Marten kann ja jetzt keinen Ärger mehr machen."

Als die Frauen aus dem Zimmer gehen, hören sie, wie Marten anfängt zu schreien: „Nei … nein … nein!"

Vivian dreht sich um. „Doch, du mieser kleiner Halunke!", sagt sie. „Du wirst uns nicht daran hindern, dass wir uns jetzt holen, was uns zusteht!"

Der Sachverständigenbericht stellte fest, dass der Funke, der beim Einschalten der Kellerbeleuchtung freigesetzt wurde, das Gas entzündet haben musste, das seit Wochen durch das undichte Ventil der Zuleitung ausgetreten war. Die drei Frauen waren sofort tot. Das Feuer fand in den Pappkartons und Bretterverschlägen des Kellers reichlich Nahrung und brannte bereits lichterloh, als die Feuerwehr anrückte.

Der alte Mann lag tot im Bett. Vermutlich war er an einer Koronarinsuffizienz gestorben, die durch die Explosion ausgelöst wurde. Der Schreck war offensichtlich zu viel gewesen für sein geschwächtes Herz.

Katzenjammer in Wiesbaden Angelika Marie Hauck

Am Abend des vierten Advents riss nach zahlreichen Regentagen die Wolkendecke auf. Der Mond warf sein Licht über den Neroberg und ließ die fünf vergoldeten Kuppeln der russisch-orthodoxen Kirche aufleuchten. Durch den schmalen, tiefer liegenden Park, der seinen Namen dem Wiesbadener Hausberg verdankte, rauschte und gurgelte der Schwarzbach. Er war angeschwollen und konnte die Wassermenge nur schwer fassen.

Es war kurz vor 21 Uhr. Neroberg, Park wie auch die Straßen zu Füßen des Berges waren menschenleer. Die Bewohner, allesamt wohlhabende Familien, begingen den letzten Sonntag vor Heiligabend in ihren Villen. Hinter einem der Fenster stimmten Kinder, die zur Feier des Tages aufbleiben durften, Weihnachtslieder an.

Direkt daneben stand seit geraumer Zeit eine Villa leer und verlassen auf einem parkähnlichen Grundstück. Ihre Erbengemeinschaft hatte sich zerstritten und überließ das Gebäude lieber dem Verfall, als den Verwandten einen Vorteil zu gönnen. Dort huschte eine Gestalt durch die gusseiserne Gartenpforte. Sie trug einen Lederrucksack auf dem Rücken, ihr Gesicht war von einer Kapuze aus schwerem Tuch verdeckt. Nur die Zipfel eines weißen Bartes schauten heraus. Die Gestalt eilte mit einem sonderbar schwerfälligen Gang zwischen den entlaubten Bäumen und immergrünen Rhododendren hindurch, bis sie zu einem Pavillon gelangte, der am Ende des Grundstücks stand. Er war rückwärtig geschlossen, nach vorne aber offen mit je drei steinernen Säulen links und rechts der Treppe. Moose und Flechten hatten sich darauf zu einem rutschigen Belag verbunden. Als die Person die Stufen hinaufstieg, öffnete sich für Sekunden der bodenlange Mantel. Ein Frauenbein lugte hervor. Blass und nackt bis zur Hüfte, steckte es in einem Gummistiefel, der viele Nummern zu groß für dieses Bein schien und es noch schmaler wirken ließ, als es war. Die Frau betrat den Pavillon. Sie nahm ihren Rucksack ab und stellte ihn auf die halbrunde Holzbank, die an der Pavillonrückwand lehnte. Sie holte aus dem ledernen Beutel einige Gegenstände hervor, hantierte mit ihnen – es klirrte – und verstaute alles unter der Bank. Dann eilte sie hinaus und verbarg sich hinter dem breitesten der Rhododendronsträucher.

Bald näherte sich ein Mann. „Stille Nacht, heilige Nacht" klang vom Nachbargrundstück herüber. Er watete durch die Wasserlachen, dabei drehte er sich mehrmals um. Vor dem Pavillon hielt er an. Schlamm haftete an seinen Lackschuhen und die Ränder seiner Smokinghose waren verschmutzt. Er spähte noch einmal in alle Richtungen.

„Wo steckst du, Sibylle?", flüsterte er.

Keine Antwort. Die Stille dehnte sich aus, bis die Frauenstimme ihn anherrschte: „Platz, Hanno! Auf die Bank mit dir!"

Er folgte ihrer Anordnung. Er trat ein. Seine Schritte hallten von der Wand zurück. Dann knarrte das Holz unter seinem Gewicht.

„Brav, Dickerchen. Gleich bekommst du eine Belohnung."

Ein modriger Geruch strömte vom Boden aus. Feuchtigkeit hatte sich in Fugen und Ritzen gesammelt und sickerte hervor wie Schweiß, der aus großporiger Haut quoll. Der Mann rutschte auf der Bank hin und her. Nichts geschah. Er öffnete seinen Mantel.

„Wo bleibst du?", fragte er.

Da fuhr sie ihn an, er habe sich in Geduld zu üben, ob er dies immer noch nicht verstanden habe. Sie könne gehen und nie wiederkommen. Ob er das wolle.

Er schüttelte den Kopf.

„Vergiss nie, ich bin die Herrin. Schließ die Augen!"

Nun löste sich die Frau aus dem Schatten des Rhododendrons. Ihre Kapuze verrutschte, eine Weihnachtsmannmaske zeigte sich, der fransige Bart verfing sich im Strauch. Unwillig befreite die Frau seine Enden aus Zweigen und Blättern. Der Mann wartete währenddessen mit geschlossenen Augen, die Hände im Schoß gefaltet, die kräftigen Beine nebeneinandergestellt. Sie näherte sich ihm, blieb vor ihm stehen.

„Pssst – keinen Laut", sagte sie, wobei sie eine Hand auf seinen Mund presste, „ergib dich ganz."

Sein Kopf wich kurz zurück, dann legte er ihn in den Nacken, zum Kuss bereit, und öffnete die Lippen. Sie ließ ihn warten. Er schluckte. Der Adamsapfel hob und senkte sich. Der Mund öffnete und schloss sich wie bei einem Fisch, den ein Angler auf die Mole geworfen hatte. Die Frau drückte unerwartet und schnell ihre beiden Daumen auf seine Augenlider.

„Die bleiben zu! Verstanden? Und halt den Mund."

Er nickte.

„Gut", sagte sie, „ich sehe, du gehorchst."

Sie griff in ihre Manteltasche und zog ein schwarzes Tuch heraus. Langsam ließ sie die Saumkante über seine Wangen streifen. Der Mann erschrak. Er hob die Arme, um das, was er nicht sah, nicht sehen sollte, zu verjagen. Die Frau krallte die freie Hand in seinen Oberschenkel. Er stöhnte auf.

„Eine weitere Eigenmächtigkeit, mein Lieber, und unser Spiel ist zu Ende."

Sie löste den Griff. Er verstummte. Noch einmal ließ sie das Tuch über seine Wangen wandern. Schließlich schlang sie es um seine Augen. Während sie es zusammenband, lachte sie, zog ein wenig fester und lachte ein wenig lauter.

„Gib Küsschen", sagte sie.

Sie schob die Maske hoch, griff mit beiden Händen nach seinem Kopf und küsste ihn flüchtig auf den Mund. Es war mehr ein Hauch als ein tatsächlicher Kuss.

„Nun die Arme vor."

Der Mann gehorchte. Dunkel traten die Adern auf seinem Handrücken im bläulichen Licht hervor. Sie ließ ihn diese Position halten, bis seine Arme zu zittern begannen. Er presste die Lippen zusammen.

„Fein machst du das. Ich sehe, du hast begriffen."

Sie zog aus der anderen Manteltasche ein Paar Handschellen. Sie ließ sie gegeneinanderschlagen. Als der Mann das metallene Klicken hörte, verzogen sich seine schmalen Lippen zu einem Lächeln.

„Na komm", fast klang ihr Ton versöhnlich, „ich will dich erlösen."

Sie legte die Fesselwerkzeuge um seine Handgelenke und ließ sie zuschnappen.

„Schöpf Kraft. Du wirst sie brauchen."

Der Mann senkte die Arme, aus seinem Gesicht löste sich die Verkrampfung. Die Frau knöpfte währenddessen ihren Mantel auf. Sie stellte sich frontal vor ihn. Sie spreizte die Beine. Sie ließ sich Zeit. Sie stemmte die Hände in die Hüften. Die Dreiecke ihrer Arme warfen Schatten auf den Pavillonboden wie Flügel eines Racheengels. Die Mantelhälften öffneten sich, ihr nackter blasser Körper zeigte sich und wirkte sonderbar zerbrechlich. Schmale Lederriemen hatte sie um ihn geschnürt, die ihr ins Fleisch schnitten.

„Du darfst mich berühren", sagte sie.

Seine Hände näherten sich ihrem Körper. Nur die Fingerspitzen berührten ihre Haut, ertasteten die Schnürungen, wanderten von der Taille zu den Brüsten. Kleine Brüste waren es, die trotz des geringen Gewichts leicht herabhingen. Sie hoben sich unter seinen Händen, die Brustwarzen richteten sich auf, richteten sich gegen ihn. Mit jedem Atemzug schnitten die Riemen ein wenig tiefer ins Fleisch. Schweißperlen traten dem Mann auf die Stirn. Sie nahm seine Finger und führte sie zu ihrer rasierten Scham. Flach war sie und seidenglatt. Er tastete sie ab, er sog die Luft tiefer ein. Seine Finger gierten nach mehr.

„Ich höre?"

„Nur dir, meiner strahlend feuchten Göttin will ich dienen", stieß er hervor.

„Das passt zu dir, geiler Bock."

Sie rückte von ihm ab. Sie trat zur Seite. Er fingerte mit den gefesselten Händen nach ihr. Sie stieß mit großer Schnelligkeit die rechte Hand auf sein Geschlecht, packte es, rüttelte daran wie eine Katze kurz vor dem tödlichen Nackenbiss und trat wieder zurück. Der Mann wimmerte.

„Was bist du für ein Simpel! Zu glauben, es ginge immer nur um das zitternde Stängelchen."

Der Mann krümmte sich und rang nach Atem. Sie entfernte sich weiter. Sie bückte sich und zog mit einem schabenden Geräusch ein silbernes Tablett unter der Bank hervor. Eine Sektflasche, ein Tulpenglas und eine Kaviardose standen darauf. Ein langstieliger Löffel steckte in der Dose und blinkte auf. Die Frau stellte alles auf der Bank neben dem Mann ab, so weit entfernt, dass er nichts umwerfen konnte. Er wand sich immer noch unter seinen Schmerzen. Sie beachtete ihn nicht, öffnete die Flasche. Als der Korken leise ploppte und sie den Sekt einfüllte, hellte sich seine Miene auf. In diesem Augenblick drangen die Schreie zweier Katzen durch den Garten. Die Frau reckte ihren Hals.

„Wenn sie sich nur nicht nähern", sagte sie. „Was meinst du dazu, Dicker?"

„Nein, Herrin, das sollen sie nicht. Kommt jetzt die Überraschung?"

„Ja, jetzt kann sie kommen. Du wirst eine Grenze überschreiten – meine besondere Behandlung zu unserem Jahrestag."

Sie hob das Glas an den Mund und leerte es in einem Zug.
„Köstlich."

Sie füllte es ein zweites Mal. Nun trank sie in kleinen Schlucken, unterbrochen von Kopfschütteln, als würde sie über etwas nachdenken, vielleicht sogar zaudern. Dann sagte sie: „Wirklich köstlich dieser Chardonnay Brut. Du solltest ihn probieren. Bitte mich!"

„Ich bitte meine Herrin gnädigst ..."

„Schon gut, du langweilst mich", fuhr sie dazwischen. „Machs Mündchen auf."

Er saß mit offenem Mund da. Sie füllte das Glas und führte es an seine Lippen. Während er geflissentlich trank, hob sie es an. Der Sekt schwappte über den Rand und lief als Rinnsal über sein Kinn. Er murrte ein wenig. Sie verschüttete den Rest über seinen Unterkiefer.

„Gib acht, du Tölpel, du verdirbst noch alles."

Sie tauschte nun das Glas gegen die Kaviardose ein. Sie ließ ihn daran schnuppern.

„Atme den Duft tief ein. Ich weiß, dass du es liebst. Gleich werde ich dich füttern. Es bringt uns dem Ziel näher."

Er sog das Aroma ein. Sie schwenkte die Dose vor seiner Nase hin und her.

„Hier sind die Häppchen", lachte sie übermütig. „Hier, hier, Dummkopf!"

Sein Kopf folgte der Dose.

„Unsere Verbundenheit mit dem russischen Reich hat uns doch wirklich Gutes gebracht", sagte sie leicht hin, dann brach sie das Spiel ab.

„Doch erst die Abbitte. Was hast du zu gestehen?"

„Ich habe meine Mutter ...", sagte er mit gespielter Reue.

„Mutti, Mutti, wen interessiert schon dein altes Muttilein. Die Wahrheit sollst du sagen."

Dabei packte sie ihn mit der freien Hand am Hinterkopf und stupste seine Nase in den dunkel glänzenden Rogen.

„Die Wahrheit, Hanno, nichts als die Wahrheit!"

Ihre Stimme klang messerscharf. Sie setzte sich rittlings auf seinen Schoß. Sie schob ihr Becken langsam vor und zurück. Er grinste. Dann stieß sie den Löffel tief in die körnige Masse und führte sie ihm in den Mund.

„Ein Löffelchen für dich."

Er schluckte gierig. Sie füllte den Löffel ein zweites Mal. Er sperrte den Mund schon wieder auf.

„Ein Löffelchen für mich."

Auch diesen Bissen schluckte er. Jetzt trommelte sie mit den Fingerspitzen erst gegen die linke, dann gegen die rechte Wange, als gelte es, taubes Fleisch zu beleben.

„Und eins für ..."

„Ich liebe dich, Sibylle", die Worte quollen weich und zärtlich zwischen den Lippen hervor. „Noch nie habe ich ..."

„Liebe?", ihre Stimme überschlug sich. Sie warf den Kopf zurück. „Du wagst es, jetzt noch von Liebe zu reden?"

Sie versetzte ihm einen Stoß und sprang auf.

„Du bist ein beschissener Heuchler, Hanno. Bei dir war es immer Geilheit, pure Geilheit. Das ist die Wahrheit."

110

Sie atmete hastig, beruhigte sich und setzte die Fütterung im Stehen fort.

„Mund auf!"

Sie führte den Löffel so tief in den Rachen, dass er zu würgen begann. Sie zog ihn schnell zurück.

„Ein Häppchen fehlt uns noch; das für die entzückende Ann-Kathrin mit ihrem kugelrunden Bauch."

In diesem Augenblick krümmte sich der Mann.

„Das dürfte genügen", sagte sie.

Sie legte Löffel und Dose beiseite. Ein zweiter Krampf erfasste ihn. Er riss den Mund auf, Stammellaute brachen hervor.

„Dämmert es dir? Richtig. Ich habe sie kennengelernt."

Bei diesen Worten schloss sie ihren Mantel und schlug energisch einige Tropfen von der Imprägnierung.

„Wir saßen zufällig im Wartezimmer des Gynäkologen zusammen. Putzmunter war sie. Weder alt noch krank und schon gar nicht pflegebedürftig – was hast du nur für Geschichten erzählt."

Er hob die gefesselten Hände und zerrte an seinem Hemdkragen.

„Du weißt ja, wie sie plappert. Die glanzvolle Hochzeit, das Glück mit einem älteren, soliden Mann. Deine kleine Frau strotzte vor Zufriedenheit."

Seine Lippen liefen blau an, seine Beine zuckten. Er bäumte sich noch einmal auf. Sie sammelte, ihm ausweichend, Flusen von seiner Kleidung. Der Bart der Weihnachtsmannmaske hatte sich abgerieben.

„Wie konntest du mich so belügen und zum billigen Flittchen machen. Das war nicht klug von dir, Hanno."

Sie rüttelte an ihm. Er zeigte keine Reaktion.

„Nun werden beide ohne dich auskommen müssen."

Sie ohrfeigte ihn, er war bereits in sich zusammengesunken, und wie um sicherzugehen, dass auch wirklich kein Leben mehr in ihm steckte, schlug sie ihm mit der geballten Faust ins Gesicht.

„Ich lasse mich nicht demütigen. Von niemandem. Stand es nicht eindeutig in meiner Kontaktanzeige? ‚Reiferer Herr für fesselnde Liebe gesucht. Wenn nicht für immer, so stirbst du doch den süßen Tod der Lust'?"

Sie nahm ihm Tuch und Handschellen ab.

„Dann wollen wir dich mal davon befreien."

Sie schüttelte noch einmal den Kopf.

„Ein erwachsener Mann, der nicht lesen kann und nichts versteht. Unglaublich."

Sie griff zur Sektflasche, hielt sie gegen das Licht.

„Ein Jammer, aber ich muss einen klaren Kopf bewahren."

Sie schüttete den Rest über seinem Kopf aus und schaute auf ihre Armbanduhr.

„Es geht doch nichts über perfektes Timing. Oder?"

Als sie den Rucksack unter der Bank hervorzog und die Flasche hineinsteckte, näherten sich Kinderstimmen.

„Schneeflöckchen, weiß Röckchen, wann kommst du geschneit", sangen sie. Die Gartenpforte knarrte, dann rief eins der Kinder „fang mich doch, du kriegst mich nicht."

Die Frau stieß einen Fluch aus, zog die Maske übers Gesicht, kletterte noch einmal auf den Schoß des Opfers, griff ihm unter beide Achseln, zerrte den Rumpf höher, umklammerte ihn und verharrte in der Umarmung. Zwei kleine Mädchen kamen gelaufen. Sie waren mit ihrer Mutter und dem Irish Setter zur Abendrunde aufgebrochen und der Aufsicht der Mutter entwischt. Nun hüpften sie in den Pavillon. Sie steckten in dicken Wintermänteln, Flügel aus Papp-maschee wippten an einem Drahtgestell auf und nieder. Die Mädchen blieben stehen und starrten auf das Paar. Da richtete die Frau langsam ihr Gesicht mit der Weihnachtsmann-maske auf sie.

„Bist du Knecht Ruprecht?", fragte die Mutigere und löste sich aus der Erstarrung. Sie trat einen Schritt vor.

„Halt! Niemand darf mich hier sehen", presste die Frau mit gesenkter Stimme hervor, „verschwindet! Oder es liegen nie wieder Geschenke auf dem Gabentisch."

Erschrocken und Hilfe suchend sahen die Kinder sich an. Schon rief die Mutter nach ihnen und die Mädchen liefen durch das Dunkel des Gartens zurück.

Eilig sammelte die Frau die verbliebenen Gegenstände zusammen. Dabei fiel die Dose scheppernd auf den Stein-boden. Es gelang ihr nur schwer, den Kaviar aufzusammeln, und sie ließ einen Rest zurück. Am Ausgang des Grund-stücks nahm sie die Maske vom Gesicht und tauschte die Gummistiefel gegen ein Paar Pumps ein.

„Nicht auszudenken, wenn die Mädchen früher gekommen wären", murmelte sie.

Drei Tage später brachen zwei junge Männer die Eingangstür der verlassenen Villa auf und drehten einen Handyfilm, den sie im Internet unter „Lost Places" veröffentlichen wollten. Bei ihrer Suche nach weiteren Motiven entdeckten sie im Pavillon den Toten. Zu seinen Füßen lagen zwei Katzenkada-ver. Sie traten sofort die Flucht an, benachrichtigten aber aus sicherer Entfernung die Polizei. Der ermittelnde Kommissar notierte später in seinem Bericht, dass man am Tatort neben den Spuren der jungen Männer Abdrücke von Kinderschu-hen und Gummistiefeln in Größe 45 gefunden habe. Auf den Hosenbeinen des Opfers habe man Spuren festgestellt, die einer DNA-Analyse unterzogen würden. Außerdem wurden sowohl auf der Kleidung des Opfers wie auch in einem der Rhododendronsträucher Fasern eines Kunstbartes sichergestellt, die möglicherweise Aufschluss über den Täter geben könnten.

Die Obduktion der Leiche ergab: Tod durch Zyankali.

Noch bevor die polizeilichen Untersuchungen abgeschlossen waren, setzte sich die Erbengemeinschaft an den Verhandlungstisch. Man kam überein, dass sich ein ähnlicher Vorfall auf dem gemeinsamen Eigentum nicht wiederholen dürfe und schon aus diesem Grund eine Lösung gefunden werden müsse.

Sein kostbarster Schatz Katrin Pohl

Welches Kind träumte nicht davon, Prinz oder Prinzessin zu sein, und hing deshalb mit wissbegierigem Blick an Frau Klupps Lippen? Zumindest war das früher so, wenn sie eine Schulklasse durch das Bad Homburger Schloss führte.

Heutzutage war alles anders. Und diese Klasse war ein besonders abstoßendes Beispiel für den Verfall der Sitten, was zum großen Teil daran lag, dass auf zwanzig Jungen nur vier Mädchen kamen.

Schon auf der Treppe hatten sie sich geschubst – gegen die blauseidene Tapete! Das Überziehen der Filzpantoffeln artete in Gerangel aus und fand seinen traurigen Höhepunkt im wetteifernden Schlittern über den Parkettboden. Einer dieser Bengel wagte sogar, sich auf das mit gelbem Damast bespannte Sofa im Gelben Saal hinzuflegeln.

Dabei sollte man doch davon ausgehen, dass diese Gören sich an ihrem letzten Schultag vor Weihnachten zusammenreißen würden! In zwei Tagen war Heiligabend. Und unartigen Kindern brachte das Christkind keine Geschenke. Aber vermutlich war auch das inzwischen anders als früher. Wie sie den Tag ihrer Pensionierung herbeisehnte!

Sie durchquerten das Holz- und Spiegelkabinett ohne weitere Demolierungsversuche der Schüler. Im Schreibzimmer der Kaiserin jedoch gruppierte sich die Klasse – trotz mehrfacher Ermahnungen! – so eng um sie, dass sie kaum Platz fand für ihren persönlichen Höhepunkt: den Hundertfächerschrank.

Solche Bengel wie die da interessierten sich vermutlich eher für den Sattelstuhl im Arbeitszimmer des Kaisers, für das silberne Bein, eine Holzprothese, mit der Landgraf

115

Friedrich II. sogar in Schlachten geritten sein sollte, oder für das Rätsel um die zweite Frau auf dem Familienporträt desselben Landgrafen, dem das Bad Homburger Schloss aufgrund dreier lukrativer Ehen seine heutige Gestalt verdankte.

Nichts davon kam jedoch an die unaufdringliche Schönheit des Hundertfächerschrankes heran. Exquisite Furnierarbeiten und pittoreske Vögel schmückten den Sekretär mit seinen einhundert Schubladen, von denen nur knapp dreißig auf den ersten Blick zu sehen waren.

Auch noch nach Jahrzehnten im Dienst des Schlosses schlug Frau Klupps Herz höher, wenn sie mit einstudierter Theatralik die Mitteltür des Schrankes öffnete, und die dahinter liegenden Schubladen präsentierte. Als sie eine davon herauszog, waren dahinter tatsächlich noch mehr verborgen.

„Der Hundertfächerschrank gelangte 1743 in den Besitz der Landgrafen", begann Frau Klupp ihren Vortrag.

„Da ist was drin", unterbrach sie einer der Bengel.

Frau Klupp ignorierte ihn. Das tat sie stets mit aufmerksamkeitsheischenden Kindern. „Nicht immer trafen seine vielen Schubladen auf Gegenliebe", fuhr sie fort. „So schreibt Landgraf Friedrich V. in einem Brief an den großen Dichter Klopstock: ‚Ich habe so einen Schreibtisch, so da was hineinkommt, for verloren gehalten wird, und wo …'"

„Da ist wirklich was drin", wagte es der Bengel noch einmal.

„Und was?", fuhr sie ihn an. „Ein Zettel oder ein Geldstück?"

„Ein Finger", sagte der Bengel mit einer Faszination, die er ihrer Führung keine einzige Sekunde lang entgegengebracht hatte, „ein abgeschnittener, blutiger Finger."

„Was für ein Blödsinn!", fauchte sie, warf aber dennoch einen prüfenden Seitenblick hinein. Da lag tatsächlich etwas in der Schublade. Sie rückte die Brille auf ihrer Nase zurecht, blinzelte mit ihren kurzsichtigen Augen hindurch und sah – einen Finger. Einen abgeschnittenen, blutigen Finger.

Unverzüglich tat sie, was die meisten wohlerzogenen Damen ihres Alters getan hätten: Sie fiel in Ohnmacht.

„Wie furchtbar es für die Kinder gewesen sein muss, den abgeschnittenen Finger zu entdecken", sagte Mahler zu seiner Kollegin, als sie nebeneinander die Treppe zum Vestibül emporstiegen.

„Sie haben keine Kinder, oder?"

„Nein, wieso?"

Eine Horde ihnen entgegenstürmender Schüler enthob Kriminaloberkommissarin Heck einer Antwort.

„Wie cool war das denn?", rief einer der Jungen den anderen zu. „Wie die umgefallen ist!"

„Ich hab ein Foto davon gemacht!"

„Und ich von dem Finger!"

„Postest du das auf Facebook?"

„Na logo! Noch heute Abend!"

Mit einem Grinsen im Gesicht sah Heck den Jungen nach. „Noch Fragen, Mahler?"

„Waren wir früher auch so?", fragte dieser perplex.

„Schlimmer, Mahler." Wieder lächelte Heck, etwas, das im Dienst selten genug geschah und ihr Gesicht schlagartig jünger aussehen ließ, als die fünfzig Jahre, die sie alt war. „Zumindest ich." Sie räusperte sich, um zum notwendigen Ernst zurückzufinden, den der Grund ihrer Anwesenheit forderte. „Wollen wir?"

„Sind Sie die Herrschaften von der Kriminalpolizei?", grüßte sie ein junger Mann am Kopf der Treppe.

„So ist es", antwortete Heck als Ranghöhere der beiden Polizisten. „Und Sie sind?"

„Korbinian Pracher, der Sohn des Direktors", stellte er sich vor. „Wenn Sie so freundlich wären und ein Paar Filzpantoffeln überstreifen würden?" Er deutete auf die Truhe, in der eine Vielzahl von ihnen in der wilden Unordnung lag, welche die Schulklasse hinterlassen haben musste.

Weder Heck noch Mahler nahmen Anstoß daran, dass Korbinian Pracher im Angesicht eines abgeschnittenen Fingers darauf bestand, ihnen Filzpantoffeln zu verpassen. Schon allzu oft hatten sie erlebt, dass das Festhalten an Ritualen den Menschen dabei half, mit dem Schock über das plötzliche Eintreten eines Verbrechens in ihr Leben klarzukommen.

„Haben Sie den Finger gesehen?", fragte Mahler.

Der junge Pracher schüttelte den Kopf. „Außer einigen Kindern der Schulklasse und Frau Klupp, der Schlossführerin, hat ihn nur mein Vater gesehen. Er hat ihn dann sofort sichergestellt."

„Gut", sagte Heck. Inzwischen hatten sie den gelben Salon und das Holz- und Spiegelkabinett durchquert und waren im Schreibzimmer der Kaiserin angelangt. Wieso dieser Raum Schreibzimmer, der des Kaisers jedoch Arbeitszimmer hieß, war Heck ein Rätsel. So als würde eine Frau stets nur zu ihrem Vergnügen schreiben! Früher war die Gesellschaft nun einmal voller blasierter Idioten.

Heck steuerte eine ältere Dame an, die deutlich mitgenommen mitten auf dem Boden saß. „Frau Klupp?"

Die Frau nickte.

Heck deutete auf eine in grünen Streifen bespannte Sitzgruppe. „Wollen Sie sich nicht lieber dorthin setzen?"

„Das ist nordische Flachschnitzerei aus dem frühen 17. Jahrhundert", sagte Frau Klupp mit schwacher Stimme.

Das hieß wohl nein. Also ging Heck neben ihr in die Knie. „Sie haben den Finger entdeckt?"

„Einer der Schüler", stellte Frau Klupp richtig. „Ich selbst hab den Finger gar nicht gesehen. Dabei hätte ich ihn doch sehen müssen! Wer weiß, wie lange er dort schon liegt."

„Machen Sie sich keine Vorwürfe", sagte Heck. „Routine raubt vielen Menschen den Blick fürs Detail."

Heck vergewisserte sich, dass es Frau Klupp so weit gut ging, wie es einem gehen konnte, wenn man gerade einen abgeschnittenen Finger als Weihnachtsüberraschung in einer Schublade entdeckt hatte. Dann steuerte sie Direktor Pracher an, den sie aufgrund seiner Ähnlichkeit mit seinem Sohn als den Mann identifizierte, der sich gerade im Gespräch mit Mahler befand.

„Glücklicherweise wurde der Finger bei Frau Klupps Sturz nicht beschädigt", sagte Direktor Pracher gerade zu Mahler. „Sobald ich davon erfuhr, sorgte ich dafür, dass er außer Sichtweite der Kinder gelangte."

„Wohin haben Sie ihn getan?"

„Dorthin, wo er mir am sichersten aufbewahrt schien", sagte Direktor Pracher. „Zurück in den Hundertfächer-schrank."

Heck blickte den Schrank an. Jetzt verstand sie, warum dieser Raum Schreib- und nicht Arbeitszimmer hieß. An so einem Schrank mit diesen kitschigen Vögelchen konnte niemand arbeiten.

„Solange Sie sich daran erinnern, hinter welcher Tür er sich verbirgt, war das eine weise Entscheidung", sagte sie zu Pracher.

„Aber gewiss doch." Er zog eine der Schubladen heraus. „Hier ist er."

Heck warf einen kurzen Blick hinein. „Ist er nicht."

„O", stotterte er. „Dann vielleicht auf der anderen Seite?" Doch auch da befand er sich nicht. Immer hektischer zog er eine Schublade nach der anderen heraus, schaute in die dahinter verborgenen Schubladen, öffnete jedes Türchen, bis der Hundertfächerschrank einem vollständig geräuberten Adventskalender am Weihnachtsmorgen glich.

Vergeblich. Der Finger blieb verschwunden. Da Heck anders als Friedrich V. nicht an die Magie des Schrankes glaubte, musste es dafür einen logischen Grund geben. Als Kriminalpolizistin hatte sie gelernt, dass meist die einfachste Erklärung die richtige war: Der Finger war nur deshalb nicht zu finden, weil er sich niemals im Schrank befunden hatte.

„Für morgen früh sollten wir Vater und Sohn Pracher zu uns ins Büro bestellen", raunte Heck Mahler zu.

„Den Sohn auch?"

„Wenn der Vater den Finger kennt, kennt ihn der Sohn vielleicht auch. Falls Korbinian Pracher ihn tatsächlich noch nicht in seiner abgeschnittenen Version gesehen hat, erfahren wir vom Sohn bei dessen Anblick vielleicht, was der Vater verbergen will."

„Wie gut, dass wir wissen, wo wir heute Abend ein Bild von dem Finger entdecken werden", flüsterte Mahler zurück.

Am nächsten Tag sah sich Heck bestätigt. Vater Pracher blieb ruhig, als sie ihm das auf Facebook gepostete Foto präsentierten, so unnatürlich ruhig, wie auch seine Hektik bei der gestrigen Suche unnatürlich gewesen war. Sohn Pracher hingegen erbleichte und stammelte: „Das ist Mutters Ring! Was macht Mutters Ring an dem Finger?"

„Die Frage ist eher, wie kommt der Finger Ihrer Mutter in die Schublade", sagte Heck. „Nun, Direktor Pracher, ich denke, es ist Zeit, uns zu sagen, was Sie wissen."

Direktor Pracher leugnete, bis Heck zu ihm sagte: „Sie

glauben doch nicht ernsthaft, dass Sie Ihre Frau lebend wiederbekommen werden, wenn die jetzt schon damit begonnen haben, sie in ihre Einzelteile zu zerlegen!"

„Aber die haben gesagt, keine Polizei", stammelte Direktor Pracher.

„Dann hätten die den Finger an einem anderen Ort verbergen sollen als in diesem Ungetüm von Schrank!" Mochte der Hundertfächerschrank auch ausgezeichnet zur Adventszeit passen, ein unauffälliges Versteck war er nicht gerade.

„Mutter hat ihren Finger verloren!", fuhr der junge Pracher seinen Vater an. „Was müssen die noch abschneiden, bevor du bereit dazu bist, das den Experten zu überlassen? Mutters Bein? Oder erst ihren Kopf?"

Der Direktor erbleichte sichtlich. „Glauben Sie, dass die meine Frau tatsächlich töten würden?"

Um ehrlich zu sein, war es ein Wunder, dass sie es bisher noch nicht getan hatten, dachte Heck. Denn, wie Direktor Pracher berichtete, beabsichtigte er nicht, auf die Forderung der Entführer einzugehen.

„Die wollen das silberne Bein des Landgrafen Friedrich II. von Hessen-Homburg haben", erklärte er. „Des Prinzen von Homburg, den Kleist in seinem Drama verewigt hat! Es lässt sich nicht mit meiner Berufsehre vereinen, ihnen dieses einzigartige Museumsstück zu überreichen."

Heck räusperte sich. „Haben Sie das den Entführern genauso gesagt?"

„Nicht am Anfang", sagte Direktor Pracher. „Ich hab stattdessen eine Replik anfertigen lassen."

„Aus Silber", warf Mahler ein.

Heck bedachte ihn mit einem strengen Blick. „Mahler, wie lange sind Sie jetzt schon in Bad Homburg?"

„Offensichtlich zu kurz", bekannte dieser. „Und dabei

dachte ich, meine Assimilation wäre endgültig vollzogen worden, seitdem ich statt Bier Äppelwoi trinke. Was hat es mit diesem Bein auf sich?"

„Es ist nicht aus Silber", erklärte Direktor Pracher eifrig, „sondern aus Holz, zwei metallenen Federsystemen und einem mit Leinen umwickelten Polster gefertigt. Vermutlich wurde es nur als silbernes Bein bezeichnet, weil man glaubte, die Prothese eines Landgrafen müsse aus einem edleren Material bestehen als der Holzstumpf eines Bauern. Ganz gleich, aus welchem Material sie ist, ein wahres Wunderwerk des Hofarchitekten Paul Andrich bleibt sie. Landgraf Friedrich konnte damit nicht nur gehen und reiten, sondern sogar seinen Fuß abrollen, und …"

„Aber die Entführer fielen nicht auf die Replik rein", brachte Heck ihn zum eigentlichen Thema zurück.

„Richtig." Der begeisterte Ausdruck verließ sein Gesicht und machte Verzweiflung Platz. „Es war eine wirklich gute Fälschung. Sie durchschauten sie dennoch. Nur kann ich ihnen das Original nicht geben. Die Gründe dafür habe ich den Entführern in einem Brief lang und ausführlich beschrieben und diesen vor zwei Tagen am Übergabeort oben in einem der alten Römergräber an der Saalburg abgelegt."

Heck tauschte einen entsetzten Blick mit Mahler. „Das haben Sie getan?!"

„War das ein Fehler?"

„Es hat Ihre Frau einen Finger gekostet."

„Zumindest lebt sie", fügte Mahler tröstend hinzu. „Der Finger ist in vitram abgeschnitten worden."

Der junge Pracher sagte gar nichts. Er saß nur da, starrte seinen Vater an und schüttelte den Kopf.

„Eines verstehe ich nicht", sagte Heck. „Wenn die Entführer den Finger Ihrer Frau im Hundertfächerschrank deponieren konnten, sollte es ihnen doch eigentlich ein Leichtes sein, das Bein einfach zu stehlen."

„O, das steht in einem fest verschlossenen Glaskasten und ist mit einer Alarmanlage gesichert", sagte Direktor Pracher. „Den Code dafür kenne nur ich allein. Der Hundertfächerschrank ist lange nicht so gut gesichert. Bei einer großen Gruppe ist es nicht allzu schwierig zurückzubleiben und in einem unbewachten Augenblick den Finger in eine der Schubladen hineinfallen zu lassen."

Damit hatten sie zumindest einen Anhaltspunkt. Nur zerschlug dieser sich leider aufgrund der Massen, die in den vergangenen zwei Tagen durch das Schloss geschleust worden waren. Der romantische Weihnachtsmarkt im Schlosshof war ein Publikumsmagnet, den viele mit einer Führung beendeten – allzu viele in diesem Fall.

„Vielleicht sollten wir ihnen das silberne Bein einfach geben", sagte der junge Pracher. „Kein noch so wertvolles Museumsstück ist kostbarer als ein Menschenleben." Es musste der Erziehung seiner Mutter zu verdanken sein, dass er mehr Menschlichkeit besaß als sein Vater.

„Leider sinken die Überlebenschancen Ihrer Mutter rapide, wenn wir den Entführern geben, was sie wollen", sagte Heck.

Die ganze Zeit über hatte Mahler schweigend zugehört, seine Arme verschränkt über seiner Brust – ein deutliches Zeichen, dass er nachdachte. Jetzt meldete er sich zu Wort: „Vielleicht sollten wir es dennoch tun."

Normalerweise schätzte Heck die Ideen ihres Partners. Normalerweise. „Kollege Mahler, haben Sie nicht zugehört?", fragte sie mit gefährlicher Liebenswürdigkeit.

„Sehr gut sogar. Durch den abgeschnittenen Finger haben die Entführer deutlich gemacht, dass sie eine weitere

Verzögerung nicht akzeptieren werden. Eine Replik fällt als Alternative aus, wir haben keinerlei Anhaltspunkte, wer die Entführer sind ... Wir müssen sie also bei der Übergabe beobachten, ihnen folgen und dann Frau Pracher befreien."

„Das hört sich nach einem ziemlich riskanten Plan an", sagte Direktor Pracher skeptisch.

„Sehe ich auch so", sagte Heck. Genauer gesagt endeten solche Versuche leider immer wieder mit dem Tod des Opfers.

„Nicht, wenn wir das Bein mit einem GPS-Sender ausstatten", sagte Mahler.

„Hm", brummte Heck. „Das könnte funktionieren."

Mochten die Entführer sich auch als Experten hinsichtlich des silbernen Beines erwiesen haben, mit dem Vorgehen der Polizei bei einer Entführung kannten sie sich lange nicht so gut aus. Denn sie entdeckten den GPS-Sender nicht, der unter den blau gestreiften Leinenbandagen versteckt worden war, und führten die Polizei so direkt zum Versteck von Frau Pracher im Gartenhaus einer Kleingartenanlage.

Keine halbe Stunde später konnte die noch lebende Frau Pracher von Mann und Sohn in die Arme geschlossen werden. Genauer gesagt, nur von ihrem Sohn. Ihr Mann bekam statt einer Umarmung eine Ohrfeige. Nicht nur, weil er das tote Bein des Kurfürsten mehr geliebt hatte als sie, sondern auch, weil es für ihren Finger bereits zu spät war.

Leider war der Fall damit noch nicht beendet. Die Entführer behaupteten, sie hätten nicht aus eigenem Antrieb gehandelt, sondern auf Befehl eines ihnen selbst unbekannten Auftraggebers. Kaum aus dem Gefängnis entlassen, hätte der Wortführer von beiden einen computergeschriebenen Brief erhalten, der mit LF2 unterzeichnet gewesen wäre, und in dem ihm ein Angebot gemacht worden sei, das er einfach nicht ablehnen konnte.

Für ihre weitere Kommunikation mit dem Auftraggeber hätte ihnen ein Hohlraum in einer Felsengruppe gedient, direkt neben dem Jugendstil-Monument mit der Büste Friedrich II., vor dem sich nicht nur der Landgrafenbrunnen befand, sondern auch der Louisenbrunnen, der im Volksmund als Schwefelquelle bekannt ist. Ein überaus treffender Name, schwebte doch stets der betörende Duft nach verfaulten Eiern über diesem Teil des Kurparks.

„Glauben Sie ihnen?", fragte Mahler, nachdem die Tür des Verhörraums hinter Heck und ihm zugefallen war.

„Schwer zu sagen", sagte Heck. Beide Entführer hatten bereits im Gefängnis gesessen und verfügten über ein eindrucksvolles Vorstrafenregister. Und dennoch. „Bitten Sie Frau Klupp und Direktor Pracher ins Büro. Vielleicht können wir den Fall mit ihrer Hilfe klären."

„Das ist eine gute Idee", sagte Mahler. Laut Aussage der beiden Entführer hatte ihr Auftraggeber nicht nur die Falschheit der Replik festgestellt, sondern hatte auch auf dem Abschneiden des Fingers bestanden, und sich diesen ebenso wie die in eine Plastiktüte eingepackte Replik über den Hohlraum im Felsen aushändigen lassen. Dank des Gestanks des Louisenbrunnens hätte der Finger dort tagelang liegen können, ohne dass jemandem etwas aufgefallen wäre. Gab es den ominösen Auftraggeber tatsächlich, so musste dieser den Finger im Hundertfächerschrank deponiert haben. „Wenn Frau Klupp einen der beiden Männer als Teilnehmer einer Führung identifiziert, ist deren Lüge entlarvt. Aber wozu brauchen wir Direktor Pracher?"

„Er hat sich in dieser ganzen Angelegenheit nicht gerade wie ein treusorgender Ehemann verhalten", sagte Heck.

„Glauben Sie, er hat etwas mit der Entführung zu tun? Aber das ist nicht logisch. Er kennt den Code für das Bein."

„Und wenn das verschwinden würde, auf wen würde automatisch der erste Verdacht fallen?"

Das gab Mahler zu denken.

Fünf Männer standen bei der Gegenüberstellung hinter der Scheibe. Ein groß gewachsener Kahlkopf, ein Stämmiger mit Knubbelnase, ein Schlanker mit einer Hasenscharte in der Lippe, ein Durchtrainierter mit übermäßig gegelten Haaren und als Letztes ein Mann, breit wie ein Schrank, mit einer Goldkette um den Hals und einem Gesicht, dem man ansah, dass es schon allzu oft Bekanntschaft mit einem Paar Fäuste gemacht hatte.

Frau Klupp zögerte kurz und zeigte dann auf den Letzten. „Der da war es."

„Sind Sie sicher?", fragte Heck.

Frau Klupp nickte. „Er war bei der Fünfzehn-Uhr-Führung am Mittwoch dabei. Wenn ich nur besser aufgepasst hätte! Aber die Gruppe war so groß und so viele Kinder wuselten da herum."

Heck legte ihr beruhigend die Hand auf die Schulter. „Niemand macht Ihnen einen Vorwurf." Allerdings sollte sie dringend an ihrem Schuldkomplex arbeiten. Frauen mit geringem Selbstwertgefühl waren Heck von jeher ein Gräuel gewesen.

Sie führte Frau Klupp hinaus in den Flur, wo Direktor Pracher wartete. „Sie sind bestimmt gekommen, um das silberne Bein abzuholen", sagte Heck zu ihm. „Ihre Kollegin hat gerade einen der Männer als Täter identifiziert."

„Gott sei Dank", sagte Pracher. „Dann hat dieser Albtraum endlich ein Ende. Warum haben die beiden Entführer das überhaupt getan?"

„Es geht wohl um einen Schatz in einem Geheimfach des Silbernen Beins. Zumindest ihrem ominösen Auftraggeber gehe es darum. An dem Fehlen eines solchen habe er nämlich auch die Replik erkannt."

„Deswegen haben die meine Frau entführt?" Direktor Pracher schnaubte entrüstet auf. „Dabei weiß doch jedes Kind, dass die Bezeichnung der Holzprothese als silbernes Bein nur eine Metapher ist! Wie kann ein klar denkender Mensch etwas anderes annehmen?"

In diesem Moment tauchte Mahler am anderen Ende des Flures auf, das silberne Bein in der einen, eine Axt in der anderen Hand. „Ah, Mahler", rief ihm Heck zu. „Haben Sie den Kultusminister erreicht?"

„Ja."

„Was sagt er?"

„Er meint, dass historische Forschung darüber hinausgehen müsse, altes Wissen zu konservieren. Die Entdeckung des Unbekannten sei das, was einst Wissenschaftler zu legendären Taten getrieben habe: Kolumbus, Darwin, Alexander von Humboldt, …"

„Verstehe", sagte Heck. „Dann tun Sie, was nötig ist."

Direktor Pracher trat Mahler entgegen, um ihm das Bein abzunehmen. Mahler jedoch ignorierte seine ausgestreckte Hand, ging an ihm vorbei und verschwand in einem anderen Büro.

„Was hat das zu bedeuten?" Pracher wandte sich erregt an Heck. „Ich sollte doch das silberne Bein abholen!"

„Sie haben doch gehört, was der Kultusminister verlangt."

In diesem Augenblick ertönte ein Axtschlag durch die geschlossene Tür.

„Was tun Sie da?!", brüllten Pracher und Klupp, vereinigt im gleichen Entsetzen.

„Es bricht mir ja selbst das Herz", sagte Heck. „Nur leider wissen wir ja nicht, wo sich dieses Geheimfach befindet – falls es überhaupt eines gibt."

Ein weiterer dumpfer Schlag ließ Pracher sich zusammenkrümmen.

„Hören Sie auf damit!", schrie Klupp. „Das Fach befindet sich doch gar nicht im Holzstumpf! Es ist im Polster!"

Heck grinste, so genüsslich wie eine Katze beim Anblick einer Schale frischer Milch. „Wenn wir das nur schon vorher gewusst hätten. Mahler! Sie können aufhören."

Die Tür ging auf und Mahler erschien, einen Stapel Feuerholz unter dem Arm. „Zu schade", sagte er. „Ein Scheit fehlt mir noch für das Kaminfeuer heute Abend."

„Feuerholz?", stammelte Frau Klupp. „Ich versteh nicht. Was ist mit dem Bein?"

„Von einem klar denkenden Menschen sollte man doch erwarten können, dass er diese Farce durchschauen würde", sagte Heck. „Nur was den Umgang mit historischen Gegenständen anbelangt, ist wohl keiner von Ihnen beiden mit gesundem Menschenverstand ausgestattet. Allerdings mündete das alleine bei Ihnen, Frau Klupp, in ein Verbrechen."

„Ich habe nichts damit zu tun!"

„Vielleicht würden wir Ihnen das sogar glauben, wenn nicht einer der Jungen aus der Schulklasse ein Foto ins Internet gestellt hätte, auf dem man wunderschön sehen kann, wie Sie in Ohnmacht fallen", sagte Mahler. „Das Interessante daran ist nämlich, dass Sie die Schublade mit dem Finger trotz Ihrer Ohnmacht fest umklammert hielten. Nur ist das ohne bewusste Kontrolle der Muskeln schlichtweg nicht möglich."

„Sie waren das?", fragte Direktor Pracher fassungslos. „Sie haben meine Frau entführt und den Finger abschneiden lassen?! Warum?"

128

„Ich vermute Geld als Motiv", sagte Heck trocken. „Sie wollte das Rätsel des Silbernen Beins für sich allein – und es dann an den Meistbietenden verhökern."

„Das ist nicht wahr!", protestierte Klupp vehement. „Herr Direktor, glauben Sie denen nicht! Sie sehen doch, wie wenig achtsam die Besucher heutzutage mit den kostbaren Erinnerungsstücken umgehen. Ich wollte es bewahren, verstehen Sie, bewahren! Wertvoller als Gold und Silber soll das sein, was in seinem Bein versteckt ist. Was glauben Sie, was die Besucher damit getan hätten? Das konnte ich doch nicht zulassen!"

„Wie kommen Sie überhaupt darauf, dass es dieses ominöse Geheimfach im silbernen Bein tatsächlich gibt?" Heck gab Mahler mit einem heimlichen Wink zu verstehen, schleunigst den Holzstapel fallen zu lassen, und stattdessen Protokoll zu schreiben. Wenn Frau Klupp gerade so redseliger Laune war, wollte sie nicht riskieren, sie zum Verstummen zu bringen, indem sie sie in einen Verhörraum führte.

„Weil es so ist." Frau Klupp sah Heck nicht an, sondern starrte nur auf Direktor Pracher, so als sei sein Urteil das einzige, was zähle. „Vor zwei Monaten behauptete jemand während der Führung, er sei ein Nachkomme des Hofarchitekten Paul Andrich und zeigte mir einen Brief des Landgrafen, den dieser an seinen Vorfahr geschrieben haben soll. Darin amüsierte sich der Landgraf darüber, dass seine Prothese als silbernes Bein bekannt sei, obgleich doch niemand von dem Geheimfach in der Polsterung wisse, und dem Schatz, den dieses in sich berge, seinem kostbarsten Schatz, wertvoller als Gold und Silber. Ich behielt den Brief und versprach, ich würde ihn dem Direktorat zur Prüfung vorlegen."

„Aber das haben Sie nicht getan", beschwerte Pracher sich.

„Doch nur, weil Sie sich dazu verpflichtet gefühlt hätten, diesen Schatz der Öffentlichkeit zugänglich zu machen! Dabei ist jeder Schatz in den Händen eines wohlhabenden Sammlers viel besser aufgehoben."

„Und Sie hätten sich Ihre Rente aufbessern können." Heck sah wenig Sinn darin, Frau Klupp ihre Illusionen über das ach so edle Motiv für ihre Taten zu lassen. „Wieso haben Sie eigentlich dafür gesorgt, dass der Finger im Hundertfächerschrank gefunden wurde? Es hätte Ihnen doch klar sein müssen, dass Sie dann die Polizei nicht mehr heraushalten könnten."

„Weil ihm das Bein wichtiger als seine Frau war!" Anklagend zeigte sie auf Direktor Pracher. „Irgendjemand musste ihn doch zur Vernunft bringen!"

„Und Sie an Ihr Geld. Wachtmeister Barner!" Der Mann trat ein, den Frau Klupp fälschlicherweise als Teilnehmer ihrer Führung identifiziert hatte. Heck deutete auf Frau Klupp. „Abführen."

„Nein!", schrie Frau Klupp. „Noch nicht! Ich muss doch erst wissen, was in dem Bein ist!"

„Tja", sagte Heck, „da hätten Sie den Brief vielleicht doch an Direktor Pracher weiterleiten sollen. Er hätte das Geheimnis sicherlich gerne mit Ihnen gemeinsam entdeckt. So jedoch werden es die von Ihnen verabscheuten Besucher vor Ihnen erfahren."

Mit dieser überaus deprimierenden Aussicht schickte Heck Frau Klupp in die Arrestzelle.

„Dem Bein ist tatsächlich nichts passiert?", fragte Direktor Pracher.

„Mehr als das. Die Kollegen der Spurensicherung wetteiferten darum, wer von ihnen das geheimnisvolle Fach im Silbernen Bein zuerst entdecken würde – und waren erfolgreich. Wollen Sie sehen, was sie gefunden haben?"

Welch überflüssige Frage! Pracher lechzte danach wie ein Wanderer in der Wüste nach frischem Wasser. Heck führte ihn in ihr Büro, schloss ihre Schreibtischschublade auf und entnahm ihr ein kleines Tütchen.

„Ein Medaillon", stammelte Pracher. „Ein silbernes Medaillon! Aber warum ist dies sein kostbarster Schatz?"

Heck reichte Pracher ein Paar Einmalhandschuhe. „Nehmen Sie es heraus und öffnen Sie es. Dann werden Sie verstehen."

Pracher folgte ihren Worten. Im Medaillon befand sich, was sich in den meisten Medaillons befindet: ein Bild. Nur war dieses ein ganz besonderes.

„Es ist die unbekannte Dame vom Familienporträt!", rief Pracher aus. „Diejenige zu Füßen von Friedrichs zweiter Frau, Louise von Kurland! Diejenige, die keinen Schmuck trägt, wie ein Kindermädchen, und als solches auf dem Familienporträt eigentlich nichts zu suchen hätte! Wieso war sie ihm wertvoller als Gold und Silber?"

„Weil sie seine Tochter ist." Heck nahm das kleine Porträt aus dem Medaillon und drehte es um. *Luise, ma fille*, stand darauf und darunter ihr Geburtsdatum. „Auch ein Mann, der alle seine drei Ehen wegen der Mitgift schloss, kann die Liebe kennenlernen."

„Vielleicht", wandte Pracher, ganz Wissenschaftler, ein.

„Ganz gewiss", sagte Heck. „Sehen Sie auf ihr Geburtsdatum: 24.12.1653. Sie war seine Weihnachtsüberraschung. Er konnte sie nicht als seine Tochter anerkennen, wollte er seine Zukunft nicht riskieren. Aber in seinem silbernen Bein trug er sie stets bei sich – seinen kostbarsten Schatz."

Oh du fröhliche, oh du selige Campingzeit
Frauke Schuster

Der Schnee fiel in nassen, schweren Flocken. Karin zog die Strickmütze tief über die Ohren, ehe sie die Stützen des Wohnwagens herunterließ, damit ihr mobiles Heim für die nächsten zwei Wochen stabil stehen konnte. Und wie jedes Mal in den letzten Jahren überfiel sie dabei eine merkwürdige Mischung aus Freude und Trauer.

„Brauchst Hilfe, Mädel?" Bei Platzwart Heinz hießen alle weiblichen Wesen Mädel, selbst wenn sie wie Karin die fünfzig überschritten hatten.

„Danke, ich schaff das schon." Zum Beweis, dass sie keineswegs von Altersschwäche geplagt wurde, rammte Karin den Stecker für die Stromversorgung so fest in die Dose des Verteilerkastens, dass sich ein Riss im Plastik bildete.

„He, mach mir nicht die Anlage kaputt!" Rasch schloss Heinz den Stromkasten, bevor weitere Schäden eintreten konnten. „Bist nervös, oder was?"

„Ist nur das Scheißwetter. Da will doch jeder schnell fertig werden." Karin fuhr sich mit dem Ärmel ihres Anoraks über die nasse Stirn. Wortlos packte Heinz mit an, half ihr, die Säcke mit den Vorzeltstangen aus der Seitenluke zu zerren, und stellte in Nullkommanichts das Gestänge auf. Hilfsbereit war er immer gewesen, das schätzte sie so an ihm.

„Hab mich schon gefragt, ob du kommen wirst."

„Ich bin doch jedes Weihnachten hier." Fast fühlte sie sich durch die simple Frage verletzt. Er wusste doch, wie sehr sie sich stets auf ihr Wintercamping freute. Inklusive der gemütlichen Plauderstündchen mit ihm. Für die im Moment keine

Zeit blieb, denn kaum waren die Zeltplanen hochgezogen, musste der Platzwart zur Rezeption laufen, wo gerade ein riesiges Wohnmobil auftauchte. Wilfried natürlich, mit seiner topgestylten Moni, die jedes Mannsbild anflirtete, sobald der Göttergatte ihr den Rücken zudrehte. Sogar bei Karins Franz hatte sie es versucht, aber das war nun auch schon wieder über sechs Jahre her.

Normalerweise wäre Karin gleich am Ankunftstag in den Wald gelaufen; sie liebte den südlichen Taunus mit seiner rauen Luft, dem märchenhaften Mischwald und den bizarren Felsen. Aber das nasskalte Wetter bewog sie, den ersten Spaziergang zu verschieben. Sie drehte die Gasheizung auf und zog ihren warmen Jogginganzug an. Dann kuschelte sie sich mit der neuen Krimisammlung – *Tödliche Türchen* – und einem Becher heißen Assam-Tee in die Sitzecke ihres Wohnwagens. Doch trotz der spannenden Lektüre ließ sich die leise Trauer nicht verdrängen.

Der nächste Morgen wartete mit freundlicherem Wetter auf. Am Boden hatte sich über Nacht eine Schneedecke von zwei oder drei Zentimetern gebildet, doch nun schien die Sonne aus einem perfekt wolkenlosen Himmel. Karin entrang sich ein wohliger Seufzer, als sie aus dem Wohnwagenfenster spähte. So, genau so, musste Weihnachtscamping sein! In wesentlich besserer Stimmung als am Vortag machte sie sich auf, um im kleinen Laden bei der Rezeption frische Brötchen zu holen. Ihre selbst gekochte Kirschmarmelade hatte sie selbstverständlich dabei.

Nach dem Frühstück hielt es Karin nicht länger im Wagen. Sie setzte die Mütze mit dem roten Puschel auf und stieg in die roten Schneestiefel. Heutzutage mussten Witwen glücklicherweise nicht mehr in tristen Klamotten herumlaufen. Überhaupt, Franz hatte immer gesagt, Rot stehe ihr. Der hätte sie nicht gern in Braun oder Schwarz gesehen.

Gemächlich wanderte Karin durch den stillen Wald und erinnerte sich wehmütig an die fröhlichen Jahre, als sie und Franz gemeinsam zum Camping *Krause Buche* gefahren waren. Nach dem Einrichten des Vorzelts hatten sie sich im Camping-Imbiss Currywurst mit Fritten gegönnt und sich mit einem Glas Glühwein aufgewärmt. Als Heinz' Frau noch da war, hatte sie ihnen immer winzige Schokoladen-Weihnachtsmänner neben die Teller gestellt. Zur Einstimmung auf die bevorstehenden Feiertage. Seltsam, über die letzten Jahre hatte Karin die kleinen Schoko-Figuren völlig vergessen, dabei waren sie so eine nette Aufmerksamkeit gewesen.

Früher hatte Karin ihren Stellplatz auch aufwendig geschmückt, hatte des Öfteren den alljährlich ausgelobten Preis für die schönste Weihnachtsdekoration gewonnen. Erst seit Franz' Tod beschränkte sie sich auf eine simple Lichterkette mit künstlichen Eiszapfen am Vorzeltdach und zwei Rentieren aus Weinrebengeflecht. Letztes Jahr hatte Wilfrieds Moni den Preis eingeheimst, ein Räuchermännchen aus erzgebirgischer Herstellung. Egal, sollte sie doch, die dämliche Tussi. Klüger wurde sie dadurch bestimmt nicht …

Ehe sie vom Weg abbog, sah Karin rasch über die Schulter. Sie war stolz darauf, die bewusste Stelle im Wald auch ohne GPS wiederfinden zu können. Nur noch eine Woche bis Heiligabend. Ach, wie sehr sie ihr Weihnachtscamping an der *Krause Buche* liebte, immer geliebt hatte!

Heinz begegnete ihr Gott sei Dank erst auf dem Rückweg.

„Den hast du aber noch nicht lange." Sie bückte sich, um den jungen Schäferhund zu streicheln, und bemühte sich, trotz ihrer Nervosität ruhig und unbeschwert zu wirken.

„Seit dem Sommer." Heinz lachte. „Macht mir viel Arbeit, mein Rambo. Büxt alle Naselang aus. Ständig muss ich ihn aus irgendwelchen Fuchslöchern zerren, weil er so gern gräbt. Immerhin hab ich ihm das Kläffen abgewöhnt. Schließlich kann er nicht ewig meine Gäste verbellen, das wär schlecht fürs Geschäft."

Zusammen kehrten sie zum Platz zurück, während Rambo abwechselnd um Karins und Heinz' Füße wuselte. Zwischendurch rannte er an seiner langen Leine hin und her und grub unter einer Wurzel, sodass Reisig, Schnee und Erde bis auf Karins Stiefel flogen. Ausnahmsweise war Karin richtig froh, dass sie schon am Platzeingang Moni trafen, gekleidet in einen knallpinken Daunenparka.

„Du musst mir helfen, Heinz! Der Strom ist wieder weg." Moni sandte Karin einen Blick, der entschuldigend wirken sollte, dieses Ziel aber gründlich verfehlte. Umso mehr, als Moni sich gleichzeitig bei Heinz einhakte und dabei dem Hund auf den Schwanz trat.

Karin blickte den beiden nach und runzelte die Stirn. Wahrscheinlich hatte das mannstolle Weib den Wackelkontakt am Stromverteiler selbst herbeigeführt. Nur um den Platzwart, zugleich Eigentümer der Anlage, zu sich zu locken. Ob ihr Wilfried gerade ahnungslos über einem Bierchen im Imbiss hockte? Karin biss sich auf die Lippen. Obwohl sie an ihrem eigenen Problem ausreichend zu knabbern hatte, passte es ihr nicht, dass die andere sich an den arglosen Heinz ranschmiss. Oder … war er gar nicht so arglos? Warum hatte er sich einen Hund zugelegt? Noch dazu einen mit Buddeltick?

Ohne das Paar aus den Augen zu lassen, versuchte Karin

sich zu erinnern, wie lange es her war, dass Heinz' Frau ihn abserviert hatte. Zehn Jahre bestimmt. Die Emma hatte damals geerbt, ziemlich dicke sogar. Hatte das Geld dann aber nicht in den Campingplatz, sondern in einen Handarbeitsladen investieren wollen.

Moni wäre erst recht keine Frau für einen Platzwart, dachte Karin, als sie sich zu ihrem Stellplatz begab und endlich die Plastikbox mit dem Weihnachtsschmuck aus dem Kofferraum hob. Weihnachten stand vor der Tür – was immer sie gerade im Wald entdeckt hatte. Und bestimmt würde Franz sich freuen, wenn sie den Platz festlich herrichtete. Daran galt es sich zu klammern.

Der Klapptritt für den Wohnwageneinstieg reichte von der Höhe her locker, um die Eiszapfen-Kette am Vorzeltdach zu befestigen. Karin liebte ihre Dekoration mit warmweißem Licht. Moni schmückte ihren Platz knallbunt, auf amerikanische Art, voll kitschig ... Ach Franz, lieber Franz, wenn du nur nicht diesen Tick mit Italien gekriegt hättest! Wer will schon Weihnachten in Kalabrien feiern, zwischen Macchia und Mafia? Dort gibts nicht mal anständigen Handkäs! Wir hätten es weiterhin so schön haben können, Franz. Warum hast du dir nicht einfach ein paar Angoraunterhosen zugelegt, als dir der Taunus zu kalt wurde? Du weißt gar nicht, mein Franz, wie sehr ich dich vermisse.

Mit einem Seufzer positionierte Karin auf beiden Seiten des Eingangs die Rentiere, in deren geflochtenen Körpern sich weitere LED-Lichtlein verbargen. Wundervoll sah das aus. Vielleicht sollte sie doch noch ein bisschen Schmuck dazukaufen und sich wieder mal um den Weihnachts-Preis bewerben?

Am Abend speiste sie mit Moni und Wilfried im Camping-Imbiss. Frikadellen mit Bratkartoffeln, dazu einen

Schoppen Äppelwoi für die Bettschwere. „So schön weiß ists zu Weihnachten selten", sagte Moni.

Wilfried zog die Brauen hoch und harpunierte mit der Gabel ein Essiggürkchen. „So schön kalt, meinst du wohl."

„Dafür haben wir unsere Heizung. Und die Körperwärme." Moni zwinkerte ihrem Mann übertrieben neckisch zu und Karin fühlte ein Aufwallen von Neid. Auch wenn sie ihren Franz noch immer liebte, sehnte sie sich manchmal nach einer neuen Beziehung. Danach, in den Arm genommen zu werden, im Wohnwagen jemanden zum Kuscheln zu haben. Danach die Flasche Apfelwein, die sie mit zu ihrer Parzelle zu nehmen gedachte, mit jemandem teilen zu können. Ebenso wie ihre Daunendecke.

Am nächsten Tag war Karin erneut im Winterwald unterwegs. Zuerst absolvierte sie die große Runde, die schon zu Franz' Zeiten ihr Lieblingsspaziergang gewesen war. Hätte an jenem Tag vor sechs Jahren nicht der Wind gepfiffen, sondern die Sonne geschienen, hätte Franz sich sicher nicht über die Kälte beklagt. Auch wenn er den Taunus nie so schön fand wie sie. Er stammte halt aus dem Breisgau, wo man an mildere Temperaturen gewöhnt war.

Als Karin schließlich den offiziellen Weg verließ, spürte sie ihr Herz schneller schlagen. War es ein Albtraum, was sie am Vortag an ihrem geheimen Platz gesehen hatte, oder …? Statt kalt wurde ihr heiß und sie riss den Anorak auf.

Dann stand sie stockstill zwischen Fichten und Buchen. Vor ihr am Boden hockte in einem Nest aus silbrigen Weihnachtskugeln ein dicker Kunststein-Eisbär. Genau wie am Vortag – und definitiv kein Traum. Franz hatte sich sehr für Eisbären interessiert, hatte Karin hundertmal pro Winter erklärt, wie ihr Fell aus hohlen Haaren perfekt die Wärme speicherte und … und … und. Wer außer Karin wusste von diesem speziellen Interesse ihres verstorbenen Gatten? Auf dem Campingplatz vermutlich so gut wie jeder. Wilfried, Moni und Heinz inklusive. Franz hatte nie eine Mördergrube aus seinem Herzen gemacht.

Moni kam nicht infrage; deren Dekoideen waren zu schrill für dieses dezente Arrangement. Ein plötzlicher Windstoß fegte durch die Bäume. Karin erschauderte und zog den Reißverschluss des Anoraks wieder zu. Frische Spuren ließen sich nirgends entdecken; die Stelle musste bereits vor dem letzten Schneefall geschmückt worden sein. Aber wer sollte das tun und warum? Konnte wirklich jemand auf Karins Geheimnis gestoßen sein? Was würde das für sie bedeuten? Karin spürte, wie ihre Hände in den roten Fäustlingen feucht wurden.

„Franz", flüsterte sie leise. „Franz, vielleicht ists besser, wenn ich eine Weile nicht herkomme? Aber ich lass dich so ungern über Weihnachten allein … Ach, warum, warum nur wolltest du nicht nachgeben? Was hätten wir denn in Italien gemacht, du und ich? Schwimmen war nie dein Ding, warum also ans Meer fahren statt in den Taunus? Wenn du eingelenkt hättest, wenn du gesagt hättest Okay, *lass uns wieder in deinem geliebten Taunus feiern*, dann wärst du jetzt am Leben, Franz. In Angoraunterhosen, aber am Leben!"

Auch wenn Moni nicht wirklich ihr Fall war, fühlte Karin, dass sie ihr und ihrem Mann dankbar sein sollte. Wilfried und Franz waren ewig dicke Freunde gewesen und so lud Wilfried Karin häufig ein, sich mit ihnen im Imbiss zu treffen. Obwohl sie in anderen Frauen sonst nur Rivalinnen sah, schien selbst Moni keine Einwände zu haben. Vielleicht war sie insgeheim froh, sich vor Karin in ihren neuesten modischen Errungenschaften zeigen zu können.

An diesem Abend ging Karin besonders gern mit den alten Freunden zum Pizzaessen. Sie brauchte Ablenkung, damit ihre Gedanken nicht ständig um die eine Frage kreisten: Wer hatte das geheime Grab geschmückt?

Als zum Dessert Zimteis mit Birnenkompott serviert wurde, setzte sich Platzwart Heinz mit an den Tisch. Sein schütteres Haar glänzte nass vom erneut fallenden Schnee, weil er gerade den Vorplatz der Rezeption gestreut hatte.

„Wenn du einen Campingplatz in Süditalien betreiben würdest, müsstest du dir um Glatteis und Co. nie mehr Gedanken machen." Wilfried schob das letzte Stück Birne mit dem Finger auf seinen Löffel.

„Hab gehört, dort gibts Plätze, auf denen nur Holländer und Deutsche überwintern." Heinz winkte seinem Koch, und der brachte eine Runde Obstbrand für den Tisch.

„Verpimpelte Senioren, natürlich. Weicheier." Moni kippte den Schnaps in einem Zug.

Karin lachte und stellte überrascht fest, dass sie die Bemerkung als Einzige komisch fand. Aber das waren doch wirklich Warmduscher, die vor ein bisschen Eis und Schnee über die Alpen flohen. Als ob der Taunus durch den Klimawandel zur neuen Arktis mutieren würde und demnächst echte Eisbären über den Campingplatz latschen könnten.

Am nächsten Vormittag fuhr Karin nach Niedernhausen, um zusätzliche Weihnachtsdeko zu besorgen. Ein künstliches Bäumchen für den Tisch im Vorzelt. Ein gläsernes Teelicht mit Eiskristallmuster. Zwei Sterne für die Wohnwagenfenster, ohne Beleuchtung, weil Steckdosen in Karins altem Mobilheim Mangelware waren. „Fast so schön wie in alten Zeiten, was?"

Obwohl sie sich von dem Grab hatte fernhalten wollen, bekam Karin ihren Franz nicht aus dem Kopf. Und so marschierte sie nach einem Mittagspäuschen wieder los.

Der Eisbär saß in seinem Nest, als habe er auf sie gewartet. Karin fühlte fast ein wenig Ärger darüber, dass jemand anderes es wagte, die letzte Ruhestätte *ihres* Mannes zu schmücken. So etwas stand nur ihr selbst zu. Und sie hatte es selbstverständlich all die Jahre hindurch aus Angst vor Entdeckung bleiben lassen. Mit Schaudern erinnerte sie sich an den fatalen Tag, als Franz ihr eröffnete, dass sie in Zukunft ihr Weihnachtscamping im Süden verbringen würden. Genau hier, mitten im Wald, hatte er angefangen mit ihr zu streiten und gar nicht mehr aufgehört. Karin hatte ihr Messer dabei. Weil sie Zweige für die Wohnwagendeko schneiden wollte. Ohne nachzudenken rammte sie es Franz tief in den Hals. Glücklicherweise war der Boden damals nicht vereist, sodass er das Blut rasch aufsaugte, sonst wäre Karin schlecht geworden. Und durch das frostfreie Wetter hatte sich auch das Eingraben des Toten erfreulich einfach gestaltet; den Spaten lieh Karin sich aus Heinz' Schuppen, der selten versperrt war. *Camper sind anständige Menschen, die klauen nicht*, hatte Franz immer gesagt. Und in all den Jahren, in denen Karin nun schon zum Platz *Krause Buche* fuhr, hatte es nie auch nur einen einzigen Diebstahl gegeben. Bloß einen kleinen Mord. Der, rechtlich gesehen, als Totschlag im Affekt durchrutschen würde. Und von dem sechs lange Jahre niemand gewusst hatte. Bis jetzt …

Karin spürte, wie die Verzweiflung sie zu überwältigen drohte. So lange sie nicht wusste, wer den Eisbären aufgestellt hatte, konnte sie nicht darauf reagieren. Was also tun? Eine Krankheit vorschützen und abreisen? Was würde das bringen? Mutlos drehte sie sich um. Und erstarrte. Nur fünf Meter von ihr entfernt standen ein Mann und sein Hund. Heinz und Rambo. Der Mistköter, der so gern buddelte!

Heinz tat einen Schritt nach vorn, öffnete den Mund und Karin rannte. Blindlings in den Wald hinein.

Zwei Stunden später hockte sie in einem Café in Niedernhausen. Bei ihrer hektischen Flucht war sie dreimal hingefallen, sodass ihre Winterleggins an den Knien völlig durchgeweicht waren. Sie schloss beide Hände um den Becher mit heißem Adventstee und dachte nach.

Heinz wusste, dass sie ihren Mann umgebracht hatte. Bestimmt hatte er den Toten am Ehering erkannt, den Karin ihrem Franz nicht vom Finger hatte ziehen können. Und das Messer musste sein blöder Hund auch ausgebuddelt haben … Wie sollte es nun weitergehen?

Gab es die Möglichkeit, Heinz … dem Gatten folgen zu lassen? Karin bereute zwar nichts – schließlich hätte sie nie im Leben ihr Weihnachtscamping in Italien verbringen wollen, aber die Tat hing ihr nach. Immerhin hatte sie ihren Franz geliebt, liebte ihn noch immer. Und auch Heinz war über all die Jahre ein treuer Freund gewesen. Dennoch begann sich Karins Hirn automatisch mit der Frage zu beschäftigen, welche Wege es geben könnte, Heinz mundtot zu machen. Bestechen konnte sie ihn nicht; sie war nie berufstätig gewesen und nicht reich. Blieb die Option, ihn verschwinden zu lassen. Ein Unfall? Leider hatte Heinz in seinem schnuckligen Häuschen neben der Rezeption keine Gasheizung wie die Camper, sondern einen soliden Ölbrenner. Also war eine Explosion ausgeschlossen. Welche anderen Möglichkeiten blieben?

Wie die meisten seiner Gäste war Heinz kein Sicherheitsfanatiker und schlief gern bei offenem Fenster. In sein

Haus gelangen konnte Karin ohne größere Probleme. Und dann? Sie könnte ihr Brotmesser mitnehmen. Aber die anschließende … Entsorgung dürfte schwierig werden. Heinz war ein stämmiger Typ; ihn ungesehen am Stück in den Wald zu schaffen, würde eine besonders dunkle Nacht, einen Schubkarren und viel Kraft und Glück erfordern. Karin bestellte einen weiteren Becher Tee. Sie wollte den netten Platzwart nicht umbringen, aber manchmal blieb einem nichts anderes übrig als die harte Tour. Wenn man selbst am Leben bleiben wollte beziehungsweise in weihnachtlicher Freiheit.

Zunächst einmal aber galt es, den Einbruch der Dunkelheit abzuwarten, um sich im Schutz der Finsternis zum Wohnwagen schleichen zu können. Zwar führte der einzige Weg auf den Platz an der gut beleuchteten Rezeption vorbei, aber sicher würde Heinz irgendwann auf ein Bierchen im Imbiss verschwinden oder wegen eines Miniaturproblems zu Moni gerufen.

Der erste Teil des Plans klappte wie am Schnürchen. Als Karin die Rezeption ausspähte, war Heinz nirgends zu sehen, sodass sie unbemerkt ihren Stellplatz erreichte. Ihr Wohnwagen lag in tiefem Dunkel. Die Platzlampe am Eck schien ausgefallen.

Karin öffnete den Vorzelt-Reißverschluss, zog den Wagenschlüssel aus der Tasche und bemerkte die Bewegung hinter sich einen Augenblick zu spät. Eine kräftige Hand legte sich über ihren Mund, ein starker Arm umklammerte ihren Körper.

„Bleib ganz still, hörst du?"

Sie erkannte die Stimme sofort. Da sie keine Wahl hatte, versuchte sie gegen den Druck der Männerhand zu nicken.

„Mach die Weihnachtslichter an!" Heinz ließ sie los. „Sperr den Wagen auf. Lass uns reingehen, ins Warme."

Karin gehorchte stumm.

Zwei Minuten später saßen sie einander gegenüber. Karin versuchte abzuschätzen, ob sie schnell genug an die Schublade mit den Küchenutensilien gelangen könnte, aber leider hatte Heinz sich direkt daneben platziert.

„Eins versteh ich nicht: Warum hast dus getan? Ihr wart das absolute Camper-Traumpaar." Offenbar hatte Heinz damals nicht mitbekommen, dass Franz den Taunus und damit seinen *Krause-Buche*-Platz bestreiken wollte. Karin sah nach draußen, wo im Vorzelt der kleine Weihnachtsbaum leuchtete. Sie zuckte die Achseln.

„Private Probleme." Ihre Hände fühlten sich eisig an, wahrscheinlich hätte sie ohnedies kein Messer führen können. Sie rieb sie aneinander, um sie zu wärmen, als Heinz plötzlich seine Hand beruhigend über ihre legte.

„Karin …" Heinz' Stimme klang belegt. „Hab keine Angst, Mädel. Ich werd deine Geheimnisse nie verraten." Nun wanderte auch seine zweite Hand über den Tisch. Für Karin fühlte es sich herrlich an, als ihre Finger langsam wieder Normaltemperatur erreichten.

„Aber ich habe … ich bin …" Trotz aller Anstrengung brachte sie die Bezeichnung *eine Mörderin* nicht über die Lippen.

„Du bist die perfekte Frau für einen absolut nicht perfekten Platzwart."

Ein Jahr später checkte Karin, ob auf der von Moni gebuchten Parzelle alles in Ordnung war. Leider war Wilfried im Herbst Knall auf Fall verstorben, möglicherweise aufgrund eines Pilzomeletts. Seitdem freute Karin sich darauf, Moni wiederzusehen. Offenbar hatten sie beide mehr gemeinsam als gedacht.

Sie selbst hatte nicht mehr extra für die Weihnachtszeit anreisen müssen, sondern wohnte bereits seit elf Monaten im gemütlichen Platzwart-Häuschen.

„Lust auf einen kleinen Ausflug?" Heinz trat neben seine Frau, den Autoschlüssel in der Rechten. „Ich möchte dir etwas zeigen."

Sie fuhren an den Waldsee, spazierten am Ufer entlang, Arm in Arm.

„Darf ich dich was fragen? Was … Heikles?" Karin blickte zu den zwei Schwänen, die langsam näher drifteten.

„Sicher doch." Heinz nickte. „Wir wollen keine Geheimnisse voreinander haben, oder?"

„Natürlich nicht." Karin zögerte einen Moment, ehe sie fortfuhr. „Warum hast dus so locker genommen, damals? Als du wusstest, dass ich den Franz …?"

„Mir war klar, dass du diese Frage irgendwann stellen würdest." Heinz blieb stehen. „Genau deshalb hab ich dich hierher gebracht. Um zu erklären, warum ich dich so gut verstehe."

Karin wartete stumm.

„Meine Emma", sagte Heinz nach einer Weile. „Als sie geerbt hatte, wollte sie vom Campingplatz wegziehen. In der Stadt einen Handarbeitsladen aufmachen, Wolle verkaufen. Aber … ich hab doch das Geld so dringend für die neue Sanitäranlage gebraucht, du weißt schon …"

Er brach ab, beobachtete nun ebenfalls die Schwäne. Und Karin begriff: Emma hatte ihren Mann nicht verlassen, war immer noch hier. Der stille Waldsee hütete ein dunkles Geheimnis. Hoffentlich bis in alle Ewigkeit.

144

Es wurde ein wunderschönes Weihnachtsfest – mit einem einzigen Wermutstropfen, als Heinz davon anfing, dass die Winter im Taunus wirklich zu lang und zu kalt seien. Ein früherer Kollege hatte ihm von einem Platz in Sizilien erzählt, der für seine Überwinterungsgäste aus dem kühlen Norden einen deutschen Platzwart suchte.

Aber gerade zur Weihnachtszeit achtete Karin ohnedies darauf, die Messer in ihrer Küche perfekt geschliffen zu halten.

Alle Jahre wieder Susanne Kronenberg

Pünktlich um halb vier machte Raimund Ebner Feierabend. Müde und durchgefroren stapfte er den Waldweg entlang zum Parkplatz. Er war kaum zehn Schritte vom Wagen entfernt, als sich das Handy meldete. Zum dritten Mal innerhalb weniger Minuten! Im Gehen streifte er die Fäustlinge ab und versenkte eine Hand in der Brusttasche des Winteroveralls. Letzter Versuch!, drohte er dem unbekannten Anrufer. Wenns wieder nur rauscht und knistert ... Seine Finger stießen an das vibrierende Gerät. Mit einem ergebenen Seufzer blieb er stehen, fischte das Telefon heraus und schob es unter die Wollmütze.

„Ebner. Wer ist da? ... Wie?"

Ein Trillern, für das ihm keine genauere Beschreibung eingefallen wäre, drang ihm ins Ohr. Mit schiefem Kopf lauschte er angestrengt. Ein Rumpeln und Knacken. Ein schwirrendes Flattern wie der Flügelschlag einer abhebenden Taube. Dann endlich: Die Stimme einer Frau, abgehackt zunächst, unverständlich, bis sich Wort für Wort aus dem Klanggewirr herausschälte.

„... mannshoch ... Nordmanntanne ... Bringen Sie mir bitte ..."

Wie er das liebte! Leute, denen an Heiligabend auffiel, dass der Baum fehlte. Der ihnen außerdem noch angeliefert werden sollte!

„... Notfall ... kein Weihnachten ohne Baum ..."

Dabei wollte er nichts als nach Hause. Heiß duschen, dann das erste Bier. Oder erst das Bier, danach die Dusche. Auf jeden Fall Feierabend und Füße hoch. Filme gucken.

Mit Horror gegen Schneekönigin und Traumschiff. Er hatte einen Vorrat angesammelt, der jede Weihnachtsromantik verpuffen ließ.

Anderseits: Nordmanntanne, mannshoch. Das machte inklusive Feierabendaufschlag, Dämmerungszuschlag und Anlieferung ... Während er rechnete und abwog, ob es sich lohnte, dafür umzukehren, die Motorsäge aus dem Bauwagen zu holen und den Baum auszusuchen, geriet er mehr und mehr in den Bann der fremden Stimme. Dunkel klang sie. Irgendwie ... alt. Nein, nicht alt. Erfahren. Klug. Lebensklug. Warmherzig. Er meinte sogar, ein Lächeln herauszuhören.

„Wo wohnen Sie denn?" Verflixt, was sagte er da!

Er lauschte ihrer Wegbeschreibung. Rauschend und knisternd, wie es begonnen hatte, brach das Gespräch ab.

Eine knappe Stunde später parkte er Wagen und Anhänger beim Idsteiner Schloss und trug den Baum in die Altstadt hinein. Mit steigendem Widerwillen, wohl fühlte er sich nur im Wald. Er mochte keine Städte und schon gar nicht die verwinkelten Straßen der Hexenstadt. Was den Touristen gefiel, nahm ihm die Luft zum Atmen. Auch der Weihnachtsklimbim hinter den Fenstern ließ ihn kalt. Allein der Geschäftsmann in ihm fragte sich, welche der festlich geschmückten Bäume in seinem Wald gewachsen sein mochten. Ihm selbst kam kein Baum ins Haus. Zum Glück hatte er keine Familie, die darauf pochte. Da war niemand außer seiner Mutter, die allerdings nicht zählte, weil sie auf dem Eichberg in der Psychiatrie lebte. Weggesperrt, seit er sieben Jahre alt war. Er vermisste sie nicht.

Während er den Baum am Rathaus vorbei und die Treppe zum König-Adolf-Platz hinuntertrug, fiel ihm ein, dass er die Kundin nicht nach dem Namen gefragt hatte. Ihre

147

Beschreibung im Kopf, fand er die Gasse und das Fachwerkhäuschen, das sich zwischen uralte Nachbarhäuser zwängte. Geschnitzte Hölzer und ein wenig Farbe verzierten die Fassade. Hinter den Fenstern, zu denen er sich bücken musste, brannte kein Licht. Doch kaum hatte er den Baum an die Wand gelehnt, um zur Klingel zu greifen, tat sich die Haustür auf.

Eine ältere Dame hieß ihn willkommen. Um ihren Mund und die Augen zogen sich zarte Falten. Das weiße Haar war zu einem Dutt aufgesteckt; altbacken wie die Kleidung. Welche Frau um die sechzig trug heutzutage bunte Kittelschürzen wie damals seine Großmutter, die hier in der Nähe gewohnt haben musste? Er erinnerte sich nicht an das Haus und auch Großmutters Gesicht war wie ausgelöscht. Das flirrende Blümchenmuster der Schürze, aus deren Taschen sie Bonbons und Lakritz hervorgezaubert hatte, stand ihm umso deutlicher vor Augen.

Verstohlen schnupperte er in den Flur hinein. So verlockend hatte es auch in der Küche der Großmutter geduftet: nach Lebkuchen, Marzipan und Vanille. Bis sich unvermittelt der süßliche Geruch von frischem Blut in das Adventsaroma mischte. Erschrocken fuhr Raimund zurück.

Die Frau betrachtete derweil die Tanne. „Ein wunderschöner Baum. Mein Enkel wird sich freuen."

Der Blutgeruch nahm zu, schien sich wie Nebel um ihn zu legen. Die Luft zum Atmen wurde ihm knapp. Verlor er den Verstand wie die Mutter? Nichts anderes auf der Welt machte ihm mehr zu schaffen als die Befürchtung, irrezuwerden. Damals hatte sich ein Idsteiner Hexenjäger in Mutters Kopf eingenistet und ihr zugeraunt, wer alles eine Hexe wäre. Nachbarinnen. Freundinnen. Der Pfarrer. Nicht einmal vor der eigenen Familie hatte der teuflische Einflüsterer haltgemacht. Bis am Heiligabend der Wahnsinn eskalierte. Er wusste noch, wie er sich heimlich in die Wohnstube geschlichen hatte, um sich vor der Bescherung zu vergewissern, ob das Christkind schon da gewesen war. Mit dem Baum hatte es sich alle Mühe gegeben, ihn mit weißen Kerzen und faustgroßen roten Kugeln geschmückt, zwischen denen glänzende Silberfäden hingen. Er wollte gerade die Hand danach ausstrecken, als er die Großmutter um Hilfe rufen hörte. Sofort lief er zu ihr. Von dem, was in der Diele geschehen war, wusste er nichts mehr. Nur eines war ihm deutlich in Erinnerung: Wie er aufgehoben und mit dem Gesicht gegen eine blutbesudelte Plastikschürze gedrückt wurde. Später erklärte man ihm, dass es der Metzger von nebenan gewesen sei, der ihn aus dem Haus geholt hatte.

Sein Blick kehrte zur Kundin zurück. Die Großmutter musste im selben Alter gewesen sein. Drei Tage später war sie im Krankenhaus gestorben, ohne wieder zu Bewusstsein zu kommen.

Er spürte das Bedürfnis, etwas zu sagen. „Soll ich den Baum ins Haus bringen?"

„Danke, lassen Sie ihn nur draußen. Ich will ihn für den Christbaumständer zurechtmachen."

„Womit denn?"

„Mit einer Axt, das geht am schnellsten."

Sein Hilfsangebot lehnte sie freundlich ab und überreichte ihm einen in Packpapier gehüllten Gegenstand, der wie ein Brotlaib aussah. „Lassen Sie sich den Stollen schmecken."

Im Gehen steckte er die Nase unter das Papier und sog den Duft von Nüssen und Marzipan ein. Währenddessen wurde ihm klar, dass er kein Geld verlangt hatte.

Was solls, dachte er, es ist Heiligabend.

Und er hatte niemanden sonst zu beschenken.

So ging das über mehrere Jahre. Zu Heiligabend lieferte er einen Baum und erhielt dafür einen Stollen. Im zweiten Winter war er noch überrascht gewesen, als kurz vor Geschäftsschluss der Anruf gekommen war. Im dritten Jahr hatte er die Dame sofort erkannt und im vierten Jahr ihren Anruf erwartet. Im fünften Jahr trieb ihn die Neugierde am vierten Advent nach Idstein. Dort ließ er den Wagen am Schloss stehen und marschierte auf die Altstadt zu. Es war ein nasskalter Nachmittag. Der Wind trieb ihm den Schnee in die Augen und so suchte er Schutz im Brauhaus, um sich aufzuwärmen. Der vertraute Widerwille gegen die Altstadtgassen hielt ihn anschließend davon ab, ohne Grund das Haus der alten Frau aufzusuchen, und so begegnete er ihr erst wieder, als er ihr zu Heiligabend den Baum brachte. Sie schien nicht zu altern und trug stets dieselbe Kittelschürze.

Am vierten Advent des sechsten Jahres fuhr er wieder in die Stadt und kehrte ohne Umwege im Brauhaus ein. Anstatt wie üblich schweigend am Tresen vor sich hinzubrüten, kam er mit der Bedienung ins Gespräch. Sie hieß Rosa und half dort über die Feiertage aus. Es musste am Bier liegen, dass es sich so gut mit ihr reden ließ. Er trank zu viel und machte sich zu Fuß auf den Heimweg. Im siebten Jahr hatte Rosa wieder Dienst. Sie unterhielten sich bis nach Mitternacht. Von dem Tag an trafen sie sich regelmäßig.

Zu einem Bummel durch die Altstadt konnte Rosa ihn nicht bewegen. Am vierten Advent des folgenden Jahres, der dieses Mal auf den Tag vor Heiligabend fiel, ließ sie nicht locker. „Das kann doch nicht wahr sein! Ein Kerl wie ein Bär und kriegt Platzangst in den Gassen? Wenn du Bäume auslieferst, traust du dich doch auch?"

„Das muss sein fürs Geschäft!"

„Und was ist mit meinen Wünschen?"

Wie sie ihn anschauen konnte! Ihrem warmen Blick hatte er nichts entgegenzusetzen. Und so ließ er sich von ihr mitziehen, bis er vor einem Haus innehielt. Ein ehemaliger Metzgerladen, der ihm bisher nie aufgefallen war. Man konnte den Schriftzug noch erkennen. Die Ladenräume standen leer.

Rosa blieb an seiner Seite. „Kennst du das Geschäft?"

Ohne eine Antwort ging er weiter. Das Haus der alten Frau lag wenige Schritte weiter. Über der Haustür blinkte ein elektrischer Weihnachtsstern, der nicht hierher passte. Mit einem Mal überkam ihn das seltsame Verlangen, Rosa und die Dame miteinander bekannt zu machen. Aber als er die Hand zur Klingel ausstrecken wollte, verließ ihn der Mut.

Am nächsten Tag, Heiligabend, wartete er im Wald vergeblich auf den Anruf. Er begann, sich Sorgen zu machen, und ließ keine Stunde verstreichen, bis er die Nordmanntanne auflud. Sein schönster Baum, den er für sie aufbewahrt hatte.

Eilig trug er ihn in die Altstadt hinein.

Auf sein Klingeln öffnete eine junge Frau, die Raimund und sein Mitbringsel verblüfft zur Kenntnis nahm. „Was für eine hübsche Tanne! So gerade gewachsen wie all die anderen, die wir jedes Jahr vor unserem Haus vorfinden, wenn wir von meinen Eltern zurückkommen. Dieses Jahr bleiben wir hier und haben schon einen Baum." Sie musterte ihn neugierig. „Sind Sie derjenige, der uns zu jedem Weihnachtsfest einen Baum bringt? Den wir nicht bestellt haben?"

„Ist die alte Dame nicht zu Hause?", fragte er verwirrt mit einem Blick in den hell erleuchteten Flur. Aus einem Zimmer klangen vergnügte Kinderstimmen.

„Keine Ahnung, wen Sie meinen", antwortete die junge Frau. „Hier wohnt niemand außer mir, meinem Mann und den Kindern. Meine Eltern sind in die Nachbarschaft gezogen. Deswegen sind wir dieses Jahr zum Fest hiergeblieben."

Ihm schlug das Herz bis zum Hals. „Wissen Sie, wer hier früher wohnte?"

„Ach, das Haus ging durch zahlreiche Hände. Es heißt, es liegt ein Fluch darüber." Ihr Lächeln erschien ihm unbekümmert.

Er lächelte nicht.

Sie winkte ab. „Uns ist das Gerede einerlei. Wir wohnen gern in der Altstadt und das Haus war günstig zu haben."

„Was ist hier passiert?", fragte er mit einem Räuspern.

„Ein tragisches Verbrechen. Eine Tochter hat die eigene Mutter erschlagen. Mit derselben Axt, mit der die Mutter zuvor den Weihnachtsbaum angespitzt hatte. Die Tochter war verrückt geworden und hatte die Mutter für eine Hexe gehalten. Ihr kleiner Sohn musste alles mit ansehen." Sie deutete auf die Tanne. „Was machen Sie nun mit dem Baum? Haben Sie ihn umsonst geschlagen?"

„Ach was! Den behalte ich selbst."

Mit dem harzigen Stamm in der Hand machte er sich auf den Heimweg. Sein Herz schlug ruhig. Zum ersten Mal drängte es ihn nicht wie auf der Flucht aus der Stadt heraus. Der Glockenklang der Unionskirche begleitete seine leichten Schritte.

Dreimal Barbados Fenna Williams

Alles steht bereit: Feinste Schokolade mit 90% Kakaoanteil, dickflüssige Sahne, auf einem Stövchen erhitzt, gehaltvoller Whisky, eine frische Chilischote und eine fest verschlossene Blechdose mit geheimnisvollen Nüssen von der fernen Insel Barbados, auf der Anne vor genau einem Jahr Weihnachten verbrachte. Mit Malte.

Anne geht zur Stereoanlage und drückt die Taste. Die „Wiesbadener Symphonie" von Johannes Brahms erfüllt den Raum und mischt sich mit dem Duft der Zutaten, aus denen einzigartige Trüffeln entstehen sollen. Alles duftet und glänzt und lockt.

Sie geht zum Fenster und sieht hinunter auf die dunkle enge Gasse in Kostheim, an die sie sich noch immer nicht gewöhnt hat. Genauso wenig wie an die kleine Wohnung, in der nicht einmal genug Platz für eine richtige Küche ist. Wenn sie jetzt ihre legendären Trüffeln rollt, dann muss das auf dem Stubentisch geschehen. Ganz anders als in ihrer schönen alten Wohnung auf dem Sonnenberg. Mit Blick über ganz Wiesbaden und einer professionellen Küche, die jetzt Malte gehört. Nur die Stereoanlage und ihre klassische Musik hat Anne gerettet.

„Nimm das Zeugs ruhig mit, es interessiert mich nicht", hat er gönnerhaft gesagt. „Ich steh auf Beyoncé und gute Soundtracks. ‚Fluch der Karibik', das ist Musik."

Anne schließt einen Moment die Augen, lächelt genießerisch und atmet tief ein. Er hat sie schlecht behandelt. Aber das stört sie jetzt nicht mehr, denn durch ihre Trüffeln wird sich alles ändern. Ihr ganzes Leben. Und Maltes. Für immer.

Anne zertrümmert die Tafel Schokolade mit einem zierlichen Schokoladenhammer, den sie in den Zeiten bevor Malte in ihr Leben trat auf einem Toffee-Kurs erstanden hat. Sie hört erst auf, als die Schokolade in feinsten Teilchen vor ihr liegt.

Die Chilischote zerstößt sie im Mörser. Mit dem Stößel drückt sie so kräftig zu, dass sich die kleinen weißen Plättchen des Gewürzes durch das frische Fleisch der Außenhaut blutrot färben. Anne arbeitet geschickt und konzentriert. Nur ein ganz genauer Betrachter würde den harten Zug um ihren Mund erkennen, der sich durch die Kraftanstrengung leicht verstärkt.

Jetzt lässt sie die Schokolade nach und nach in die warme Sahne gleiten. Bei jedem Schwung ihres Holzlöffels ziehen sich braune Bahnen durch die helle Flüssigkeit und färben sie ein. Jedes Stückchen Schokolade bringt eine neue Nuance: Eierschale, beige, Bronze, Kastanie, dunkelbraun. Anne hört erst auf, als die samtige Masse rabenschwarz ist.

„Schwarz wie dein Herz, Malte!", sagt sie laut.

Dann öffnet Anne die sündhaft teure Flasche Whisky, für die sie sich das Geld bei einer Freundin leihen musste, und riecht daran. Maltes Liebling: rauchig, torfig, mächtig. Sie gießt die bernsteinfarbene Flüssigkeit bedächtig in die Schokoladenmasse, bis die richtige Geschmeidigkeit erreicht ist. Zufrieden lässt sie den Teig vom Holzlöffel triefen.

Jetzt der Chili. Die kleinen Gewürzteilchen versinken in der trägen Dunkelheit und entfalten ihre Wirkung. Anne fährt langsam mit dem Finger durch die lauwarme Köstlichkeit und leckt daran. Ein edler Genuss. So ist es eine Delikatesse für jedermann – für Malte muss es mehr sein.

Während Anne auf den Moment wartet, an dem der Teig zur richtigen Konsistenz heruntergekühlt ist, wäscht sie sich gedankenverloren die Hände. Wenn Malte die Trüffeln bekommt, wird er sein Tagesprogramm umstoßen – ganz gleich mit wem sein Weihnachtsfest geplant war. Er wird über Anne lachen und in Gedanken das Geld zählen, dass er durch sie auf seinem Konto hat. Schließlich wird er den Stecker des Telefons herausziehen, weil er an diesem Abend wohligen Sieges nicht von dem heulenden Elend heimgesucht werden will, das monatelang nicht bemerkte, wie er es an der Nase herumführte, bis kein Cent mehr auf dem Konto lag.

Ihr Geld ist ebenso verschwunden wie Malte. Daran werden auch die Trüffeln nichts ändern. Die Trüffeln wird er wollen, Anne nicht. Eine verliebte Frau mittleren Alters, der nicht auffiel, wie mit den sinkenden Ersparnissen ihrer langen Arbeitsjahre Maltes Bemühungen um sie erlahmten und seine Sucht nach Schokolade, seine Eitelkeit und Selbstbeweihräucherung immer stärker wurden. Aber so leicht kommt er ihr nicht davon.

Anne trocknet sorgfältig ihre Hände und widmet sich wieder ihren Trüffeln, schließlich will sie Malte für immer an sich zu binden.

Sie teilt die Schokoladenmasse in drei gleiche, talergroße Stücke und rollt jedes mit Hingabe zu einer vollkommenen Kugel. Das Rezept ist perfekt: mit genau der Prise Schärfe, die auch seine Beziehung zu ihr kennzeichnete.

Malte wird nicht widerstehen können.

Der harte Zug um Annes Mund wird entschlossener. Sie legt einen Mundschutz an, streift Glacehandschuhe über und öffnet vorsichtig die versiegelte Blechdose.

Vor ihr liegen drei Barbadosnüsse. Mandelförmig. Makellos. Gehaltvoll.

Anne betrachtet die Zutat beifällig. Sie lässt sich den

Klang des Wortes auf der Zunge zergehen: Barbadosnuss. Das erzählt von ewigem Sommer, heißer Liebe, Karibikidylle. Aber der Schein trügt. Wie bei Malte. Erst die alte Bezeichnung dieser Ingredienz wird seiner finsteren Seele gerecht: Schwarzbrechnuss. Außen hui und innen pfui.

Mit äußerster Vorsicht nimmt sie eine Nuss aus der Schachtel. Sie presst die Barbadosnuss behutsam in die Mitte einer Trüffel, bis sie ganz von der braunen Schönheit umschlossen ist. Mit dem Daumen verschließt sie die Narben des Teiges und erhält wieder eine vollkommene Kugel. Weich. Wohlriechend. Verführerisch. Tödlich.

Drei teuflische Pralinees, passend erstellt für ein altes Schmuckkästchen auf dessen Samtunterlage sich früher ihre wertvolle Goldkette befand. Die mit den funkelnden Rubinen. Ein Erbstück, das jetzt um den Hals ihrer bedauernswerten Nachfolgerin baumelt und dieser eine Liebe vorgaukelt, die Malte nur für sich selbst empfindet.

Anne verschließt das Kästchen und schnuppert. Der Duft durchdringt jede Pore des alten Holzes und würde auch die unempfänglichste Nase berauschen.

Der Fahrradkurier kommt und fordert den doppelten Preis für die Auslieferung an einem Feiertag. Anne hat vollstes Verständnis und gibt ein großzügiges Trinkgeld, als der junge Mann hoch und heilig verspricht, seine Fracht niemandem anderen als ihrem früheren Idol zu überreichen. Dann prüft sie noch einmal, dass sich der Verschluss des Kästchens nicht versehentlich öffnen kann und überreicht ihm ihr Weihnachtsgeschenk für Malte.

Vierzig Minuten später öffnet Malte unwirsch seine Tür.

Er würdigt den Boten keines Blickes, sondern starrt wie hypnotisiert auf das Kästchen. Er schnuppert gierig, dann reißt er dem jungen Mann die Fracht aus der Hand. Der Fahrradkurier bleibt wartend stehen, aber sein Gegenüber zieht abschätzig eine Augenbraue nach oben und schließt die Tür.

Noch im Flur hält Malte die Schatulle direkt an seine Nase und spürt, wie sein Gaumen bei diesem Geruch mit erhöhtem Speichelfluss reagiert. Hastig öffnet er das Kästchen und fährt vom durchdringenden Duft der Köstlichkeit unwillkürlich ein Stück zurück: Eine solche Intensität hat er in all den Jahren seiner Schokoladenbegeisterung nicht erlebt.

Sofort will er zugreifen, besinnt sich aber eines Besseren. Diese Delikatesse will zelebriert sein.

Malte geht in sein Kaminzimmer, gießt sich einen passenden Whisky ein und legt eine Havanna für das Dessert in Reichweite. Dann zieht er mit einem Lächeln den Stecker des Telefons aus der Leitung und dimmt das Licht. Er lässt sich in den bequemen Liegesessel gleiten und fährt das Fußteil nach oben, um die komfortabelste Position zu erreichen. In dieser Stellung könnte er ewig liegen.

Er nimmt einen Schluck Whisky, um den Mund vorzuwärmen und entdeckt dabei die Inschrift im Deckel des Kästchens: Ich denke an dich mit drei großen Worten – und einem Gruß aus Barbados.

Anne, denkt Malte verächtlich. Wie pathetisch! Gibt die denn nie auf? Immerhin, sie hat die drei großen Worte nicht auch noch hingeschrieben.

Er seufzt: Wie lange manche Frauen brauchen, um zu begreifen, dass ihre Zeit abgelaufen ist. Sie kann sich meine Umarmungen nicht mehr leisten und schickt stattdessen ausgesprochen unmoralisch duftende Trüffel. Geradezu rührend, dieser Versuch, an das letzte Jahr zu erinnern: die Nächte am Strand, der Sternenhimmel, Calypsoklänge. Anne

157

hatte bei allem was sie ihm schenkte Geschmack – nur nicht genug Geld für die Wiederholung.

Na dann: fröhliche Weihnacht!

Fast zärtlich legt sich Malte die erste Trüffel in den Mund. Er kaut und schluckt die unbekannte Nuss vor Überraschung ganz hinunter. Welch unerwartetes Aroma! Völlig unbekannt, aber von allerhöchster Qualität.

Die zweite Trüffel landet schneller in seinem Mund, als er geplant hat. Diesmal zerbeißt er die Schokolade und kaut die verborgene Nuss mit Hingabe. Dieser Geschmack macht süchtig. Keine andere Nuss kommt dieser gleich. Im Zusammenspiel mit Schokolade und der Schärfe des Chilis ergibt sich eine unerreichte Komposition. Vielleicht sollte er sich zwischen Miriam und Katrin doch noch einmal bei Anne einladen – für einen ähnlich paradiesischen Genuss. Sein Terminkalender ist voll, aber der Tag vor Silvester sollte gehen, den wird er vorschlagen.

Selbst wenn er es wollte, Malte kann sich nicht dagegen wehren, dass seine Hand bereits die dritte Trüffel zum Munde führt. Diese Explosion von Feuer und dunkler Kraft! Malte liegt wie ermattet in seinem Sessel und spürt der Vielfalt der Aromen nach. Er muss lächeln: hundert Gramm Schokolade in weniger als zwei Minuten. So gierig ist er normalerweise nur, wenn es um das Geld einer Frau geht.

Sein Magen schickt eine unangenehme Botschaft zu ihm hinauf. Er hat diese Köstlichkeiten eindeutig zu schnell gegessen. Das rächt sich jetzt. Ihm wird leicht übel und sein Inneres brennt wie Feuer. Starker Schwindel erfasst ihn. Er versucht vergeblich, die Kraft aufzubringen sich aus dem tiefen Sessel zu stemmen, um sich ein Glas Wasser zu holen – aber seine Beine krampfen und seine Arme wollen ihm nicht mehr gehorchen. Sein Hals schwillt zu, als bekäme er die schlimmste Erkältung seines Lebens, und seine Eingeweide scheinen sich mehrfach um den Magen zu wickeln.

Mit letzter Kraft ertastet er das Telefon. Der Hörer entgleitet ihm, als er sich erinnert, dass der Stecker gezogen ist. Sein sich verschleiernder Blick sagt ihm, dass der Weg bis zur rettenden Tür für ihn nicht mehr zu schaffen ist. Die Welt dreht sich zum allerletzten Mal nur um ihn.

Anne schaut auf die Uhr und legt eine neue CD in den Player. Die dumpfen Schicksalsschläge von Beethovens „Fünfter Sinfonie" erfüllen den Raum.

Dies, denkt sie zufrieden, ist der Moment, in dem Malte die Bedeutung der drei großen Worte versteht:

DU BIST TOT.

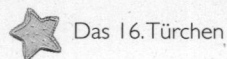

Nightliners Nadine Buranaseda

Gäbe es doch einen,
der mich hört.
(Hiob 31.35)

SIE: Telefonseelsorge Frankfurt. Guten Abend.

ER: Ah, ich dachte, ich würde mit einem Mann sprechen.

SIE: Möchten Sie noch einmal anrufen? Ich kann Sie leider nicht mit einem Kollegen verbinden.

ER: Nein, nein, schon gut. Entschuldigen Sie bitte, ich wollte Ihnen nicht zu nahe treten!

SIE: Sie haben mich nicht beleidigt.

ER [zögert]: Ich wusste nicht, wem ich es sonst erzählen sollte.

SIE [schweigt].

ER: Ich glaube, ich brauche einfach jemanden, der mir zuhört.

SIE: Das tue ich. Es war der richtige Schritt anzurufen. Was haben Sie auf dem Herzen?

ER: Nun, wie soll ich anfangen?

SIE: Lassen Sie sich Zeit. Manchmal ist es schwierig, die richtigen Worte zu finden.

ER [räuspert sich]: Darf ich Sie etwas fragen? Ich meine …

SIE: Natürlich.

ER: Haben Sie Kinder?

SIE: Ja.

ER: Das überrascht mich.

SIE [lacht]: Aus welchem Grund?

ER: Es ist Heiligabend. An so einem Tag sollte die Familie zusammenkommen und feiern. Stattdessen sitzen Sie mitten in der Nacht am Telefon und hören sich Kummer und Sorgen wildfremder Menschen an.

SIE [freundlich]: Darüber brauchen Sie sich keine Gedanken zu machen. Meine Söhne sind beide erwachsen. Sie kommen meinen Mann und mich am zweiten Weihnachtsfeiertag besuchen. Aber jetzt bin ich erst einmal für Sie da.

ER [nervös]: Gut. Also, wenn ich ehrlich bin: Ich zittere immer noch am ganzen Leib.

SIE: Worüber möchten Sie sprechen?

ER: Bei uns im Haus ist heute ein Mord passiert. Seitdem komme ich nicht zur Ruhe.

SIE [ernst]: Das kann ich mir vorstellen. Es ist ganz normal, dass Sie so etwas aus der Fassung bringt.

ER: Ja, ich kann es immer noch kaum glauben. So etwas Schreckliches! Man denkt, das passiert nur anderen und plötzlich ist man mittendrin in so einer Tragödie.

SIE: Das würde jeden in Ihrer Situation belasten.

ER: Ausgerechnet an Weihnachten …

SIE: Ja, das ist sehr traurig. Wir erleben das leider häufiger. Der Ärger und die Wut, die sich das ganze Jahr über aufgestaut haben, entladen sich mit einem Schlag.

ER: Es ist doch das Fest der Liebe!

SIE: Ja, das sollte es sein. Das können wir uns leider nicht immer aussuchen.

ER: Sie haben recht. Aber warum musste er unbedingt ein Beil benutzen? Es gibt viele andere Methoden, die weniger blutig sind, oder? Er muss ein Schlachtfeld hinterlassen haben. Allein dieser Gedanke jagt mir einen Schauder nach dem anderen über den Rücken. Die arme Frau!

SIE: Wann genau ist es passiert?

ER: Vor ein paar Stunden, glaube ich. Ich erinnere mich nicht mehr genau.

SIE: Wie fühlen Sie sich jetzt?

ER: „ch weiß nicht. Vollkommen ausgelaugt, als wäre ich den ganzen Tag ohne einen Tropfen Wasser durch die Wüste gelaufen. Das trifft es am ehesten. Es erscheint mir alles so unwirklich. Und trotzdem kann ich keine Minute stillsitzen.

SIE: Kann es sein, dass Sie auch jetzt auf und ab gehen, während wir miteinander sprechen?

ER: Ja.

SIE: Sie sollten versuchen, sich zu beruhigen. Vielleicht machen Sie sich einen Tee. Und dann setzen Sie sich auf die Couch oder in einen bequemen Sessel und atmen tief durch. Das wird Ihnen guttun.

ER: Ja, das mache ich.

SIE: Darf ich fragen, ob Sie etwas von der Tat mitbekommen haben?

ER [schnell]: Nein. Ein Glück – das wäre furchtbar gewesen!

SIE: Wie gut kennen Sie die beiden?

ER [kurz in Gedanken]: Wie bitte?

SIE: Ich wollte wissen, wie gut Sie Ihre Nachbarn kennen.

ER: Na, wie das so ist. Wir wohnen seit ein paar Jahren Tür an Tür. Jeder lebt sein eigenes Leben und achtet nicht besonders auf den anderen.

SIE: Verstehe.

ER: Hier und da eine kurze Unterhaltung am Briefkasten. Über das Wetter, die Fußballergebnisse. Sie wissen schon, mehr nicht.

SIE: Das klingt für mich nach einem ganz normalen Nachbarschaftsverhältnis.

ER: Finden Sie? Da bin ich mir nicht sicher. Ich meine: In was für einer Welt leben wir? Überall, wo man hinschaut, herrscht Gleichgültigkeit.

SIE: In unserer schnelllebigen Zeit kommt das bedauerlicherweise öfter vor. Ich habe das Gefühl, dass es immer noch viel zu viele Menschen gibt, die einsam sind. Daran ändert sich nichts, selbst wenn wir heutzutage zu jeder Tages- und Nachtzeit mit jedem X-Beliebigen auf der Welt kommunizieren können.

ER: Das ist genau der Punkt: Die Menschen reden nicht mehr richtig miteinander. Wie wir jetzt, meine ich.

SIE: Da stimme ich Ihnen zu.

ER [nach kurzem Schweigen]: Wie würden Sie sich fühlen, wenn auf einmal alles auseinanderbricht?

SIE: Das muss ein schlimmes Gefühl sein.

ER: Ich stelle mir das so vor: Man läuft eine Straße entlang, rechts und links davon Häuser. Und hinter einem bricht alles zusammen. Da ist nichts mehr, zu dem man zurückkehren könnte.

SIE: Das ist ein passendes Bild.

ER: So muss es auch meinem Nachbarn ergangen sein. Es hieß, er sei immer ein korrekter Mensch gewesen, wissen Sie? Beruflich ein Fachmann auf seinem Gebiet. Fleißig. Hat immer versucht, seine Familie durchzubringen, so gut es eben ging.

SIE: Es hört sich so an, als würden Sie den Mann doch besser kennen, als Sie dachten.

ER: Na ja, so etwas spricht sich schnell herum. Die Leute reden viel … Irgendwann ist wohl alles aus dem Ruder gelaufen.

SIE: Finanziell?

ER: Ja, soweit ich weiß, ist er der Alleinverdiener in der Familie. Er soll nicht mehr in der Lage gewesen sein, die Hypothek für die Wohnung zu zahlen.

SIE: Solche Sorgen können einen aus der Bahn werfen.

ER: „Er hat alles darangesetzt, um die Zwangsversteigerung

abzuwenden: Zum Schluss, habe ich gehört, soll er den Finanzmenschen auf Knien angefleht haben, aber der ist hart geblieben. Warum konnte die Bank ihm das Schreiben nicht erst im neuen Jahr zuschicken? Die paar Tage. Ich verstehe das nicht. Die müssen doch wissen, dass so etwas nicht gut enden kann.

SIE: Der Mann hat offenbar keinen anderen Ausweg mehr gesehen.

ER: Ja, nicht einmal seine Frau wusste etwas. Die Verantwortung muss tonnenschwer auf seinen Schultern gelastet haben. Er konnte einfach nicht mehr. Sonst würde ein Mensch doch niemals so etwas tun, oder?

SIE: Ihr Nachbar war nicht in der Lage, sich Unterstützung zu holen. Das geht vielen Menschen so.

ER: Woran liegt das?

SIE: Nun, viele wollen anderen nicht zur Last fallen oder halten sich selbst nicht für wertvoll genug, dass man ihnen hilft. Die meisten schämen sich für ihre Probleme und verdrängen sie, bis eines Tages ein Tropfen das Fass zum Überlaufen bringt.

ER: Und dann kommt es zum Eklat.

SIE: Ja, auch wenn es seltsam klingt: Der Mord war vielleicht eine Art Befreiungsschlag.

ER [verzweifelt]: Ich mache mir solche Vorwürfe! Warum habe ich nichts bemerkt?

SIE: Ihr Nachbar muss gut darin gewesen sein, nach außen hin seine Fassade zu wahren.

ER: Mag sein, dennoch hätte ich der Familie möglicherweise in irgendeiner Form helfen können.

SIE: „ch kann Ihre Lage gut nachvollziehen.

ER: Ich fühle mich irgendwie mitschuldig an der Sache.

SIE: Das belastet Sie sicher sehr.

164

ER: Das stimmt.

SIE: Sie sollten sich nicht solche Schuldgefühle machen. Man schaut den Menschen nur vor den Kopf. Jeder hat ein Geheimnis.

ER: Sie meinen, das Unglück hätte vielleicht gar nicht verhindert werden können?

SIE: Wir wissen es nicht. Doch Sie müssen das einmal von der anderen Seite aus betrachten.

ER: Ich verstehe nicht ganz.

SIE: Ihrer Schilderung nach hat nicht einmal seine Frau etwas von den Problemen gewusst, oder?

ER: Ja.

SIE: Ihr Nachbar hat seiner Frau die Treue geschworen. In guten und in schlechten Zeiten. Das bedeutet etwas. Er hätte sich ihr anvertrauen müssen. Ich bin mir sicher, sie hätte Verständnis für seine Notlage gehabt.

ER: Vielleicht konnte er nicht mit ihr sprechen, vielleicht ging es einfach nicht. Wissen Sie, ich gehöre auch zu den Menschen, die alles mit sich selbst ausmachen.

SIE: Im Fall Ihres Nachbarn hat diese Haltung ein tragisches Ende genommen.

ER: Er hat immer für alle gesorgt. Seine Frau und seine Tochter sollten es gut haben.

SIE: „Ihr Nachbar kam nicht mehr aus der Rolle des Versorgers heraus. Diese Vorstellung ist meines Erachtens in unserer modernen Zeit antiquiert. Ich glaube, er war damit überfordert und nicht mehr in der Lage, ein vernünftiges Leben zu führen. Solche Menschen haben eine Blockade. Ab irgendeinem Punkt können sie keinen klaren Gedanken mehr fassen.

ER: Das alles muss ihn sehr gequält haben.

SIE: Ja, die Luft zum Atmen ist ihm förmlich weggeblieben.

ER: Seine Frau soll sehr sensibel gewesen sein. Früher oder später wäre sie dahintergekommen.

SIE: Es gibt für alle Probleme eine Lösung. Ihr Nachbar hätte seine Frau nicht töten müssen

ER [schweigt].

SIE: Jetzt möchte ich Ihnen gerne eine Frage stellen.

ER: Ja?

SIE: Glauben Sie an Gott?

ER [zögert]: Schwer zu sagen. Von der Kirche habe ich mich zumindest schon vor Jahren abgewandt. Diese ganzen Skandale …

SIE: Ich weiß, was Sie meinen. Aber vielleicht ist Ihnen noch der Glaube an einen Gott geblieben, der allen Sündern vergibt und dafür sogar den eigenen Sohn geopfert hat.

ER [leise]: Sie glauben, Gott verzeiht dem Mann selbst einen Mord?

SIE: Ja, in seiner unendlichen Liebe zu seiner Schöpfung.

ER [nach langem Schweigen]: Ulrike hat gar nichts gemerkt. Sie hat auf der Couch geschlafen. Es ging alles ganz schnell. Sie hat nicht einmal einen Ton von sich gegeben.

SIE [entsetzt]: Sie haben …?

ER [schnell]: Eigentlich wollte ich heute Morgen nur meine Zigaretten aus dem Auto holen. Da ist mir das Beil im Kofferraum eingefallen. Und in diesem Augenblick wusste ich, das ist ein Weg ohne Wiederkehr.

SIE: Mein Gott!

ER: Sie müssen wissen, ich liebe meine Frau über alles. Aber in meinem Kopf hat sich ein Schalter umgelegt. Verstehen Sie? Ich habe wie von Sinnen auf sie eingeschlagen. Ich konnte nicht anders.

SIE [schluchzt]: Was haben Sie getan?

ER [im Hintergrund ist ein Geräusch zu hören]: Einen Moment, es hat an der Tür geklingelt. Könnten Sie bitte einen Augenblick in der Leitung bleiben?

SIE: Warten Sie!

ER [nach einer endlos langen Pause]: Das war meine Tochter. Ich hatte sie erst morgen Nachmittag erwartet. Nun bleibt mir nichts anderes übrig, als …

SIE [beschwörend]: Machen Sie jetzt keine Dummheiten! Sie müssen sich der Polizei stellen! Tun Sie ihr nichts! Ihre Tochter hat ihr ganzes Leben noch vor sich!

ER [ruhig]: Das kann man kein Leben nennen. Meine Tochter ist erst im zweiten Semester. Sie wird es ohne meine Unterstützung nicht schaffen. Das kann ich ihr nicht antun. Außerdem, wie soll sie mit dem Gedanken leben, dass der eigene Vater ihre Mutter getötet hat?

SIE [schrill]: Sie brauchen Hilfe! Ich habe Adressen von Experten. Die werden sich um Sie und Ihre Tochter kümmern. Ich kann auch jemanden benachrichtigen, mit dem Sie noch einmal in Ruhe über alles sprechen können.

ER: Nein, nein. Ich danke Ihnen, dass Sie mir zugehört haben. Sie haben mir sehr geholfen.

SIE [schreit]: Nein, legen Sie jetzt nicht auf!

Alles ist gut Richard Lifka

I didn't ask him his name / this lonely boy in the rain / Fate tell me it's right / is this love at first sight / Please don't make it wrong, just stay for the night / All I wanna do is make love to you

Es war Mitte März, als ich ins Kloster ging. In die Zisterzienserabtei Kloster Eberbach. Auf den Ostereiermarkt. Das passte, dachte ich. Ich hatte so viele Ova in mir, um eine ganze Ausstellung zu bestücken.

Aber niemanden, der sie befruchtete.

Also, nicht dass Sie mich falsch verstehen. Ich habe einen Mann, einen wundervollen und zärtlichen Partner. Josef ist mein Himmelreich, ohne ihn kann ich nicht leben. Ein kreativer Liebhaber, der sich alle Mühe gibt, mich ohne Worte zu verstehen, meine Wünsche zu erraten, zu wissen, was und wie ich es gerne habe. Wir zwei sind füreinander bestimmt. So ist es und so soll es immer bleiben. In unserem gemeinsamen Leben ist alles gut. Wir haben Spaß, viele Freunde und finanziell gibt es gleichfalls wenig zu meckern. Als Bauleiter eines weltweit agierenden Unternehmens kann Josef locker seine Familie ernähren, wie das meine Mama formulieren würde.

Das marode Weingut in der Eltviller Altstadt, das wir gekauft und saniert hatten, war so ein Traum von uns beiden, den wir uns verwirklicht haben. Retro-schnuckelig, nostalgisch-altmodische Atmo, aber Technik vom Feinsten. Auch zukünftiger Platzbedarf war mit eingeplant. Für die beiden Kinderzimmer haben wir nach hinten raus, sich über den Hof erstreckend, bis zur Scheune hin, die Außenmauern erweitert.

Zurück zum Ostereiermarkt. Bis zu diesem Tage hatten Josef und ich drei Jahre lang geübt. Aber seine Spermien schienen ihr Ziel nicht lebend zu erreichen. Mein Schatz war fest davon überzeugt, es läge nicht an ihm. Typisch Mann eben. Ich ließ ihm seinen Glauben. Nicht, dass er mir am Ende noch depressiv würde und die Versuchsreihe einstellte. Ich hatte ihm einige Beispiele aus unserem Freundeskreis geschildert, von Paaren, die erst nach vielen Jahren mit Kindern gesegnet worden waren (nach ununterbrochenem Bemühen). Untermauert habe ich meine Argumentation mit Artikeln aus einschlägigen Zeitschriften wie *Die Apotheken Umschau* oder *Frau im Spiegel,* die ich in diversen Wartezimmern gefunden hatte.

Das ging mir so durch mein blondes Maria-Köpfchen, als ich mich vom Ostermarkt auf den Rückweg nach Eltville machte. Es regnete heftig, ich musste langsam und vorsichtig fahren. Plötzlich tauchte am rechten Fahrbandrand, gleich nach den Parkplätzen, ein Mann auf, der den Daumen raushielt. Er war klatschnass. Normalerweise nehme ich keine Anhalter mit, als Frau alleine und dann noch im Dunklen schon gar nicht. Allerdings hatten mich die vielen bunten Eier im Kloster, die überall vorhandenen Fruchtbarkeitssymbole und nicht zuletzt die schmachtenden Blicke der männlichen Marktbesucher auf mein wohlgeformtes Hinterteil mit den langen, in einem kurzens Röckchen steckenden Beinen ziemlich – wie soll ich sagen – sensibel gemacht, aufgeputscht, angetörnt oder wie auch immer. Jedenfalls hielt ich an. Er riss die Beifahrertür auf, huschte herein, triefte und sah richtig gut aus.

„Danke, Sie haben mich vor dem Ertrinken gerettet."

Wow, was für eine Stimme. Mein Auto war keine Luxuslimousine. Es war so groß, wie ein Fiat 500 eben ist, und mein

Rock so kurz, wie Miniröcke eben sind. Jedenfalls gab er die Netzstrümpfe bis ziemlich weit oben frei.

Als ich den ersten Gang einlegte, hierbei seinen Oberschenkel unbeabsichtigt streifte und mir gleichzeitig die Ergebnisse meines Zykluscomputers in Erinnerung rief, taxierte ich ihn nachdenklich, blickte in braune Rehaugen, die sich halb unter langen Wimpern verbargen. Manchmal hat es auch etwas Gutes, wenn Urinstinkte unsere Ratio abschalten und Männchen sofort spürt, was mit Weibchen los ist. Jedenfalls kam kein Protest von ihm, als ich kurz vor der Psychiatrischen Klinik links abbog und durch den Wald hinauf zum Weingut Baron Knyphausen düste.

So we found this hotel, it was a place I knew well / We made magic that night / Oh, he did everything right / He brought the woman out of me, so many times, easily

Das Zimmer hatte schräge Wände und war mit freigelegten Fachwerkbalken durchzogen. Die praktische Möblierung hatte mich wenig interessiert. Wesentlich war, dass das Bett stabil war und nicht zusammenkrachte.

Ich stand auf, blickte zu ihm hinab und dachte: schade, eigentlich. Raffte meine Kleider zusammen, verließ das Zimmer und schloss leise die Tür. Es herrschte Totenstille, das Hotel schlief noch, als ich mich in den Fiat zwängte. Ich startete den Motor, löste die Handbremse und ließ die Kupplung sachte kommen. Langsam fuhr ich in den Wald hinein, zurück auf die Kloster-Eberbach-Straße. In mir brodelte es, meine Gedanken schlugen Salti, meine Gefühle durchliefen alle Skalen von hoch oben, mit fröhlichem Jubilieren bis ganz tief hinunter, zu angstvollem Bangen.

Als ich nach Kiedrich kam, hielt ich am Bordstein direkt

vor dem Nagelparadies, in dem schon so oft meine Fuß- und Fingernägel in Form gebracht worden waren. Ich griff zum Smartphone und schickte meiner Schwester Magdalena eine WhatsApp: *Hallo Lenchen, egal wer dich fragt, ich war heute Nacht bei dir. Küsschen, Maria.*

Der Morgen dämmerte, als ich vor unserem Anwesen in der Nähe der Kirche St. Peter und Paul hielt. Ich blieb einen Moment im Wagen sitzen, versuchte mich zu sammeln, atmete einige Male tief in den Bauch und hechelte die Luft wieder stoßweise aus. Das brachte ein wenig Entspannung.

Josef saß verschlafen am Küchentisch. Ich ging auf ihn zu, gab ihm seinen Guten-Morgen-Kuss. Er fragte mich, ob ich einen Kaffee wollte, ich nickte und setzte mich ihm gegenüber. Mein geliebter Josef, wie unschuldig und gutgläubig. Wie treu und fleißig.

„Ich habe Lena auf dem Ostermarkt getroffen. Dann sind wir in der *WeiberWirtschaft* versackt, du weißt, die im *Siebenmorgen*. Weil ich nicht mehr fahren wollte, habe ich bei Lena übernachtet. Sie hat mich die ganze Zeit mit ihren Herzschmerz-Geschichten vollgelabert. Sie fände einfach nicht den richtigen Kerl, sei ja schließlich bald fünfundzwanzig und wolle unbedingt heiraten und Kinder und so weiter und so weiter. Du kennst sie ja ...“

„Apropos Kinder. Was sagt denn dein kleiner Computer?“, unterbrach er mich. Einfach süß, wie Josef das fragte und dabei unter sich schaute, als ob er mir einen anzüglichen Antrag gemacht hätte. Und das nach drei Ehejahren.

„Du solltest heute Abend nicht so spät nach Hause kommen und dich auf der Arbeit vielleicht ein bisschen schonen“, säuselte ich.

Wie gesagt, das war im März letzten Jahres. Am vierundzwanzigsten Dezember saßen wir in glücklicher und gleichzeitig angstvoller Erwartung auf der Rückbank eines Taxis. Josef stolz wie ein Pfau, nervös wie ein pubertierender Schüler vor seinem ersten Date und ich kugelrund. Errechneter Geburtstermin unseres Sohnes war – bitte nicht lachen – heute.

Also Heiligabend im Krankenhaus. Noch immer konnten wir uns auf keinen Namen einigen. Ich fand ja Gabriel geil. Hätte doch perfekt zu Josef und Maria gepasst, was Josef überhaupt nicht verstand. Na ja, vielleicht hatte er ja recht. Er war für Lukas, ich vermute wegen des Fußballspielers. Jedenfalls kamen die Wehen schon ziemlich regelmäßig und heftig. Wir fuhren Richtung Wiesbaden. Leider war zu dieser Zeit die Geburtsstation im Rüdesheimer Krankenhaus schon wegrationalisiert worden.

Wir schafften es gerade noch im letzten Moment. Ich schnaufend, jammernd und hechelnd, abwechselnd und gleichzeitig den Weg zur Entbindungsstation watschelnd, Josef völlig aufgelöst und hilflos hinter mir her. Als es plätscherte, wusste ich, dass die Fruchtblase geplatzt war und der Kleine auf dem Weg war, sich durchs enge Becken zu winden, um auf die Erde zu kommen.

Drei Stunden später, es war kurz vor Mitternacht, lag ich in weißen Laken und schaute aus dem großen Fenster in einen sternenklaren Himmel. Auf meinem Bauch ruhte der krebsrote, frischabgenabelte Lukas mit geschlossenen Augen. Die mittelalte Hebamme konnte es sich natürlich nicht verkneifen und posaunte froh gestimmt durch sämtliche Klinikflure: „Ein Christkindlein, ein Christkindlein!" Na, danke.

Aber ich war zu erschöpft, um mich nach Schafen, Kühen und Königen zu erkundigen.

Then it happened one day, we came round the same way / You can imagine his surprise when he saw his own eyes / I said please, please understand / I'm in love with another man / And what he couldn't give me / Was the one little thing that you can

Ein Jahr ist seitdem vergangen, Lukas zu einem knuddeligen Kerlchen gediehen und Josef zum besten Vater und Ehemann der Welt. Neben seinem stressigen Job – man hatte ihm die Leitung des Baus der neuen Schiersteiner Brücke auferlegt, also jenes Konstrukts, das Hessen und Rheinland-Pfälzer über den Rhein hinweg verbindet, das die in die Jahre gekommene und marode Überführung ersetzen und erneuern soll und auf das mittlerweile allerorts schon Wetten abgeschlossen wurden, um wie viele Jahre und Millionen die Zeit- und Budgetvorgaben überschritten würden – hatte Josef das Kinderzimmer für Lukas im Anbau fertiggestellt und ein weiteres Zimmer vorbereitet. Allerdings hatte ihn ein Rhein-Brücken-Problem davon abgehalten, die bereits vorhandene Fundamentverschalung mit Beton auszugießen.

Da bei uns Geburtstag und Heiliger Abend jetzt auf einen Tag fallen, wird der 24. Dezember so richtig schön gefeiert. Josef hat einen prachtvollen Baum besorgt, ihn kitschig pompös geschmückt und im Wohnzimmer aufgestellt. Lukas kruschelt in seinem Zimmer und ich werkele am Abendessen herum. Meine Eltern haben sich angesagt, Josefs verwitwete Mutter und Lena. Meine Schwester Lena mit Freund. Endlich scheint ihr der passende Kerl über den Weg gelaufen zu sein. Sie hörte sich am Telefon total glücklich an, schwärmte nur so von ihrem Superman und wollte ihn unbedingt der Familie vorstellen. Warum auch nicht?

Es klingelt. Josef ruft durch den Flur: „Ich gehe schon!", und ich begutachte die knusprige Gans in der Röhre. Wie habe ich es als Kind gehasst, wenn am Heiligen Abend vor der Bescherung gegessen wurde. Meine Schwester und ich wussten natürlich, dass im verschlossenen Wohnzimmer der Weihnachtsbaum bereits leuchtete und die Geschenke darunter nur darauf warteten, von uns ausgepackt zu werden. Aber erst musste gespeist werden. Feierlich mit Suppe, Hauptspeise und Dessert. Jedes Jahr lag ein anderthalb Kilo schwerer, mit Petersilie bestreuter Spiegelkarpfen auf der goldgerandeten Porzellanplatte und schaute uns aus toten Augen an. Dazu gab es Salzkartoffeln und zerlaufene Butter. Alles war gut, wenn unser Vater nicht die Angewohnheit gehabt hätte, jede Gräte einzeln intensiv und genüsslich abzulutschen. Das dauerte und dauerte.

Aber Lukas ist noch zu klein, um sich auf die Geschenke unterm Baum zu freuen, sodass es zumindest dieses Jahr nochmals das Essen vor der Bescherung gibt.

Im Flur höre ich die Stimmen meiner Eltern. Hoffentlich schafft Josef es, meine Mutter von der Küche fernzuhalten. Ich habe keinen Bock darauf, zum hundertsten Male zu hören, dass es an Heiligabend Karpfen geben müsse und wieso ich immer diese unchristliche Gans auf den Tisch bringe und so weiter. Es klingelt wieder. Die Gans hat noch Zeit, also gehe ich zur Tür.

Lena. Sie springt mich an, umarmt und erdrückt mich fast, während sie mir Küsschen rechts und links auf die Backen schmatzt. Dann lässt sie los, dreht sich wie ein Zirkusdirektor, der die Attraktion des Abends ankündigt, mit ausgestrecktem Arm zur Seite: „Und das ist Gabriel."

Und das ist zu viel für mich. Mir knicken die Beine weg, ich kann mich gerade noch so am Türrahmen festhalten und schlucke heftig. Gabriel hieß er also, besser heißt er. Ich bin mir sicher, ihn nicht nach seinem Namen gefragt zu haben und jetzt steht er vor mir, grinst blöde und zwinkert mit dem rechten Auge oder ist es das linke? Zufall, Intuition oder göttliche Eingebung?

„He, Maria, was ist los?" Magdalena holt mich auf den Teppich zurück. Nein, auf die Fliesen. Unser Flur ist gefliest. Ist das jetzt irgendwie von Bedeutung?

„Nichts, nein, nichts, gar nichts. Alles ist gut. Ein bisschen schwindelig ... so warm in der Küche ... Kreislauf ... alles paletti. Guten Abend Herr, äh, Gabriel. Kommt doch rein."

Auf dem Weg in meine überhitzte Küche werde ich plötzlich zu einer eiskalt kalkulierenden Maschine. Zufall. Das ist ein Zufall! Magdalena hat meinen Ostermarkt-Lover zufällig kennengelernt. Okay. Fügung. Passiert eben. Sie weiß scheinbar von nichts. Aber er? Warum hat der so gegrinst und gezwinkert? Hat er mich sofort wiedererkannt? Nach fast zwei Jahren und noch nicht ganz abgeklungenen Schwangerschaftshinterlassenschaften? Ruhig, Maria. Lukas! Lukas muss schlafen. Sofort, ohne dass sein Erzeuger ihn zu Gesicht bekommt. Nicht, dass der am Ende auch noch anfängt nachzurechnen. Thema Lukas heute Abend vermeiden! Aber Josef, der vaterstolze Josef. Er wird ausführlich von seinem Sohn erzählen, was der schon alles kann mit seinen zwölf Monaten, wie lieb er ist und so clever und was weiß ich nicht noch ... und alle wollen natürlich den lieben, süßen, schnuckeligen Hosenscheißer begutachten, antatschen, dududu und bähbähbäh machen, mal auf den Arm nehmen, wie seinem Vater aus dem Gesicht geschnitten, ach, der kommt ganz nach der Mutter ... Das schaffe ich nicht!!!

Da kommt Josef. Bevor er Lena begrüßen kann, ziehe ich ihn zur Seite und raune ihm unmissverständlich ins Ohr:

„Die kommen heute nicht ins Kinderzimmer. Die machen mir den Kleinen ganz kirre. Dann schläft er nicht und wir können uns den ganzen Abend am Kinderbettchen ablösen. Vertröste sie auf später."

Er nickt. Guter Josef, braver Josef. Aber das verhaltene Grinsen habe ich jetzt nicht so ganz verstanden. Josef geht zu Lena, Küsschen links, Küsschen rechts. Geht zu Gabriel. Gibt ihm die Hand. Schauen die sich merkwürdig an? Einbildung. Maria, du spinnst! Siehst Gespenster.

Ich muss in die Küche. Ein Blick in die Bratröhre, Klappe auf, die Gans mit Sud übergießen, Klappe zu. Dauert noch 'ne halbe Stunde. Das Wasser für die Kartoffelklöße aufstellen. Das Rotkraut abschmecken. Die Sahne für den Nachtisch schlagen. Als ich die Zwiebel für die Salatsoße mit dem großen Messer hacke, ertappe ich mich bei dem Gedanken, dass man mit so einem Messer auch andere Dinge tun kann, als nur Gemüse zu zerkleinern. Bevor sich meine Fantasien konkretisieren können, kommt Josef herein. Er wirkt gehetzt und geschwitzt. Verständlich. Meine Mama und seine Mutter zusammen an einem Tisch, dazwischen Magdalena und – der, an den ich unentwegt denken muss – da kann es einem schon mal heiß werden.

„Alles klar, mein Engel?"

„Alles ist gut. Dass Essen dauert noch eine halbe Stunde."

„Dann bringe ich Lukas ins Bett, was meinst du?"

„Soll nicht lieber ich ..."

Ob er merkt, dass ich ihn nicht anschaue?

„Nee, nee. Keine Feigheit vor dem Feind. Biete deinen Gästen etwas zu trinken an. Da musst du jetzt durch."

Er schlurft davon, Richtung Kinderzimmer, wo Lukas in seinem Laufstall mit einem Plüschhasen spielt. Passt zwar nicht zum Weihnachtsfest, aber er liebt ihn eben. Ein Geschenk von Josef. Hat er auf dem letzten Ostermarkt gekauft. Oh Mann. Schon wieder.

Während Josef den Kleinen hochhebt, ihn auf den Wickeltisch legt, auszieht, wäscht, eincremt, frische Windeln anlegt und ihm den Nachtpeter überstreift, ziehe ich die Kochschürze aus, knäule sie zusammen, werfe sie auf die Ablage und mache mich auf ins Wohnzimmer. Konzentriere dich, Maria, beschwöre ich mich selbst. Deine Ehe, dein Glück und deine Zukunft stehen auf dem Spiel. Ein Fehler und alles ist futsch. Dabei kreisen meine Gedanken ständig um die eine Frage: Wie werde ich den Typ los, bevor er etwas Falsches sagen kann?s Oder hat er schon? Wirkte Josef deshalb so gehetzt?

Ich betrete also den Stall – oh Gott, ein freud'scher Verdenker – die gute Stube und schaue in freudig entspannte Gesichter. Papa hebt das Glas und ruft: „Wir waren so frei. Der *Johannisberger Erntebringer* ist wirklich ein göttliches Tröpfchen."

„Da hast du ausnahmsweise einmal recht." Mama!

„Ja, Jakob. Da hast du wie immer recht. Prost." Josefs Mutter.

Magdalena schweigt, schaut auf die Uhr. Wo aber ist Gabriel?

„Lena, wo ist Gabriel?", frage ich möglichst emotionslos. Sie hebt die Schultern, schaut mich mit großen Augen an.

„Weiß nicht. Wir waren kaum angekommen, als er meinte, nochmal rauszumüssen. Habe was im Auto vergessen ... Ich war schon an der Tür ..."

„... Wo steht denn sein Wagen?"

„Auf dem Parkplatz, unten am Rheinufer."

„Merkwürdig", sage ich laut und denke: äußerst merkwürdig.

„Schau doch nach, ob das Auto dort noch parkt", schlägt Papa vor.

„Mach ich auch!", posaunt Magdalena, steht entschlossen auf und verlässt das Haus. Während wir drei ihr nachblicken, meint meine Mutter: „Was ist eigentlich mit deinem Josef los. Erst begrüßt er uns kaum, dann verschwindet er, sodass wir uns selbst verköstigen müssen und jetzt ist er schon wieder weg."

„Er kümmert sich um Lukas", höre ich mich sagen, mit den Gedanken ganz woanders.

Gegen Mitternacht ist die Schlacht geschlagen, das Essen war einigermaßen, die Gans etwas zu fett, die Klöße etwas zu roh und am Rotkraut hatte ich die Apfelstückchen vergessen, was meine Mutter natürlich nicht kommentarlos hingenommen hat. Aber nach der dritten Flasche *Erntebringer* war das vergessen. Bis auf Lena waren alle bei bester Stimmung. Als Mama, Papa und Schwiegermutter sich verabschieden, Josef die leeren Flaschen in den Keller bringt und Lukas, der brave Lukas, weiterhin selig schlummert, setzte ich mich neben meine Schwester.

„Das Auto ist weg", sagt sie. „Keine SMS, kein Anruf. Wenn ich ihn anwähle, springt sofort die Mailbox an. Ich verstehe das einfach nicht. Wir haben uns doch so toll verstanden. Noch auf dem Weg zu euch haben wir geschmust und er hat mich angehimmelt. Außerdem war er ganz gespannt darauf, dich kennenzulernen ..."

In meinem Kopf beginnen Alarmanlagen und Sirenen zu heulen!

„... so, wie Josef von dir geschwärmt hatte ..."

Was Josef? Wann, wie, wo? Mit kaum noch zu unterdrückender Panik frage ich, wie nebenbei: „Josef und Gabriel kennen sich?"

„Na ja, kennen ist übertrieben. Sie haben sich bei mir getroffen. Als Josef mir den neuen Schrank in meinem Laden eingebaut hat. Da kam Gabriel zufällig vorbei. Ich glaube, die zwei haben sich gut unterhalten ...“

„... du glaubst?“

„Ich musste dann weg, Hausbesuch bei einer langjährigen Kundin. Die beiden sind alleine zurückgeblieben. Als ich nach Hause kam, war der Schrank fertig und Josef gegangen.“

Ich kippe ein ganzes Glas *Erntebringer* mit einem Zug hinunter. Schlucke mehrmals. Im Kopf spielen meine Gedanken Kettenkarussell. Irgendwie finde ich keinen Anfang und kein Ende. Wenn er Gabriel schon kannte, warum hat Josef es mir nicht gesagt? Warum haben die beiden so getan, als sehen sie sich zum ersten Mal? In diese Überlegungen hinein höre ich Lenas Stimme: „Das ging mir ganz schön auf den Senkel, als Gabriel unentwegt erzählte, wie Josef ihm von dir vorgeschwärmt hatte. Die tolle Maria, die super Mutter, die erstklassige Ehefrau, die perfekte Liebhaberin. Na, da habe ich, ich weiß, das war nicht okay, gemeint, na so ganz makellos seist du ja wohl auch nicht. Und habe ihm als Beispiel deine WhatsApp von vorletzten Ostern gezeigt.“

Verfluchte Magdalena! Bis jetzt war ich mir sicher, dass Gabriel nicht wusste, wer Lenas Schwester war. In ihrer Wohnung hängt jedenfalls kein Bild von mir. Sie hasst es geradezu, sich lebende und tote Verwandte an die Wände zu pinnen. Lieber gute Reproduktionen von Monet und van Gogh. Gartenbilder mit Brücke, beispielsweise, oder Sonnenblumen. Was ich aber auch ganz sicher weiß, ist, dass bei jeder Nachricht von mir an Lena mein hübsches Konterfei in deren Display erscheint.

Aber warum rege ich mich eigentlich auf? Herr Gabriel

hat still und leise den Abflug gemacht, ohne Lukas zu sehen und ohne Josefs Misstrauen zu erregen. Oder? Wo bleibt er eigentlich? Die paar Flaschen in den Weinkeller legen und den Müll rausbringen, sollte eigentlich schon erledigt sein. Sicher will er unser schwesterliches Schwätzchen nicht stören und hat sich in die Küche verdrückt. Lieber, sanfter, rücksichtsvoller Josef, was weißt du? Um das zu erkunden, muss ich Lena loswerden, die immer noch schmachtend und ihrem entflogenen Gabriel hinterhertrauernd wie ein Häufchen Elend neben mir sitzt.

„Vielleicht wartet er vor deiner Wohnungstür auf dich", versuche ich sie loszuwerden. „Es gibt Menschen, die bekommen bei Familienfesten geradezu hysterische Beklemmungen. Und dazu noch eine für ihn völlig fremde Familie. Doch, wenn ich es mir recht überlege, der wartet auf dich, bei dir."

„Meinst du? Ach. Na gut. Ein Versuch ist es jedenfalls wert."

Lena erhebt sich, drückt mich und schwankt davon. Vielleicht doch etwas zu viel *Erntebringer*? Egal. Sie ist alt genug und ich habe wirklich Wichtigeres zu erledigen, als meiner Schwester Hirte zu sein.

In diesem Moment fliegt die Wohnzimmertür auf, Josef kommt völlig aufgelöst hereingestürzt. Das lange Küchenmesser, das ich zum Zwiebelhacken benutzt habe, wie ein flammendes Schwert vor sich her schwingend.

„Jetzt weiß ich es", ruft er und kommt näher.

„Jetzt habe ich es!" Er wiederholt sich und kommt noch näher.

Was soll ich machen. Aufspringen? Mich ihm entgegenstürzen, direkt auf die Klinge zu. Einen gekonnten Salto rückwärts übers Sofa? Bin ich Catwoman?

„Hey, Josef. Was ist?" Er bleibt stehen.

„Ich weiß jetzt ..."

„... okay, du weißt es. Aber meinst du, das Messer da ...?"

Meine Stimme zittert sich ihm entgegen. Er stoppt abrupt, schaut auf seine Hand, stutzt und meint: „Ups, habe ich ganz vergessen."

Er dreht um, stürmt zur Küche, kommt wieder zurück. Ohne Waffe.

„Also, was ich dir sagen wollte – geht es dir nicht gut, Liebling, du bist ganz blass – was ich dir sagen wollte, ich habe eine Idee für unseren Anbau."

Anbau? Unseren Anbau? Idee? Es dauert einen Moment, bis ich wieder Maria die Coole bin, bis der Knoten aus meinen Gehirnwindungen sich gelöst und ich wieder auf der Erde angekommen bin. Josef meint die Erweiterung des Anbaus, die Erweiterung für ein zweites Kinderzimmer. Zweites? Unwillkürlich fasse ich an meinen Bauch. Nicht, dass ich wüsste. Während ich immer noch verständnislos in meines Angebeteten Antlitz blicke, regt sich ein ungeheuerlicher Gedanke unter meinen blonden Haaren. Josef und Gabriel kannten sich schon vorher. Sie haben lange miteinander geredet. Sie haben sich heute Abend bei der Begrüßung merkwürdig angeschaut. Josef hat mir nichts von Gabriel erzählt. Gabriel ist ohne von mir oder über mich zu reden verschwunden. Obwohl er genau wissen muss, wer ich bin. Und jetzt will Josef das zweite Kinderzimmer in Angriff nehmen. Das ist – mir fällt gerade kein Superlativ dafür ein – jedenfalls ist es eine unverschämte Machoscheiße, die ich meinem braven Gatten nicht im Entferntesten zugetraut hätte. Ohne mich, meine Herren. Mein Bauch gehört mir. Keine fremdgesteuerte Befruchtung. Ich koche innerlich, explodiere gleich. Obwohl – so ganz, ganz tief in mir regt sich

181

was, das so ähnlich klingt wie: die Nacht mit Gabriel war ja wirklich eine Granate ...

„... Hallo, mein Engel, bist du noch anwesend?"

„Entschuldige, was hast du gesagt?"

„Wir sind uns doch einig, kein zweites Kind zu wollen. Richtig?"

Oh, Gott, wie recht er hat.

„Und da habe ich mir gedacht, dass wir neben Lukas' Zimmer einen Fitnessraum einrichten. Mit Sauna, Laufband und allem Schnickschnack. Hast du dir doch immer gewünscht. Das Fundament ist ja schon ausgehoben und morgen früh, Feiertag hin, Feiertag her, werde ich gleich alles vorbereiten, um den Beton zu gießen. Da habe ich so richtig Lust drauf. Was meinst du?"

Perplex und verwirrt gelingt es mir etwas hervorzubringen, das sich wie „Eine wirklich gute Idee" anhört.

„Dachte ich mir", strahlt Josef, umarmt und drückt mich. Drückt so fest, dass mir fast die Luft wegbleibt.

Ich habe die ganze Nacht sehr unruhig geschlafen. Die Wechselbäder des Heiligen Abends haben doch heftige Spuren in meinem Nervenkostüm hinterlassen.

Gegen vier Uhr wird Lukas wach. Ich ziehe meinen Morgenmantel an, schlürfe hinüber, hebe den Kleinen aus seinem Bett, windele ihn frisch, mache ein Fläschchen und gebe es ihm, während er in meinen Armen liegt. Dann nehme ich ihn hoch, er legt sein Köpfchen auf meine Schulter und stößt zweimal kräftig auf. Alles, wie es sein muss. So laufe ich mit ihm umher und gehe, ohne zu wissen warum, hinüber in den Raum, wo unser zukünftiges Fitnesscenter entstehen soll. Vielleicht wollte ich schon ein paar Einrichtungsmöglichkeiten durchdenken, als mein Blick am großen

182

Erdhaufen mit dem Aushub hängen bleibt. Ist das nicht ein Schuh, der da hervorragt?

„Er wollte einhunderttausend für sein Schweigen, für den Verzicht auf seine Vaterschaft. So viel Geld habe ich einfach nicht."

Josef steht hinter mir. Er legt seine Hände auf meine Schultern. Seine Liebe, seine Wärme und seine Güte durchfließen meinen Körper und signalisieren: Alles ist gut!

Zitate aus „All I wanna do is make love to you" von Heart, Text: Dobie Gray (1992)

Die Kunst des Tranchierens Tania Jerzembeck

Es tut mir leid. Ich habe das nicht gewollt. Obwohl ich es mir vielleicht manchmal insgeheim gewünscht habe. Aber doch nicht auf diese Art und Weise. Warum hast du mir denn nicht zugehört? Bestimmt wäre alles anders gelaufen, wenn du mir das Tranchierbesteck geschenkt hättest, das ich mir schon letztes Jahr gewünscht habe. Ganz bestimmt! Ich bin doch gerne extra mit der S-Bahn nach Frankfurt in die Kleinmarkthalle gefahren und habe beim Stand von dem Bauern aus Groß-Zimmern diesen Super-Puter abgeholt, nachdem du mir gesagt hast, dass der vom letzten Weihnachtsfest, den ich hier vom Offenbacher Markt hatte, zu trocken war. Und ich habe den Frankfurter Puter auch auf deinen Wunsch hin mit Maronen gefüllt, obwohl ich weiß, dass mit Kastanien gefüllter Puter immer trocken wird. Und ich hätte auch genug Rotwein im Vorrat gehabt, um alles runterzuspülen. Es wäre doch alles gut gewesen. Hättest du mir nur ein wenig Zeit gelassen. Du weißt doch, dass ich nicht gut bin im Zerlegen von Geflügel, das ist doch schon immer so. Und dann so ein Weihnachtsputer! Obwohl, mit der Kenntnis, die ich mir mit den Jahren angeeignet habe, wäre es vielleicht gar nicht so schlecht gelaufen. Mit dem richtigen Tranchierbesteck und ohne das alte Messer und deine Ungeduld.

Warum hast du denn auch da gesessen und dein Gesicht so gemein verzogen und gesagt, dass ich weder einen Offensbacher noch einen Frankfurter Puter tranchieren kann? Dann bin ich halt abgerutscht mit dem Messer vor lauter Aufregung.

Bitte guck mich jetzt nicht so an. Du bist doch derjenige, der immer sagt, dass es für alles das richtige Werkzeug gibt. Aber warum dann für dich die neue Elektrosäge und für mich kein Tranchierbesteck? Obwohl ich ja froh bin, dass ich jetzt die Elektrosäge habe. Jetzt guck doch nicht so! Ja, ich hätte wirklich lieber das Tranchierbesteck gehabt als die Elektrosäge, aber ich glaube, jetzt ist es besser umgekehrt. Ich mache mal deine Augen zu, damit du nicht so guckst. Bei den Putern, ob nun aus Offenbach oder Frankfurt, war allerdings eines besser, auch ohne neues Tranchierbesteck. Die konnte ich, auch wenn ich es nicht konnte, am Tisch zerteilen, die haben ja nicht mehr geblutet. Und jetzt hier im Keller über dem Abfluss, das ist ja auch nicht so gemütlich an Weihnachten. Ich bin nur froh, dass die Kinder mit ihren Freunden in Wiesbaden feiern, obwohl ich das erst wirklich nicht toll fand. Und, wenn ich so nachdenke, finde ich es immer noch nicht sehr schön, denn sie hätten bestimmt nichts dagegen gehabt, wie ich den Puter tranchiere, egal nun, ob der aus Offenbach oder Frankfurt ist und dann wäre mir ja auch das Messer nicht abgerutscht.

Sie hätten sich auf jeden Fall über das Essen gefreut, du weißt ja, wie hungrig sie immer sind. Erinnerst du dich an Weihnachten 1993 in der Hütte im Taunus? Das war richtig schön. Weil wir dort keinen Backofen hatten, gab es keinen Puter und wir haben ganz viel Raclette gemacht, jeder sein eigenes Ding in diesen kleinen Pfännchen und für mich gab es nichts zum Zerlegen, na ja, außer dem bisschen Speck, den Zwiebeln und den Gürkchen, aber das habe ich ja schon damals ganz gut gekonnt. Ich würde schwören, die Kinder denken heute noch gerne an dieses Weihnachten. Ich auch, aber im Zerlegen bin ich ja jetzt doch besser geworden, auch, wenn du nicht dieser Meinung bist. Aber guck mal, ach so, deine Augen sind ja zu, jedenfalls habe ich deine Beine schon ganz gut abgetrennt, denke ich. O.k., die Schnitte hätte man vielleicht auch etwas eleganter machen können, aber ich glaube, so für das erste Mal ist das schon ganz in Ordnung. Besser jedenfalls, als bei dem Offenbacher oder Frankfurter Puter und all den Viechern in den Jahren davor. Dabei habe ich immer heimlich geübt mit den Hähnchen vom Biohof, die du so gerne isst. Die konnte ich wenigstens in der Küche tranchieren, ohne dass jemand zuschaut. Aber das mit dem Weihnachtsputer musste ja immer ein Riesenspektakel sein. An jedem ersten Weihnachtstag stehe ich da mit der Gabel und dem alten Messer und alle gucken und ich schwitze und warte, was du als Nächstes wieder sagst. Manchmal habe ich dann aus lauter Verzweiflung die Geflügelschere zur Hilfe genommen, aber das war dir natürlich auch wieder nicht recht und funktioniert hat es auch nicht besonders gut.

Jetzt ist mir gerade auch ziemlich warm. Allerdings kannst du dich über die Arbeit, was deine Arme angeht, nicht beschweren. Das habe ich, jedenfalls wie ich finde, perfekt hingekriegt.

Aber ich glaube, so in deiner Mitte rumzusägen, das traue ich mich nicht. Ich kenne mich doch nicht aus mit den ganzen Blutgefäßen und weiß nicht, was dann passiert. Ich habe ja auch keine Lust, die ganze Nacht hier zu schrubben. Und morgen kommen die Kinder, für den Rest von dem Puter, obwohl der jetzt eigentlich noch fast ganz ist, noch nicht mal halb tranchiert.

Also, wie gesagt, das mit der Mitte traue ich mich nicht. Aber die Tiefkühltruhe ist ja groß genug und hat viel Platz, nachdem ich den Puter rausgeholt habe, das passt schon. Ach so, wenn die Kinder nach dir fragen? Ich weiß noch nicht, dann hast du mich halt verlassen, weil du sauer warst, dass ich jedes Weihnachtsfest verderbe, weil ich den Puter nicht richtig tranchieren kann. Oder sonst fällt mir auch noch was anderes ein. Vielleicht, dass du mit deiner neuen Freundin durchgebrannt bist.

Aber da ist noch was. Dein Kopf. Ich bin froh, dass du mich jetzt nicht mehr anguckst. Aber wer weiß, was da noch kommt. Vielleicht guckst du dann doch wieder. Und eigentlich will ich deinen Kopf auch nicht in meiner Tiefkühltruhe haben. Wobei mir einfällt, dass der Puter ja auch keinen hatte. Ja, ich weiß, dass es spät ist, aber wenn ich die Arme und die Beine und die Mitte in der Truhe verstaut habe, dann lass uns noch mal an den Main gehen. Die frische Luft wird uns guttun. Und ich komm dann schon wieder alleine heim.

Rehbraten Denise Haberlandt

Die Reifen des kleinen Renault Twingo quietschten bedenklich, als Hanna anfuhr. Passend zu ihrer Stimmung. Das war ihr noch nie passiert! Bei keinem Geburtstag, keinem Feiertag. Hanna war immer pünktlich abgefahren.

Aber heute war alles anders.

Erst kam Jens nicht aus dem Bett, dann brauchte er plötzlich nicht mehr zehn, sondern vierzig Minuten unter der Dusche und danach stellte er fest, dass er mehr als eine Jeans besitzt. Komisch, wie wichtig das Äußere einem Mann sein kann, wenn er seine Schwiegereltern treffen soll.

Seit zwei Jahren war Hanna mit Jens zusammen. Seit fünf Monaten hatten sie auch eine gemeinsame Wohnung. Die Feiertage hatte bislang jeder bei seinen Eltern verbracht, nur bei Geburtstagen erschienen Hanna und Jens als Paar. Drei Geburtstage waren es insgesamt, die sie bereits bei Hannas Eltern bestritten hatten. Heute sollte ein viertes Treffen hinzukommen: das erste gemeinsame Weihnachtfest bei Hannas Eltern.

Hanna griff fester ums Lenkrad und atmete tief durch. Das Auto könnte auch mal wieder ausgesaugt werden. Sie glaubte, den Staub förmlich einzuatmen. Er würde sich auf ihre Lunge legen und sie langsam ersticken.

„Hier ist hundert!"

Sie reagierte nicht.

„Mir wird schlecht."

Als wäre Jens ein kleines Kind. In dem Moment blitzte es.

„Scheiße!"

188

„Ich habe ja gesagt, du sollst langsamer fahren!"

Dieser beleidigte Unterton machte sie rasend! Wäre sie alleine im Auto, wäre sie nie so schnell gefahren. Dann wäre sie auch nicht fünfundvierzig Minuten zu spät gestartet! Hanna hatte sich noch nie zu einer Verabredung mit ihrer Familie verspätet.

Sie drosselte das Tempo auf 120 km/h.

Von Bad Nauheim bis Idstein waren es knappe fünfzig Kilometer. Normalerweise brauchte sie über die L 275 fünfzig Minuten. In fünfzig Minuten hatte Gabi bestimmt schon die Vorspeise serviert. Hanna war sich sicher, dass ihre Mutter nicht länger als zehn Minuten warten würde. Zeit war ein wichtiger Faktor im Hause Weinstein.

Jede Familienfeier war penibel durchgeplant. Um Punkt acht Uhr schob Gabi, Hannas Mutter, den Braten in den Ofen. Heute, an Heiligabend, würde es ein Rehbraten sein. Voraussichtliche Garzeit fünf Stunden. Damit wäre der Braten exakt nach der Vorspeise, üblicherweise Hühnersuppe mit selbst gemachten Nudeln, auf dem Tisch.

Punkt zwölf würde Werner, Hannas Vater, seinen Opel aus der Garage fahren, um Friedrich und Erna abzuholen. Friedrich war der Vater von Werner und lebte in einem Seniorenstift am Rande von Bad Nauheim. Direkt neben dem Seniorenstift war das katholische Frauenalterszentrum. Hier residierte Erna, Gabis Mutter. Die drei würden pünktlich um 12.45 Uhr in der Husarenstraße 12 in Bad Nauheim eintreffen. Sobald die Reifen die Auffahrt berührten, würde Gabi in der Haustür stehen, eine blumige Küchenschürze um den Körper geschlungen und ein Küchentuch in den Händen. Ganz die fleißige Hausfrau.

Es waren genau zehn Minuten eingeplant für eine standardisierte Begrüßung, Mäntel ablegen, Plätze zuweisen.

Und weitere fünf Minuten, um die Teller zu füllen, damit pünktlich um dreizehn Uhr gegessen werden konnte.

Im Wohnzimmer stand ein großer Esstisch aus massiver Eiche mit sechs Stühlen. Die Sitzordnung war immer gleich. Werner und Gabi saßen sich gegenüber an den Kopfenden. Friedrich und Erna flankierten Werner. Hanna saß zwischen ihrer Oma und ihrer Mutter.

Hanna hatte diesen Ablauf über Jahre eingeatmet. Jens hatte sich damit schwergetan. Seine Eltern waren anders. Aus Jens Erzählungen wusste sie, dass es keine festen Zeiten gab, keinen festen Speiseplan. Ein Unding für Hanna. Aber sie liebte Jens, und ein Zusammenleben mit ihm bedeutete, ein wenig Chaos ins eigene Leben zu lassen.

„Jetzt sei doch nicht so. Es tut mir leid, dass wir wegen mir zu spät kommen. Aber jetzt können wir eh nichts mehr ändern. Wenn du uns mit hundertvierzig Sachen vor den Baum fährst, haben deine Eltern auch nichts davon."

Hanna nickte stumm. Sie wusste, dass er recht hatte. Aber sie war einfach furchtbar sauer. Sie durfte nicht zu spät kommen. Das brachte den Ablauf durcheinander. Und Hanna wusste, dass ihre Mutter wie ein Roboter funktionierte. Sie brauchte diese feste Struktur, sonst wäre sie überfordert. Hanna hatte solche Momente nur selten erlebt, aber sie konnte sich gut daran erinnern.

„Deine Eltern können ruhig mal ein paar Minuten warten. Dann gibts halt einen Begrüßungssekt mehr für deine Großeltern. Tut denen vielleicht mal ganz gut."

„Was meinst du denn damit?"

Jens schnaufte wie ein ausgewachsener Eber.

„Mensch Hanna, du weißt genau, wie ich das meine. Dei-

190

ne Familie ist einfach völlig verspannt. Deine Mutter läuft wie aufgezogen zwischen Küche und Wohnzimmer hin und her und schwingt ihr Küchentuch, dein Vater sitzt schweigend am Kopfende des Tisches und überwacht, wer wie viel Braten isst und deine Großeltern streiten sich wie die Kesselflicker."

Hanna wollte Jens nicht zustimmen.

„Es ist jedes Mal das Gleiche. Dein Opa schimpft über den Nonnenbunker, der ihm aus seinem Fenster die Aussicht verbaut, deine Oma macht ihn darauf aufmerksam, dass er wohl keine schöne Aussicht verdient hätte, dein Vater fängt an, im Essen zu stochern, und plötzlich sind sich alle einig. Und *dann* fühle ich mich richtig unwohl. Streitereien unter Familien sind ja normal, aber ich kenn es nur so, dass jeder jeden auf die Schippe nimmt. Bei euch aber …"

Hanna sah aus dem Augenwinkel, wie Jens sich die Hände rieb. Er zögerte.

„Spuck es schon aus. Es scheint dir ja wichtig zu sein."

„Hanna, ich ertrag es einfach nicht. Sobald das erste Stück Braten probiert wurde, fallen die drei über deine Mutter her. Der Braten ist zu zäh, die Soße schmeckt nach nichts, die Erbsen sind matschig, das Silberbesteck nicht ordentlich geputzt, Fingerabdrücke am Wasserglas, was weiß ich. So unsympathisch mir deine Mutter mit ihrer Stechuhrmentalität sonst ist, aber das hat sie nicht verdient!"

Hanna schluckte. Sie hatte sich immer gefragt, ob Feiertage bei allen Menschen gleich abliefen. Sie dachte, dieser Ablauf wäre vorgegeben. Kochen, begrüßen, essen, verabschieden. Und während des Essens unterhielt man sich über das Essen. Auch wenn es einem nicht schmeckte. Hanna kannte es nicht anders und ihre Mutter hatte sich nie beschwert. Deswegen hatte auch Hanna es nie infrage gestellt. Sie hatte einfach stumm neben ihrer Mutter gesessen und gegessen.

„Du findest also auch, dass sie keine schlechte Köchin ist?"

Jens lachte kurz auf.

„Hanna, da geht es doch nicht ums Essen. So blind kannst du doch nicht sein!"

Hannas Magen zog sich zusammen. Sie blickte konzentriert auf die Straße.

„Was meinst du damit?"

Wieder zögerte Jens, drehte sein Gesicht zum Seitenfenster und wartete einen kurzen Moment.

„Ich meine, dass dein Vater ein unglücklicher Pedant ist. Er hasst es, in Rente zu sein und deswegen meckert er an allem und jedem herum. Hauptsächlich an deiner Mutter. Und dass sie sich nicht wehrt, scheint ihn noch mehr anzustacheln. Dazu kommt dein Opa, der seinem Sohn nie verziehen hat, dass er eine einfache Bauerntochter geheiratet hat, die noch dazu keinen Sohn hervorbringen konnte. Und deine Oma, die ihrer eigenen Tochter nicht zur Seite steht, sondern sich auf die Seite ihres Schwiegersohnes stellt, um nicht selbst ins Kreuzfeuer zu geraten. Und du sitzt seit Jahren mittendrin und willst mir sagen, dass dir das noch nie aufgefallen ist? Das ist kein Familienstreit, das ist ein reines Machtspiel, um deiner Mutter zu zeigen, dass dein Vater immer noch der Chef im Haus ist, auch wenn er nicht mehr arbeitet."

Jetzt wandte er sich zu ihr um. Hanna spürte seinen Blick auf sich ruhen. Sie war froh, auf die Straße blicken zu müssen. Sie hätte Jens jetzt nicht ins Gesicht sehen können.

Langsam fielen die einzelnen Steine zu einem Mosaik zusammen. Hanna hatte immer schon ein beengtes Gefühl zu Hause verspürt. Als Kind litt sie unter Asthma. Seit einem Jahr hatte sie keinen Anfall mehr gehabt. Sie hatte die Zusammenhänge nie hinterfragt. Familie ändert man nicht, Familie nimmt man hin.

Aber jetzt hatte sich die Familienkonstellation verändert. Sie hatte Jens zu den letzten Familientreffen mitgebracht. Das hatte das Gefüge merklich verändert, die Sitzordnung war verrutscht, der Gesprächsablauf gestört, ihre Mutter war zum ersten Mal errötet, als Jens ihre Kochkünste lobte. Das war sogar Hanna aufgefallen. Aber sie hatte es nicht einordnen können. Hatte den Fehler im System nicht entdecken wollen.

„Alles okay?"

Hanna nickte stumm.

„Ich glaube, ich verstehe, was du meinst."

„Das ist gut." Er legte seine Hand auf ihren Oberschenkel. „Ich liebe dich, Hanna, und ich möchte vielleicht auch mal eine Familie mit dir. Aber unter keinen Umständen möchte ich eine Familie, in der eine solch angespannte, aggressive Stimmung herrscht. Da würde ich ständig darauf warten, dass das Fass überläuft und man hinterher über uns in der Taunus-Zeitung liest, als die Familie, die sich gegenseitig umgebracht hat!"

Hanna musste lächeln. Jens liebte sie. Und er dachte über Familie nach. Ihr Magen entkrampfte sich und als sie das Ortseingangsschild von Idstein passierten, war ihr die Verspätung völlig gleichgültig.

Während sie in die Straße zu ihren Eltern einbog, nahm sie sich fest vor, dieses Mal zu ihrer Mutter zu halten. „Heute werde ich ihr sagen, dass ich ihren Rehbraten liebe."

Jens lachte und drückte ihr sacht den Oberschenkel.

„Ich bin froh, dass du nicht mehr sauer bist."

Hanna parkte den Wagen vor dem Haus, legte die Handbremse ein und gab Jens einen Kuss.

„Danke."

Sie stiegen aus dem Auto und liefen Hand in Hand den gepflasterten Weg zur Haustür. Wie immer öffnete sich die Tür, bevor sie die Klingel drücken konnten.

Im Eingang stand Hannas Mutter mit der Blumenschürze, die mit roten Flecken übersät war. Sie blickte starr an ihnen vorbei, in ihrer linken Hand hielt sie das Küchentuch, mit dem sie das blutrote Fleischmesser trocknete.

„Ihr kommt zu spät."

Gerhilds Geheimnis Claudia Schmid

„Muss ich da echt mit?"

Astrids Satz, in nörgelndem Ton in den Raum gequetscht, war eigentlich keine Frage, eher ein Statement. Schon wieder werde ich zu etwas gezwungen, wozu ich eigentlich überhaupt keinen Bock habe, stand übergroß in ihrem Gesicht. „Aber die Lilli ist doch bei mir über Weihnachten!"

Doris war schon halb aus der Tür und wirbelte wieder zurück in den Raum. „Für den Hund hast du also Zeit! Aber deine alte Tante im Taunus, da machst du ein Drama, wenn du sie einmal im Jahr besuchen sollst!"

Astrid machte einen Schmollmund, wodurch ihr Lippenpiercing in einem eigenartigen Winkel vom Mund abstand, was ihr ein ungewollt komisches Aussehen verlieh. „Es ist deine Tante. Und es gibt immer so seltsame Sachen bei ihr zu essen. Und dann dieses Fenster! Nee, Alter, also wirklich. Ich habe keinen Bock. Fahr doch alleine." Die Sechzehnjährige lümmelte sich auf ihrem Bett. Sie hatte mal wieder ihre Schuhe anbehalten.

Doris unterdrückte nur mit Mühe den Impuls, ihr selbige von den Füßen zu ziehen. „Ist die Lilli denn über Weihnachten nicht bei Felix?"

Astrid zog die Brauen hoch. „Bei Felix? Alter, du hast echt keine Ahnung."

Doris hasste diese Art der Unterhaltung mit ihrer pubertierenden Tochter. Irgendwann würde diese Zeit zu Ende sein, irgendwann. „Du kommst am ersten Weihnachtsfeiertag mit zu Tante Gerhild und damit basta." Flugs schloss sie die Tür hinter sich, bevor Astrid zu einer Gegenantwort ansetzen konnte. Doris hatte gehofft, mit ihrer Einwilligung zu Astrids Piercings und dem lila Arschgeweih auf ihrem verlängerten Rücken würde der häusliche Frieden wieder einkehren und ihre Tochter wäre weniger aufmüpfig. Weit gefehlt. Anstatt sich an ihren Teil der Abmachung zu halten und sich fortan kooperativ zu zeigen, wurde der Teenager nur noch launischer. Aber mit dem Besuch im Taunus blieb Doris hart. Schließlich war Tante Gerhild ihre einzige noch lebende Verwandte und Weihnachten war doch irgendwie ein Familienfest. Eigentlich gab es da auch noch Astrids Vater, aber zu dem hatten sie beide schon länger keinen Kontakt mehr.

Die ganze Fahrt über hatte Astrid geschwiegen und demonstrativ ihren Kopf zur Seite gedreht. Nur mit Mühe war sie davon abzubringen gewesen, Lilli mitzunehmen. Doris selbst war mit dem kleinen White-Terrier ihrer alten Nachbarin, die über Weihnachten verreist war, unmittelbar vor ihrer Abfahrt noch mal um den Block gezogen. „Wir sind heute Abend wieder zurück. Die Lilli ist es gewohnt, ein paar Stunden nicht raus zu kommen, das hält die locker durch. Du weißt doch ganz genau, dass Tante Gerhild keine Tiere mag." Und nach einer Pause fügte sie hinzu „Sie ist so alt, vielleicht ist es unser letztes gemeinsames Weihnachtsfest. Machs doch einfach mir zuliebe. Ich bitte dich so selten um etwas. Herr Gott noch mal, es wird dir schon kein Zacken aus der Krone fallen."

Astrid hatte an ihrem Piercing gelutscht und sich an ihrem Schweigen festgehalten.

Sie fuhren schon seit einer knappen Stunde und waren beinahe angekommen. Doris lenkte den Wagen an Hofheims

Altstadt mit den hübschen Fachwerkhäusern vorbei und fuhr eine leichte Anhöhe hinauf.

„Weißt du noch, als du klein warst, da bist du immer so gerne zum Wäldchestag nach Hofheim mitgekommen."

„Merkst du was? Als ich *klein* war. Kapierst du endlich mal, dass das vorbei ist?"

Doris ersparte sich die Antwort und dachte voll Wehmut an das kleine süße Geschöpf, das seine dicken Ärmchen um ihren Hals gewickelt hatte.

„Da fehlt das r", lästerte Astrid wie jedes Jahr, als sie in die Ubierstraße einbogen. Wer seine Bildung vornehmlich aus Sendungen wie „Shopping Queen" bezog, konnte das vermutlich denken. Doris verkniff sich den Hinweis auf den Germanenstamm. Zur linken Seite stand neben einem Haus ein überdimensioniertes Eisenbahnsignal. Doris hielt die Luft an und wartete auf Astrids übliche Einlassung, die prompt kam. „Na, wenn sie hier mal endlich Schienen verlegen, dann passt es ja."

Das Prachtstück an Tante Gerhilds Haus war ein großes Panoramafenster aus den 70er Jahren des letzten Jahrhunderts. Bleiverglaste Butzenscheiben ergaben zusammen ein großes Fenster. Die Topfpflanzen schienen ebenfalls aus jener Zeit zu stammen, zumindest entsprachen sie der damaligen Mode. Kurz gehaltene Gummibäume, ein verästelter dickblättriger Geldbaum und eine Klivie gruppierten sich am Blumenfenster um die eigentliche Attraktion: Auf einen dunkelfarbigen Baumstamm hockte festgenagelt ein ausgestopfter Leguan von beachtlicher Größe. Seine Glasaugen richteten sich direkt auf die Gäste, die nun über den Kiesweg auf die wuchtige Haustür der eingeschossigen Villa mit dem Flachdach zugingen.

„Protziger Kasten."

„Du weißt, wir sind Tante Gerhilds einzige Verwandte."

„Ja, schon klar, ich werde mich benehmen, damit sie dich nicht enterbt. Trotzdem ist dieses Vieh da im Fenster mega-eklig." Ein in der Scheibe des bunten Fensters gebrochener Lichtstrahl tanzte auf den grauen Schuppen des Tieres und ließ es für den Hauch eines Augenblicks wie lebendig wirken. Astrid wich einen Schritt zurück. Menschen, die sich tote Tiere ins Blumenfenster stellten, war ihrer Ansicht nach einiges zuzutrauen. Als sie klein war, hatte sie immer ein wenig Angst vor Gerhild gehabt. Auch heute beschlich sie ein unangenehmes Gefühl. Wäre sie doch nur zuhause geblieben!

Noch bevor Doris ihre Tochter zurechtweisen konnte, ging die Tür langsam auf. Tante Gerhild stand mit ihrem Blümchenkleid und einer zierlichen Schürze, die sie um ihren mächtigen Leib gebunden hatte, im Flur. Ihr Haar trug sie in einem strengen Knoten. In ihren fleischigen Ohrläppchen steckten Ohrringe aus Elfenbein. Astrid hätte Gerhild ohne Weiteres zugetraut, den Elefanten eigenhändig erlegt zu haben, dessen Stoßzähne zur Herstellung dieses Schmucks verwendet wurden. „Doris, meine Liebe, wie zauberhaft, dich zu sehen."

Doris versuchte vergeblich, ihr einen Blumenstrauß in die Hand zu drücken.

„Kindchen, bringe doch die Blumen ins Wohnzimmer, und dann holst du in der Küche eine Vase. Aber vorher zieht ihr beide eure Schuhe aus! Da stehen Filzpantoffeln für euch."

Wie Astrid den Befehlston ihrer Großtante hasste. Wie immer hatte Gerhild sie bei der Begrüßung ignoriert. Und was machte ihre Mutter? Die als Assistentin der Geschäftsleitung einer großen Mannheimer Versicherungsgesellschaft arbeitete? Die machte beinahe Männchen, wie Lilli, wenn sie um ein Leckerli bettelte. Richtig verlogen, fand Astrid, nur weil Weihnachten war. Sie wusste doch ganz genau, dass ihre Mutter die Schwester ihres Vaters ebenso wenig ausstehen konnte wie sie selbst. Es war pure Gewohnheit, dass sie stur an diesem dämlichen Weihnachtsfeiertagbesuch bei der schrulligen Alten festhielt. Nächstes Jahr würde sie definitiv nicht mehr mitkommen, soviel stand fest. Unter Garantie nicht!

Als Doris in der Küche nach einer Vase suchte, fielen ihr die vielen Notizzettel auf, die an der Kühlschranktür hafteten. Sie würde ihre Tante später fragen, was das sollte. Jetzt trug sie erst mal den großen Topf und die Vorlegeplatte, die vorbereitet in der Küche standen, ins Esszimmer.

Tante Gerhild legte jedem drei Stücke dunkles Fleisch auf den Teller, gab einen Kartoffelkloß hinzu und stellte die Sauciere auf den Tisch. „Soße nimmt sich jeder selbst", krähte sie zufrieden. Als sie auf ihren eigenen Teller Soße goss, hinterließ sie eine Spur kleiner Tröpfchen auf dem Tisch, die sie nicht wahrzunehmen schien.

Astrid starrte voller Ekel auf ihren Teller. Sie lebte seit zwei Jahren vegetarisch! Das hätte doch auch längst bei ihrer verkalkten Großtante ankommen müssen.

„Lass es einfach liegen und iss wenigstens den Knödel", zischte ihre Mutter ihr leise zu und schob beherzt ein Stück Fleisch in den Mund. „Vorzüglich, dein Braten, so zart! Wo hast du den denn her?"

Tante Gerhilds Augen glänzten stolz. „Den hat mein Nachbar selbst geschossen. Kapitaler Bursche, 180 kg. Da er nicht alles allein essen kann, hat er mir was herüber gebracht." Sie kicherte.

„Dein Nachbar hat den geschossen?", fragte Astrid verständnislos.

„Na, Kindchen, der ist doch Jäger! Und Mitglied im Jagd-Klub. Ja und stellt euch vor", sie hob ihre Stimme an, „letzte Woche, da saß er in seinem Hochsitz und wollte schon aufgeben für diesen Tag, und da kam doch aus dem Wald dieser Bursche raus." Sie klopfte mit der Gabel auf das Fleisch auf ihren Teller. „Der Hirsch ist grad recht, so zart, nicht wahr?" Auffordernd blickte sie zu ihrer Nichte.

„Ich muss kotzen", stammelte Astrid und stand auf.

„Also, das hätte es bei uns nicht gegeben. Unsere Mutter legte immer großen Wert auf unsere Erziehung. Bei Tisch wird nicht aufgestanden, bevor nicht alle fertig sind." Tante Gerhilds Tonfall war tadelnd. „Und dann diese Wortwahl, also wirklich, gut erzogen klingt aber anders."

„Sie ist ein wenig krank, glaube ich." Doris war stolz auf ihren Einfall. „Ich sehe mal nach ihr, Tante Gerhild. Wenn du gestattest."

„Aber mach zu, dass ihr bald zurück kommt. Das Fleisch wird sonst kalt." Sie blickte anklagend auf Astrids Teller. „Das Kind hat ja noch fast gar nichts gegessen."

Doris fand Astrid im Badezimmer.

„Ich gehe da nicht mehr rein. Das ist ja voll ekelhaft, Manno. Und der Typ von Nachbar rennt mit einem Gewehr durch die Gegend und ballert damit herum und schießt auf Hirsche. Findest du das gut, ey?" Sie hielt sich über die Klo-schüssel und würgte den halben Kartoffelknödel, den sie gegessen hatte, wieder heraus. Dann setzte sie sich auf den Boden. „Mir ist echt nicht gut, Mann. Ich hau hier ab. Das ist

200

ja voll der Horror. Das Vieh in dem Fenster und dann noch diese Tischgeschichten. Nee, danke. Merry Christmas, mir reichts." Sie würgte erneut und spuckte in die Kloschüssel. Auf ihrer Stirn standen Schweißperlen.

Doris nahm ein Handtuch, hielt es unter den Wasserhahn und wischte ihrer Tochter damit das Gesicht ab. „Vielleicht bist du wirklich krank?"

„Mama, kannst du rausgehen? Ich glaube, ich bekomme Durchfall."

„Was? Du hast Brechdurchfall, da bin ich mir sicher. Du musst sofort was einnehmen, bevor es noch schlimmer wird. Ich fahre auf der Stelle in die Apotheke."

„Und ich bleibe solange alleine hier in diesem Horror-haus, oder wie?" Astrids Stimme klang panisch.

„Ich brauche nicht lange. Ich habe vorhin im Vorbeifah-ren gesehen, dass die Apotheke zwei Straßen weiter heute Notdienst hat. Ich bin gleich wieder zurück."

„Wenn du nicht in einer halben Stunde wieder da bist, gehe ich zum Bahnhof runter, das sage ich dir. Ich kann auch mit dem Zug von hier wegkommen. Glaub bloß nicht, dass ich hier alt werde bei dieser komischen Tante."

Als Astrid nach einigen Minuten ins Wohnzimmer kam, war ihre Mutter weg und Gerhild blätterte in einem Fotoalbum. Das Essen schien sie wohl nicht mehr zu interessieren. Sie sah mit versonnenem Gesichtsausdruck hoch. Wenn sie so guckte, fürchtete Astrid, würde die Tante gleich mit ihrem Gerede von den guten alten Zeiten anfangen, in denen alles besser war.

„Tante Gerhild, wann seid ihr eigentlich hier eingezogen?"

„1970. Das waren keine guten Zeiten."

Aha, die alten Zeiten waren also gar nicht so gut oder

auf jeden Fall besser gewesen als die heutigen, wie sie sonst immer behauptete.

„Es war die Zeit mit diesen Hippies und Aufmüpfigen." Die Oberlippe der Tante kräuselte sich.

„War das nicht die Zeit der Friedensaktivisten?"

„Frieden, ja, den hätten wir gebrauchen können. Kalter Krieg, so hieß das damals. War keine gute Zeit. Du weißt gar nicht, Kind, wie gut du es hast. Ein wenig Dankbarkeit wäre vielleicht nicht unangemessen."

Lieber Himmel, diese Platte war also jetzt angesagt.

„Ich zeig dir mal was, damit du siehst, was das damals für harte Zeiten waren." Sie erhob sich schwerfällig. „Du musst schon mitkommen, es ist ein Geheimnis im Keller. Das weiß keiner, nicht mal deine Mutter. Wir haben es uns damals einbauen lassen und niemand davon erzählt. Das war nur für uns."

Astrid hatte keine Ahnung, was ihr Gerhild zeigen würde, als sie ihr über die Kellertreppe nach unten folgte, aber neugierig war sie schon, was es da wohl zu sehen gäbe. Da sie für die Schule ein Referat vorbereiten musste über die Friedensbewegung, hoffte sie, Gerhild besäße dort etwas Kurioses, das sie dazu mitnehmen und vorzeigen konnte. Obwohl Astrid sich wirklich nicht vorstellen konnte, dass Gerhild in ihrer Jugend so etwas wie links gewesen war, so stockkonservativ wie die alte Frau sich jetzt gab. Astrid hatte wirklich keinen blassen Dunst, was sie da unten erwartete.

Neben einem alten Regal zog Tante Gerhild einen braun und beige gesprenkelten Vorhang zur Seite und öffnete die dahinterliegende Tür aus zentimeterdickem Metall. Und nun standen sie beide in einem ungefähr zehn Quadratmeter großen Zimmer. In einer Ecke war ein Toilettenbecken.

„Das haben wir damals sogar bezuschusst bekommen! Eberhard hat uns diesen Atomschutzraum einbauen lassen. Natürlich heimlich, damit keiner was mitbekam, denn hier konnten ja nur zwei Leute rein, nicht wahr. Wir wollten schließlich nicht von den Nachbarn überrannt werden, wenn es losging."

„Ein Atomschutzbunker?"

„Ja, 1970, als wir hier gebaut haben schien uns das sinnvoll. Aber wir haben den Raum nie aufsuchen müssen, es kam ja dann zum Glück doch kein Atomkrieg. Naja, ich glaube, der Luftaustausch funktioniert auch gar nicht mehr. Alles alt jetzt." Gerhild lächelte schief.

„Und da sollte nichts durchkommen, von den Strahlen?" Astrid zog ihr Handy aus der Hosentasche, um Fotos zu machen und suchte nach der Einstellung für den Blitz.

„Das galt als absolut sicher. Weißt du was, ich mache mal die Tür zu und rufe draußen, dann merkst du schnell, die ist absolut dicht, da kommt nichts durch."

Während Astrid noch auf das Display ihres Handys schaute, huschte Gerhild kichernd und mit einer Geschwindigkeit, die sie ihr nie und nimmer zugetraut hätte, aus dem Raum und schlug die Tür von außen zu.

Ja, Astrid hörte wirklich nichts. Absolute Ruhe umgab sie. Voll der Hammer, was die alte Schreckschraube da in ihrem Keller hatte. Den kalten Krieg hatten sie im Geschichtsunterricht durchgenommen, echt krass, dass ihre Tante tatsächlich so einen privaten Schutzraum hatte. Aber nach ein paar Minuten war es doch sehr langweilig in dem kleinen Zimmer. Für wie lange war hier wohl Sauerstoff in der abgestandenen Luft? Astrid rüttelte an der Tür. Die gab nicht nach, bewegte sich keinen Millimeter. Gerhild hatte gesagt, die Tür sei dicht? Da käme nichts durch? Stimmte, zumindest was den

Empfang ihres Handys anging, da wurden nämlich exakt null Balken angezeigt. „Hilfe!", schrie Astrid und hämmerte mit den Fäusten gegen die Tür. „Hilfe!"

Gerhild Hämmel hatte aus purer Gewohnheit die Tür wie immer abgeschlossen und den Vorhang wieder vor die Tür gezogen, die schlecht erzogene Göre ihrer Nichte sollte ruhig ein paar Minuten schmoren.

Aber als sie zurück in der Küche war, konnte sie sich plötzlich gar nicht mehr daran erinnern, weshalb sie nach unten gegangen war. Irgendwie war ihr leicht schwindelig. Hatte sie heute überhaupt schon ihre Medikamente eingenommen? Kurz darauf hatte sie den Keller völlig vergessen. Und im Windfang standen Schuhe, die ganz sicher nicht ihr gehörten, das merkte sie sofort. Schließlich war sie ja noch nicht verkalkt, es funktionierte noch alles ganz prima bei ihr. Auch die Jacke an der Garderobe gehörte ihr nicht, auch dies fiel ihr auf. Sie mochte es nicht, wenn die Dinge nicht wie immer waren. Alles musste an seinem Platz liegen und seine korrekte Ordnung haben, so fand sie alles wieder, das hatte der Doktor auch gesagt. Fremde Dinge störten nur und verwirrten sie. Überhaupt war heute ein anstrengender Tag. Welcher Tag war heute eigentlich? Sie packte die Schuhe und die Jacke und trug sie kopfschüttelnd in die Garage, die seit Jahren unbenutzt war. Dort stopfte sie alles in einen alten Sack.

Sie öffnete erst nach dem drittlen Klingeln. Wer konnte das nur sein? Sie erwartete niemanden. Die Frau, die vor ihr stand, gab vor, ihre Nichte zu sein oder irgendeine andere Verwandte, was machte das schon für einen Unterschied, sie kannte sie ohnehin nicht.

„Tante Gerhild! Wo ist Astrid?", rief diese Frau schon zum x-ten Mal. „Ihre Schuhe und die Jacke sind auch weg. So was Dummes aber auch, in der Apotheke hier in der Nähe hatten sie das Medikament nicht, das wir bei Brechdurchfall immer nehmen, deshalb musste ich heute wegen des Feiertages bis nach Kriftel fahren. Herrgott noch mal, Astrid!"

Sie rief den Namen durch das ganze Haus. War ihre Tochter tatsächlich zum Bahnhof gelaufen, um mit dem Zug nach Hause zu fahren? Sie war doch nur eine knappe halbe Stunde weggewesen! Aber ihre Schuhe und die Jacke waren weg. Und was war bloß mit Tante Gerhild los? Ein ganz klein wenig tütelig war sie ihr vorhin schon vorgekommen, aber jetzt erkannte die alte Dame sie plötzlich nicht mehr.

„Hören Sie auf, so zu schreien!" Gerhild hielt sich die Ohren zu. „Hier ist niemand außer mir! Und überhaupt, wer soll das sein, diese Astrid?" Gerhilds Bewegungen wurden fahrig, gingen ins Leere, genau wie ihr Blick.

Ein Schlüssel wurde von außen ins Schloss der Haustür gesteckt.

Eine Frau Ende Vierzig mit dunklem, zurückgekämmtem Haar kam herein. „Sie sind bestimmt Doris, die Nichte." Mit einem raschen Blick auf Gerhild fuhr sie fort „Ist alles in Ordnung? Es ging ihr heute Vormittag so gut wie schon länger nicht mehr, da dachte ich, ich könnte kurz mal weg zu meiner Tochter, wenn Sie sowieso kommen und nach ihr sehen, weil doch heute Feiertag ist. Das Essen hatte ich ja schon vorbereitet." Sie streckte Doris die Hand hin. „Elena ist mein Name."

„Nach ihr sehen?" Doris verstand nicht, worum es hier ging.

„Wissen Sie denn gar nicht, dass Ihre Tante krank ist? Zu mir hat sie gesagt, Sie wüssten Bescheid. Ihr Arzt hat den Sozialdienst informiert und seitdem kümmere ich mich in deren Auftrag um sie. Sie kommt bald in ein Pflegeheim, denn man kann sie nicht mehr länger alleine lassen. Sie vergisst sogar, wo sie ist. Sie haben heute einen guten Tag erwischt. Ich glaube, das war für eine längere Zeit ihr letzter. Sie sollten jetzt gehen, Ihre Tante braucht Ruhe, sie scheint mir einen neuen Schub zu haben. Alles Außerplanmäßige regt sie fürchterlich auf." Sie lächelte und bat mit diesem Lächeln um Nachsicht.

Doris blieb nichts anderes übrig als allein nach Hause zu fahren, denn es war offensichtlich, dass Astrid den Zug nach Mannheim genommen hatte.

Lilli wartete bereits ungeduldig hinter der Wohnungstür, Doris musste dringend mit dem kleinen Terrier Gassi gehen. Während Lilli ihren körperlichen Bedürfnissen nachgab, überlegte Doris, wo Astrid stecken könnte. Selbst auf ihrem allgegenwärtigen Handy sprang nur die Mailbox an.

Auf dem Rückweg klingelte Doris bei Felix, doch auch bei ihrem Klassenkameraden war ihre Tochter nicht aufgetaucht, aber der meinte: „Also, die Astrid hat mal gesagt, wenn sie die Nase hier voll hat", er blickte entschuldigend, „dann würde sie mit dem Zug zu ihrem Vater abhauen."

„Zu ihrem Vater? Aber den hat sie doch seit Jahren nicht gesehen! Wir haben keinerlei Kontakt zu dem."

War Astrid etwa in Frankfurt in einen Zug eingestiegen, der sie zu ihrem Vater brachte? Doris wusste nicht mal, ob ihr Exmann immer noch in Köln wohnte, wohin er nach der Scheidung gezogen war.

„Keine Ahnung, echt, wo sie sein könnte."

Felix' Mutter spähte über seine Schulter. „Teenager! Weihnachtszeit ist Stresszeit. Die kommt schon wieder!" Sie gab ihrem Sohn einen leichten Klaps. „Spätestens, wenn der

Hunger kommt. Morgen ist sie bestimmt zurück! Die wird bei einer Freundin pennen. Schlaf eine Nacht drüber, du wirst sehen, morgen ist die Welt wieder in Ordnung. Manchmal tut ein bisschen Abstand gut."

In Hofheim im Taunus lag Tante Gerhild, fürsorglich von Elena versorgt, in ihrem Bett und lächelte zufrieden.

Engel im Schnee Christina Bacher

Dass Severin damals die Pistole eingesteckt hatte, war uns allen entgangen. Seit nun schon zehn Jahren galt sie als verschollen und langsam entmaterialisierte sich die Waffe aus unseren Gedanken, als habe es sie nie gegeben. Keiner von uns dachte sofort an diese Pistole, als es hieß, Severin habe sich das Leben genommen. Es war Sabine, die uns einen Tag vor der Jahreswende anrief. Sie, die ihn liebte, hatte ihn auch gefunden. Mehr konnte sie unter Tränen nicht sagen. Und jeder von uns warf wie selbstverständlich seine Silvesterpläne über den Haufen und machte sich aus irgendeinem verschneiten Eck des Landes auf den Weg nach Hause, nach Frankfurt.

Nach all der Zeit sollte sich nun der harte Kern der legendären Josi45 in der alten Stammkneipe zusammenfinden, den gemeinsamen Freund zu betrauern. Mit Andrea, Sabine, Jochen, Uli und Severin hatte ich in den Achtzigern in einem alten Haus in der Frankfurter Josefstraße 45 gelebt, gelernt und gefeiert. Auf der Autofahrt von Köln nach Frankfurt kam mir plötzlich wieder der Moment in den Sinn, als Severin beim Frühstück den Brief mit dem Wappen der Stadt hastig geöffnet und dann in hochoffiziellem Ton die Kündigung verlesen hatte. Das Haus solle abgerissen werden, hieß es dort knapp, um einem Freizeitpark mit Kino, Fitnessstudio und Hotel Platz zu machen. „Ich geh hier freiwillig nicht weg. Da müssen die mich schon raustragen. Das sag ich euch," hatte Jochen wütend gerufen.

Dieser Moment sollte Geschichte schreiben, jedenfalls unsere eigene und auch die einiger anderer Leute. In dem großen Haus waren zu dieser Zeit vier Wohngemeinschaften angesiedelt, im Erdgeschoss befanden sich eine Kneipe und ein Gemüseladen. Noch am selben Abend wurde eine Versammlung einberufen und gemeinsam beschloss die Mehrheit der Hausbewohner, jeglichen Räumungsversuchen zu trotzen. Dass unsere Idee in der Szene bald große Kreise ziehen sollte und letztendlich den Anstoß gab für Demonstrationen, Theaterevents und Benefizveranstaltungen konnten wir zu dem Zeitpunkt noch nicht ahnen. Die Josi45 sollte bis zu ihrer Erstürmung durch eine Hundertschaft Polizisten zum berühmt-berüchtigten Schlagwort für eine neue Ära der Hausbesetzerszene werden.

Als ich vor der Kneipe parkte, hatte es richtig zu schneien begonnen. Ein Wunder, einen Parkplatz zu finden – die Frankfurter waren wohl im Skiurlaub und hatten ihre dicken Autos mitgenommen, dachte ich. Dicke Flocken fielen auf Jacke und Haar und meine Brille beschlug sofort, als ich die Pinte betrat. „Jetzt sind wir komplett!", hörte ich Uli rufen. Ihre Stimmen waren altvertraut, ihre Gesichter nicht mehr. „Setz dich," ermunterte mich Sabine, als ich sie fest umarmt und ihr mein Beileid ausgesprochen hatte – eine zu offizielle Formel für einen so intimen Moment.

„Äppelwoi fors Mali!", rief Jochen.

„Ich bevorzuge Pils, das weißt du doch," murmelte ich. Wir kannten uns gut, selbst unsere Trinkgewohnheiten.

„Die Kripo war gestern Abend noch da", begann Sabine.

Die Bedienung stellte mir ebenfalls einen Äppelwoi vor die Nase. „Wo soll ischs uffschreiwe?" Jochen schob ihr seinen Deckel hin. Wie früher. Heute war Silvester, eigentlich hätte ich jetzt gerade mein neues Kleid angelegt und mich auf unser Käsefondue zu Hause gefreut. Mein Zuhause hieß doch Köln, schon seit langer Zeit. Was zum Teufel hatte ich hier zu suchen?

„Hallo! Erde an Mali, Erde an Mali!"

Jochen fuchtelte mit einem alten Foto vor meiner Nase herum. „Du hast echt mal gut ausgesehen, schau doch mal," foppte er mich, um die Situation aufzulockern. Ich knuffte ihn in die Seite – alte Liebe rostet nicht. Jochen und ich waren nur kurz zusammen gewesen, hatten uns dann in aller Freundschaft getrennt. Seine Unzuverlässigkeit ging mir irgendwann genauso auf den Keks wie ihm mein Pflichtbewusstsein.

Sabine räusperte sich. „Die Polizei fragte mich vor allem nach der Pistole, mit der damals der Polizist erschossen wurde."

Es war offensichtlich nicht die Zeit für Geplänkel oder Gefühlsduselei, Sabine wollte reinen Tisch machen. Plötzlich schlug ihre Stimme um, wurde sanft und leise. „Hätte die Waffe nicht neben ihm gelegen, ... ich hätte gedacht, er wolle Engel im Schnee spielen. Erinnert ihr euch? Als Kind legt man sich doch gerne im Pulverschnee auf den Rücken und wedelt mit den Armen. Wenn man aufsteht, sieht der Abdruck aus, als habe dort ein Engel gelegen. So lag er da, mit ausgestreckten Armen im Schnee und schaute in den Himmel."

„Du meinst, Severin hat sich mit der alten Walther ...?" Jochen nahm einen Schluck zu sich, er trotzte hartnäckig jedem vorprogrammierten Kopfweh und jeder Gefühlsduselei.

„Ich glaube nicht, dass Severin sich umgebracht hat", holte mich Sabines Stimme wieder in die Realität zurück. „Ich bin mir sicher, dass ihn jemand erschossen hat. Das habe ich auch der Kripo gesagt." Sie stürzte den letzten Schluck

Bier runter, als wolle sie ihre Worte durch ihre Handlung unterstreichen.

„Bist du verrückt, so eine Vermutung zu äußern? Der Polizei mit so ner Mordtheorie zu kommen? Wer bitte soll denn Severin aufm Gewissen haben und warum?", herrschte Andrea Sabine an.

Plötzlich war die alte Feindschaft der zwei Frauen wieder spürbar, die beide von Anfang an Severins Charme erlegen waren – entschieden hatte er sich schließlich für Sabine. Obwohl Andrea mit ihrer perfekten Figur und den langen schwarzen Haaren – im Vergleich zu der etwas unscheinbaren Sabine – eine auffällige Schönheit war. Inzwischen war sie fast grau geworden, was ihr aber gut stand. Über den Vater ihres kleinen Maximilian hatte sie nie gesprochen, sie stemmte den Alltag einer berufstätigen Mutter ganz alleine.

„Warum ich glaube, dass er sich nicht selbst das Leben genommen hat?" Sabine lächelte traurig ihre alte Konkurrentin an. „Ich bin schwanger. Severins Wunschkind ist in meinem Bauch. Ist dir das Beweis genug?"

Jetzt war sogar Jochen sprachlos – Severin und Sabine hatten sich all die Jahre Kinder gewünscht und es dann irgendwann aufgegeben. Unvorstellbar, dass sich der Freund auf diese feige Art und Weise nun aus der Verantwortung ziehen wollte. Oder hatte er sich der neuen Situation nicht gewachsen gefühlt? Ich starrte in mein Äppelwoi-Glas. Gelbes, sämiges Getränk – inzwischen abgestanden. Ich glaub es nicht, dachte ich. Ich glaube das alles nicht.

Das Gros der ehemaligen Mitstreiter hatte sich damals von zu Hause in die Welt begeben, Karrieren, Ehen und Kinder auf den Weg oder hinter sich gebracht. Alle, außer Severin und Sabine, die beide in einer neuen Hausgemeinschaft wohnten und ganz bewusst noch dieselben Möbel,

Kleider und Ansichten trugen wie früher. Mein Kontakt zu den meisten war irgendwann abgebrochen. Severin hatte ich das letzte Mal Weihnachten vor einem Jahr zufällig in unserer ehemaligen Stammkneipe getroffen. Er saß alleine an der Theke bei einem Bier und grüßte mich flüchtig. Damals hatte ich das Gefühl gehabt, ihn mit unseren gemeinsamen Idealen alleinegelassen zu haben. Ich schaute schuldbewusst zu Sabine. „Bleibt die Frage nach dem Wer und Warum?"

„Das frage ich euch, Freunde. Severins Mörder ist einer aus unseren Reihen. Wir haben uns nie gefragt, wer damals den Polizisten mit seiner eigenen Waffe erschossen hat. Das war seit unserem Schwur tabu. Jetzt ist Severin durch die gleiche Waffe gestorben. Das ändert alles."

Ich starrte hinaus. Vor dem Fenster der Kneipe rauschte ein Schneesturm vorbei. Wie an unserem letzten gemeinsamen Abend in der Josi45, an dem sich unzählige Leute in unserer Wohnung versammelt hatten. Es wurden Transparente gemalt, Türen verbarrikadiert, aber auch viel gelacht und getrunken. Die letztmalige Aufforderung, „das Haus freiwillig und ohne Personen- und Sachschaden zu räumen", hing wie ein Fetisch am Kühlschrank. Am nächsten Tag im Morgengrauen rückten dann tatsächlich hundert Polizeibeamte aus, riegelten den gesamten Stadtteil ab und begaben sich zum Haus in der Josefstraße 45. Jedenfalls stand das so am nächsten Tag in der Zeitung. Der Aufmacher war allerdings der tote Polizist Hubert Hach gewesen, der nach der Räumung des Hauses im Badezimmer durch seine eigene Pistole erschossen aufgefunden wurde. Die Waffe blieb verschwunden, der Täter wurde nie ermittelt. Wie auch – es waren mehr als fünfzig Leute aus der linken Szene gewesen, die sich gegen die Hundertschaft Polizisten gestellt hatten. Zunächst mit einem Sitzstreik, dann mit Schimpfwörtern und Handgreiflichkeiten, später mit Tränen. Seither überschattete der Tod des Polizisten unseren Mythos um die Josi45, wenn wir dies auch nicht zugeben wollten.

„Wer hat Hubert Hach auf dem Gewissen? Die alles entscheidende Frage, denn der ist auch im Besitz der Pistole?", fragte Jochen in die Runde.

Das Schweigen brach Andrea. „Es war Severin. Er wurde von Hach in den Schwitzkasten genommen, dessen Pistole ist aus irgendeinem Grund auf den Boden gefallen und Severin hat sie schnell geschnappt. Er wollte sie wegwerfen, da löste sich ein Schuss. Es war weder Notwehr noch Mord, es war ein Unfall."

„Woher willst du das wissen?", fragte Uli erstaunt. Alle Augen richteten sich nun auf sie. „Ich war dabei. Severin bat mich, ihn nicht zu verraten. Ihm ging deswegen ganz schön der Arsch auf Grundeis."

„Welch gewählte Ausdrucksweise," spöttelte Sabine.

„Wenn Andrea recht hat, kann deine Mordtheorie nicht stimmen, Sabine," warf ich ein.

„Vielleicht hat unsere allwissende Freundin Andrea auch darauf eine Antwort?", stichelte Sabine.

Uli legte beruhigend seine Hand auf ihren Arm. „Kein Streit, okay?"

„Ist eh schon spät. Nehmt es mir nicht übel, dass ich gerade heute das Bild vom heiligen Severin zerstört habe. Aber er war kein Engel und ist daran zugrunde gegangen. Und was mich betrifft," Andrea schnappte ihre Jacke und stand auf, „ich geh nach Hause. Ich habe Maximilian versprochen, gegen Mitternacht bei ihm zu sein. Bis nach Bornheim brauche ich noch zwanzig Minuten. Mit seinen neun Jahren möchte er noch mit seiner Mama anstoßen, wenn das neue Jahr beginnt. Also, einen guten Rutsch." Sprach es, legte ein paar

Euro auf die Theke und war verschwunden. Kein schlechter Abgang, dachte ich.

„Maximilian ist Severins Sohn," flüsterte Sabine und fügte hinzu: „Es ist an dem Silvester passiert, als wir unseren Schwur ablegten."

Am Morgen hatten die Bagger begonnen, unser altes Zuhause abzureißen, am Abend waren wir Arm in Arm mit einem Rucksack voller Plätzchen und einigen Thermoskannen Glühwein im Schneetreiben auf den alten Messeturm geklettert – einer hatte zufällig den Schlüssel gehabt. Das war jetzt ziemlich genau zehn Jahre her. Wir wollten an diesem Abend nicht nur das alte Jahr, sondern auch einen Teil unserer gemeinsamen Geschichte verabschieden. Um Punkt Mitternacht hatten wir von oben das Feuerwerk über der Stadt betrachtet und uns geschworen, über die Sache mit dem toten Polizisten für immer Stillschweigen zu bewahren. „Scheiß drauf," hatte Jochen vom Turm in die Dunkelheit gerufen und alle anderen hatten es lauthals wiederholt. Wie von einer Last befreit, feierten wir bei Eiseskälte bis in den frühen Morgen. „Andrea hat ihm in dieser Nacht ihre Liebe gestanden, ihn sowieso mit dem Tod des Polizisten immer subtil unter Druck gesetzt, beide waren betrunken – da ist es passiert. Severin wollte aber keine Beziehung mit ihr, keine Verantwortung für das Kind tragen. Er hat sich nie um den Jungen gekümmert und sie hat ihm das nicht verziehen."

Dieses Silvester war in vielerlei Hinsicht legendär gewesen. Wie, um unsere Trennung zu bekräftigen, hatten Jochen und ich noch ein letztes Mal miteinander geschlafen. Als wollten wir uns selbst Lügen strafen, verbrachten wir eine wunderbare Nacht miteinander. Erst am nächsten Morgen hatte ich erfahren, dass Sabine und Uli auf der Suche nach Severin und Andrea noch durch die Stadt gezogen waren. Die waren jedoch wie vom Erdboden verschluckt. Mein Blick begegnete Jochens tiefblauen Augen, die verlegen das Weite suchten. Er hatte wohl die gleichen Gedanken wie ich.

„Ich komm jetzt gar nicht mehr mit", Ulis Stimme klang ungewohnt barsch. Ein zweifacher Mörder wurde gesucht. „Severin? Andrea? Hach? Wer ist denn jetzt Opfer und wer Täter?" Ulis Weltbild war schon immer in Gut und Böse, schwarz und weiß eingeteilt gewesen. Zwischenstufen gab es nicht.

„Severin konnte es nicht ertragen, dass er all die Jahre einen Familienvater auf dem Gewissen hatte. Als wir erfuhren, dass wir bald eine Familie sein würden, beschloss er, sich seiner Geschichte zu stellen, sich von diesen alten Lasten zu befreien." Sabine machte einen müden Eindruck. Die Spannung der letzten Tage war durch unser Gespräch langsam von ihr abgefallen und machte einer Leere Platz, die man auch Trauer nennt. Ihre Augen lagen in tiefen Höhlen, ihre schmalen Lippen zuckten und ihre rechte Hand legte sich in einer unbewussten Geste auf den leicht gerundeten Bauch. „Letzte Woche hat er mit Hubert Hachs Familie gesprochen, am selben Abend wollte er sich mit Andrea treffen. Davor haben wir uns zum letzten Mal gesehen."

„Du willst doch nicht etwa andeuten, dass er ihr die Walther gegeben hat und sie dann ....?" Jochen war sichtlich geschockt.

Sabine nickte. „Ja, er wollte die Pistole aus dem Haus haben und hat sie an dem Abend eingesteckt. Alles andere sind Vermutungen."

„Man kann ihr nicht beweisen, dass sie abgedrückt hat?", versicherte sich Uli noch mal.

„Nein. Das können wir nicht. Ich hatte gehofft, dass sie

sich heute Abend vor uns allen stellt – vielleicht um der alten Zeiten willen. War dumm von mir." Inzwischen hatte sich die Kneipe geleert, alle anderen standen draußen in der Kälte und schauten in den Himmel, warteten auf das Feuerwerk. Feuerwerk über Frankfurt. Der Himmel meiner Kindheit. Der gleiche Himmel wie über Köln.

„Das neue Jahr beginnt," sagte ich, obwohl das eine Selbstverständlichkeit war. Dennoch nahmen sich nun alle an der Hand. Jochen, Sabine, Uli und ich saßen noch einige Zeit schweigend beisammen und dachten an Severin.

Danke auch Christiane Geldmacher

Spaghetti auf Toast. Ein Essen, so gut wie einfach. Das Arthur immer sehr gern gemocht hatte. Gleichgültig, was seine Frau dazu gesagt hatte. Die Spaghetti mussten auch nicht al dente sein; ein *Fetisch* Sonjas. Genau so wie sie aus der Dose kamen, waren sie Arthur recht. Weich, in mundgerechten Häppchen, mit standardisierter Soße, die ihn so angenehm an seine Kindheit erinnerte. Und nur einmal im Topf umrühren.

Arthur studierte den Namen der Marke auf der Dose. Dobasco. Die gab es gar nicht mehr. Die Darmstädter Firma hatte pleite gemacht. Das Verfallsdatum war knapp überschritten, sah er gerade ...

Im Osten hingen sie auch an ihren alten Produkten, hatte er in der Zeitung gelesen. Den ex-sozialistischen. Na bitte: Was denen recht war, war ihm nur billig. Sie liebten, was sie kannten.

Und Arthur kannte Spaghetti auf Toast. Der Toast musste nicht mit Vollkorn sein, nein: Golden Toast – Stichwort Kindheit – genügte vollauf. Nur keine Experimente.

In dem Essen seien keine Vitamine, hatte seine Frau immer behauptet. Das Leben mit ihr war so anstrengend gewesen. Ständig hatte sie ihn bevormundet, Befehle erteilt, belehrt. Tagein, tagaus. Dabei hatte er weiß Gott versucht, sich sein Leben an ihrer Seite einzurichten. Lag es an ihm, dass es nicht funktioniert hatte? Er mochte es kaum glauben. Er hatte versucht, das zu essen, was sie ihm hinstellte. Aber davon Magenkrämpfe bekommen. Das war doch nicht *sein* Fehler. All dieser frische Kram! Zu viel Säure. Salat und Obst bekamen ihm einfach nicht. Aber das war Sonja egal gewesen: Es sei nur eine Frage der Zeit, hatte sie behauptet, man brauche Geduld, solle es nicht übers Knie brechen. Und wenn man seine Ernährung von säurehaltig auf basisch umstelle, dann müsse man einem Plan folgen: Sie hatte ihm einen ausgedruckt.

Und naturtrüben Apfelessig trinken.

Naturtrüber Apfelessig! Er schüttelte sich. Was musste er alles noch ertragen?! Wahlweise Gemüsesäfte: Das reinste Gift, wenn man ihn fragte. Noch schlimmer: Der Brottrunk aus der Bäckerei an der Hügelstraße.

Eskaliert waren die Konflikte, die sich zwischen ihnen angestaut hatten, immer im Dezember. Von schönen Weihnachtsessen hatte Sonja gar nichts gehalten. Eine Gans mit Rotkohl und Knödeln: Das war Arthurs Vorstellung vom 24. Dezember. Stattdessen hatte es zuletzt veganen Gemüseauflauf mit Räuchertofu und ungezuckerter Sojamilch gegeben! Danke auch!

Arthur schälte seinen Toast aus der Zellophanpackung. Sonja war auf jeden Trend aufgesprungen, den *brigitte.de* ihr verkaufte, und hatte immer das neueste Zeug gekauft, das im Moment angeblich am gesündesten war. Und er hatte es immer mitmachen müssen. War ihr Versuchskaninchen gewesen. Sonja kaufte alles, wo Bio draufstand. Dabei war allgemein bekannt – und das hatte Arthur auch in seinen Briefen an das Hessische Ministerium für Umwelt, Klimaschutz, Landwirtschaft und Verbraucherschutz in Wiesbaden klargemacht – dass alles nur Nepp war. Die große Volksverarsche! Von wegen gesund: Konservierungsstoffe und Lebensmittelfarben, wohin Arthur sah! Auch in Sonjas Küchenregal!

Er steckte zwei Scheiben Brot in den Toaster und drückte den Hebel. Aber warum regte er sich überhaupt auf? Noch nach Jahren? Die *Causa Sonja* war doch längst durch. Der Albtraum vorbei. Kapitel abgeschlossen. Das ewige „Arthur, tu dies, Arthur, tu das, Arthur, streich den Zaun, Arthur, gib Geld her!" Immer, wenn er von der Arbeit heimkam, diese Grußadressen, kaum dass er durch die Tür war!

Anstatt dass sie es selbst getan hätte – den Zaun streichen! Wenn es so wichtig, so unaufschiebbar für sie war! Aber nein, sie schlug es *ihm* vor. Als ob Arthur nichts Besseres zu tun gehabt hätte, abends nach seiner anstrengenden Arbeit noch den Hausmeister zu spielen. Als ob er – aufgebracht schüttete er die Spaghetti in den Topf – sich *gelangweilt* hätte! Als ob es nichts Wichtigeres in seinem Leben gegeben hätte, als Zäune zu streichen!

Seine Musiknoten zum Beispiel. *Die* waren wichtig. Wichtiger als alles andere auf der Welt, wenn er das so frei heraus sagen durfte. Wichtiger als Sonja und ihre Streitsucht … aber den Schuh zog er sich nicht an. Vor ein paar Jahren hatte er damit angefangen, seine Musikstücke zu archivieren. Eines Tages hatte er nämlich entdeckt, dass man seine Musik im Internet jedermann zugänglich machen konnte. Das war eine wunderbare Sache! Eine Lösung für so viele Probleme! Endlich ein Licht am Ende des Tunnels! Endlich konnte er seine Kompositionen einem versierten Fachpublikum auf einem eigenen Blog vorstellen. Einer Gemeinde von Gleichgesinnten, Menschen, denen Musik etwas bedeutete. *Seine* Musik. Denen er seine Stücke nun Tag für Tag im Download anbot. Kurz vor zehn, bevor sie ins Bett gingen. Demnächst wollte er auch ein YouTube-Video aufnehmen. Arthur am Flügel, von zwei Kameras aufgenommen und dann geschickt hin und her geschnitten. Das würde seine Fans freuen, ihn endlich zu *sehen*! Und dann wollte er Musikrezensionen auf seinem Blog einstellen, einmal im Monat, durchaus kritisch. Die Arbeit der Kollegen beleuchten. Ach, er hatte so viele Pläne! Wie sie nur alle verwirklichen? Und wann?

„Warum sitzt du immer den ganzen Tag am Computer herum?", hatte Sonja gefragt. „Es ist Wochenende!"

Überrascht hatte er von seinem Bildschirm aufgesehen. Ja, eben! Ja, endlich! Was war ihr Problem? Mit ihrer Stimme ohne jede Modulation hatte sie ihn gequält. Ihn mit seinem feinen Gehör.

Er schüttelte den Kopf. Was hatte er sich nur dabei gedacht, als er diese Frau geheiratet hatte?

Am zweiten Weihnachtsfeiertag, als Arthur schon ganz entkräftet von dem dritten veganen Essen in Folge gewesen war, hatten sie darüber gestritten, wo sich der Mont Sainte Odile befände. Sonja hatte behauptet, er sei in der Bretagne und Arthur hatte sie darauf hingewiesen, dass sie den Mont Sainte Odile mit dem Mont Saint Michel verwechsle.

„Keineswegs!", war Sonja aufgebraust. „Ich bin schon dagewesen und durchs Watt gewandert!"

Arthur seufzte. „Das mag sein, nur war das dann nicht am Mont Sainte Odile, sondern am Mont Saint Michel! Der Mont Sainte Odile ist im Elsass!"

„Nein!"

„Doch!"

„Wenn du in deinem Internet nachschaust, wirst du sehen, dass ich recht habe!"

Arthur dachte, wenn Sonja ein Blog wäre, dann würde sich jetzt in ihrer Wörterwölke „Ich habe recht!" abbilden.

Er war vom Tisch aufgestanden, hatte mit Leidensmiene den Elsass-Reiseführer aus dem Regal geholt und ihr das Kloster Mont Sainte Odile am Rand der Ostvogesen gezeigt. Aber Sonja schaute gar nicht richtig hin, sondern fegte den Reiseführer vom Tisch. Arthur musste ihn aufheben.

Nie war sie in der Lage gewesen, einzugestehen, dass sie unrecht hatte. Das wäre mal eine Geste gewesen! Wenn sie nur ein einziges Mal gesagt hätte: „Ich bin so aufbrausend, Arthur, es tut mir leid, was können wir dagegen tun? Ich will dich nicht verletzen", dann wäre vielleicht gar nichts passiert. Aber so selbstkritisch war Sonja nicht gewesen. Niemals hätte sie einen Fehler zugegeben.

Arthur betrachtete die Spaghetti. Von wegen keine Vitamine! Da waren sie doch, die Vitamine, er sah sie doch genau: Erbsen und Pilzchen. Und die Tomaten natürlich. Sonnengereift aus Sizilien. Aber das hatte Sonja überhört, wenn er ihr das vorlas und ihn stattdessen erneut als williges Opfer der Lebensmittelindustrie verhöhnt.

Den Gesundheitsgurus fiel doch jeden Monat was Neues ein. Arthur konnte sich noch genau an das Theater erinnern, das Sonja wegen des Süßstoffs gemacht hatte. Krebserregend sei er und Arthur schon mit einem Bein im Grab, wenn er ihn weiter konsumiere. Dann hatte Sonja Stevia angeschleppt, aber das hatte ihm nicht geschmeckt. Und sein Süßstoff war zu dem Zeitpunkt schon wieder okay gewesen, Arthur hatte es in der *Stiftung Warentest* gelesen. Oder Salz, die tödliche Gefahr! Heute wieder in allen Essen!

Da blieb er doch lieber bei Spaghetti auf Toast. Arthur studierte das Verfallsdatum der Dose. 2010. Das Todesjahr seiner Frau. So lange war das also schon wieder her. Wie die Zeit verging.

Aber das war auch sowas: Verfallsdaten. Da wurde eine

Hysterie drum gemacht! Natürlich aß kein Mensch verdorbenen Fisch oder verdorbenes Fleisch, das wäre ja absurd. Aber was sie in den deutschen Supermärkten veranstalteten, wenn das Verfallsdatum nur um einen Tag überschritten war: lächerlich. Mehr noch – eine Schande! In Afrika und in Asien, da hätten sie sehr gern diese Dosen gehabt, die die Darmstädter so achtlos in den Müllcontainer warfen!

Es war eine verkehrte Welt.

Und er, Arthur, mittendrin!

Damals, nachdem diese Sache nach Weihnachten passiert war – Sonja hatte keine Chance gehabt, breitbeinig hatte er vor ihr gestanden und immer wieder zugeschlagen – hatte er sie ins Auto gepackt und auf dem Darmstädter Waldfriedhof vergraben. Das war eine fabelhafte Idee von ihm gewesen! Da war ihm in der Zwischenzeit keiner draufgekommen. Mörder vergruben ihre Opfer normalerweise in Gärten oder auf Baustellen.

Der Toast war fertig. Arthur gab die warmen Spaghetti darüber, setzte sich an den kleinen gedeckten Tisch und sah sich behaglich um. Wie schön alles hier war, seit Sonja tot war. Und wie wunderbar er es hatte, seit sie ihm nicht mehr auf die Nerven ging. Diese Ruhe! Dieses Für-sich-sein! Nur die eigene Musik im Hintergrund. Versonnen blickte er ins Leere. Er aß langsam, Bissen für Bissen.

Zugegeben, manchmal bereitete ihm die Sache mit den DNA-Spuren Sorgen. Heutzutage fanden sie alles damit heraus, zumindest in amerikanischen Serien. Wenn sie – aus welchem Grund auch immer – die Leiche wieder ausgraben würden, gäbe es lauter Beweise zu entdecken, an die er nicht gedacht hatte. Mikrofasern zum Beispiel. Oder Speichelspuren. Hätte er nur das einschlägige Buch vorher gelesen! Irgend so eine Polizeiseite im Internet war das gewesen letzte Woche. „Willkommen bei der Kripo in Niedersachsen" hatte darauf gestanden. Und da erklärten sie diese neuen Ermittlungsmethoden und Arthur hatte schnell wieder herausgeklickt, weil ihm schlecht geworden war.

Jetzt ging er lieber nicht mehr auf diese Seite. Oder eine andere. Er blieb immer schön auf seiner Seite und stellte seine Kompositionen vor. *Kleine Nachtmusiken* nannte er sie und hoffte, dass die Leute sie auch mochten.

Er wollte sich keine Sorgen mehr machen. Wie sollten sie Sonja schon finden? Es würde doch keiner auf die Idee kommen, dass sie auf dem Waldfriedhof unter dem Komposthaufen unter all den Kränzen und Gebinden lag. Es hatte ihm ganz schön Mühe gemacht, den Haufen im Dezember abzutragen, aufzugraben und Sonja hineinzuwerfen. Er war sich vorgekommen wie in einem dieser alten englischen Spielfilme, die er immer so lustig gefunden hatte. Eine interessante Erfahrung übrigens. Aber weniger lustig.

Der Dezember war aber auch so ein furchtbarer Monat. Erst hatte Sonja Geburtstag, dann Sonjas Schwester, dann war Nikolaus, dann Weihnachten, dann erster und zweiter Weihnachtsfeiertag, dann der Geburtstag von Sonjas Bruder, dann Silvester und dann Neujahr. Und immer raus, immer zum Luisenplatz, immer zum Langen Ludwig. Arthur hatte jedes Mal drei Kreuze geschlagen, wenn endlich der 2. Januar war. So wie heute.

Er schüttelte seine negativen Gedanken ab und wischte sich mit der Serviette über den Mund. Das hatte doch prima geschmeckt. Mal wieder. Es war alles in Ordnung so, wie es war. Sonja war gut aufgehoben unter dem Kompost. Kein Mensch würde sie je dort suchen.

Er wollte gerade den Süßstoff in seinen Pulverkaffee geben, als das Telefon läutete. Wie er das hasste. Auch im neuen Jahr störte man ihn also! Hatte man denn nie seine Ruhe? Wie alt musste er noch werden, damit sich endlich keiner mehr bei ihm meldete?

Widerwillig hob er ab.

„Arthur, bist du es?", fragte Sonja.

Sonja also. Er fand es immer komisch, wenn sie ihn anrief. Wie sollte man nur mit einer Toten reden? Er hatte dafür kein Modell. Er fand es irritierend. Und sie hörte nicht damit auf. Tat es immer wieder.

„Was ist? Was willst du?", gab er genervt zurück.

„Ich brauche meine alten Kontoauszüge, Arthur. Sie müssen auf dem Speicher sein. Würdest du bitte mal nachschauen? Das Finanzamt will die letzten fünf Jahre sehen."

Er seufzte. Diese verdammten Kontoauszüge sollte doch der Teufel holen. Und das Finanzamt auch! Und diese Frau! Die schon seit Jahren tot war! Seitdem sie ihn verlassen hatte!

„Morgen früh komme ich vorbei und hole sie ab, Arthur", sagte Sonja. „Mach bitte diesmal die Tür auf."

Mirja malt Ricarda Oertel

Mama ist ein Gepard. Die sehen aus wie große Katzen und können ganz schnell laufen. Das hab ich in meinem Tierbuch gelesen. Und sie haben dunkle Ringe um die Augen. Wie die Mama. Die Augenringe von Waschbären sind sogar breiter. Ich hab mal welche im Kobelt-Zoo in Frankfurt gesehen, beim Schwanheimer Wald. Mit Mama, als sie noch nicht so oft müde war. Vielleicht ist sie doch ein Waschbär. Das wär toll. Waschbären kommen nachts zu den Häusern, in Frankfurt und Kassel. Nicht die aus dem Zoo, aber die wilden. Ich male einen Waschbären und krickel' den Geparden weg. Er sah sowieso nicht schön aus. „Gefällt dir die Katze nicht?", fragt die Frau. Ich hab vergessen, wie sie heißt. Sie will, dass ich male, dabei hab ich gar keine Lust dazu. Aber das sag ich nicht. Ich mag gar nicht mit der Frau reden. Draußen schneit es. Das mag ich. Es sieht aus wie ein Vorhang mit weißen Punkten, der im Wind weht.

„Und was für ein Tier ist der Papa?" Weiß nicht. Wenn ich diese dicke Frau malen sollte, die dauernd Fragen stellt, wär sie eine Kuh. Dass Mama so müde war und immer Tabletten nehmen musste, daran war bloß Nicole schuld. Papas Freundin. Er hat die heimlich getroffen, aber Mama hat es herausbekommen und ich hab nachts oft gehört, wie sie gezankt haben. Bevor Mama dann weggegangen ist, auch heimlich, in der Nacht. Das war letzten Winter, direkt nach Weihnachten. Ich konnte ihr gar nicht Tschüss sagen. Ich male Nicole. Die Frau will das so. Ich weiß sofort, welches Tier Nicole ist. Eine diebische Elster. Ich hab ein altes Kinderbuch, das ist ganz zerfleddert und heißt „Der verlorene Pfennig". Da muss ein Junge lange auf die Suche nach seinem Pfennig gehen und findet ihn irgendwann im Nest einer gemeinen Elster. Ich wusste erst gar nicht, was ein Pfennig ist, aber das ist so was Ähnliches wie ein Cent.

Was Nicole uns weggenommen hat, dem Hanno und mir, das kann man nicht wiederfinden.

„Nicole ist der Vogel? Wo fliegt der denn hin?"

Die Frau neben mir kapiert gar nichts. Wenigstens muss mein kleiner Bruder nicht hier sitzen und malen. Vielleicht geht er gerade rodeln mit Papa, auf dem Feldberg. Hanno wollte heute Morgen so gern Schlitten fahren.

„Mirja", sagt die Frau und ich zucke zusammen, „möchtest du jetzt mal deinen Papa zeichnen? Und Hanno? Der gehört doch auch auf das Bild."

Ich war lange nicht auf dem Feldberg rodeln. Das letzte Mal mit Mama im vergangenen Winter, bevor sie Papa und uns verlassen hat. Es war lustig, mit ihr zu rodeln, weil ihre Beine für den Schlitten viel zu lang waren. Sie wusste gar nicht, wohin damit, da hat sie laut gelacht und ist ganz schnell durch den Schnee gerannt und sah auch gar nicht mehr blass aus. Und als wir zu Hause waren, hat sie mir warmen Kakao gemacht und bekam doch Lust, das Haus zu schmücken. Sie hat den Karton mit der Weihnachtsdeko aus der Wohnzimmervitrine geholt und der Kakao roch lecker nach Schokolade. Da dachte ich, alles wird gut.

Besonders mochte ich die Rose von Jericho, die Mama jedes Jahr vor Weihnachten aus der Kiste gefischt hat. Die sah gar nicht aus wie eine Rose, mehr wie ein kleines verschlossenes Vogelnest. Mama hatte mir erklärt, dass es eine Wüstenblume ist, die sich viele hundert Jahre zusammenrollen kann und aufgeht, wenn sie Wasser bekommt. Deshalb ist die Blume Tradition an Weihnachten und Ostern, weil sie an die Auferstehung von Jesus erinnert.

Als Mama sie ins Wasser stellte, bin ich immer hingelaufen, um zu gucken, wie weit sie sich schon geöffnet hat. Und dann kam plötzlich ein glänzendes Dekosternchen zum Vorschein, das wir beim vorherigen Weihnachtsfest in die offene Rose gelegt hatten, Hanno und ich, bevor Mama sie aus dem Wasser holte und wieder für ein Jahr in die Kiste steckte. Das war schön, den Stern wieder zu sehen, und Hanno hat sich auch gefreut und wollte nach ihm grabschen, aber ich hab gesagt: „Nicht den Stern wegnehmen. Der soll immer da bleiben." Und Hanno hat seine kleine Patschhand wieder weggezogen und ganz ehrfürchtig geguckt.

Jetzt gibt es die Rose nicht mehr. Das liegt alles an Nicole. Sie hätte nicht bei uns einziehen dürfen. Auch, wenn der Papa sagt, dass Mama nicht zu uns zurückkommt.

Am schlimmsten war es, als wir mit Papa und Nicole zum Sternschnuppenmarkt nach Wiesbaden mussten. Das ist nicht weit von Aarbergen, wo wir wohnen, deshalb fahren wir jedes Jahr dahin. Da hatte Mama auch die Rose von Jericho her. Eigentlich hatte ich mich immer auf die Krippe mit dem Jesuskind unter dem großen Weihnachtsbaum auf dem Schlossplatz gefreut und auf die leckeren Waffeln.

Aber jetzt war Mama weg und Nicole dabei. Dauernd hat sie sich eingeschleimt und kaufte mir an einem Stand Anisbonbons, die hab ich einfach aus meiner Tasche fallen lassen. Obwohl ich Anisbonbons mag. Aber das hatte ihr bestimmt Papa verraten. Ich habe mir Hannos Buggy geschnappt und ihn vor mir hergeschoben, Nicoles hohe Hacken habe ich mit Absicht ein bisschen gerammt, ist ja auch schwer, so einen Buggy auf dem Kopfsteinpflaster zu schieben, und dann das Gedränge. Papa hat gleich geschimpft, aber die Nicole lachte nur: „Das macht doch nichts!" So was Blödes.

Und sie hat so übertrieben gejauchzt, als wir bei dem Weihnachtsbaum ankamen, an dem brannten ganz viele Lichter und überall waren blaue und goldene Schleifen angebracht. Sie hockte sich zu meinem Bruder und zeigte mit der Hand nach oben: „Guck mal, Hanno, sieht das nicht toll aus? Der Baum ist bestimmt dreißig Meter hoch!"

Als ob Hanno weiß, was Meter sind, er geht ja erst in den Kindergarten, aber er hat den Kopf staunend in den Nacken gelegt und seine Augen haben von den Lichtern geglänzt. Ich weiß längst, was Meter sind, ich bin schon in der dritten Klasse, aber ich hab den Buggy schnell weitergeschoben, und Hanno quäkte, weil er den Tannenbaum nicht mehr sehen konnte, und ich wollte am liebsten auch heulen, denn die Krippe mit dem Jesuskind war gar nicht so schön, wie ich sie in Erinnerung hatte.

Ich male Hanno als Hasen. Mama hat ihn immer „Häschen" genannt und außerdem ist er so ängstlich geworden, seit sie nicht mehr bei uns wohnt.

„Du kannst aber süße Hasen malen", sagt die dicke Frau, ich glaube, die will sich genauso einschleimen wie Nicole. Vielleicht will sie ja was von Papa, ich hab gesehen, wie sie gelächelt und ihm zugenickt hat, als er mich hierher brachte.

„Lass mich raten, der Hase ist – Hanno?"

Mann, ist die Frau doof, das ist doch wohl klar, dass das Hanno ist, Papa würd ich ja wohl kaum als Hasen malen!

„Oder bist du der Hase?"

Ich? Ich bin doch der Igel, das hat die Frau auch nicht kapiert. Aber ich hab ja extra einen braunen Blätterhaufen drübergemalt, da hockt der Igel jetzt drin, damit er sich ausruhen und Winterschlaf machen kann. Hihi, sie kann ihn nicht entdecken!

„Schön, dich lächeln zu sehen", sagt sie plötzlich. Ups.

„Lach mal", hat der Papa zu mir gesagt, als das erste Weihnachten ohne Mama und das erste mit Nicole vor der Tür stand. „Freust du dich denn gar nicht?"

Mir tat aber der Bauch weh und außerdem wusste ich nicht, was ich mir wünsche und krakelte nur auf der Wunschliste rum, die ich schreiben sollte.

Da ist es passiert. Nicole hat die Tür der Wohnzimmervitrine aufgemacht und gefragt, ob wir jetzt nicht das Haus schmücken wollen.

„Dabei könnt ihr mir helfen", sagte sie. „Ihr wisst am besten, wo alles hingehört."

Sie hockte sich neben die Dekokiste und wühlte drin rum. Und dann hat Nicole verwundert die braune Rose von Jericho in die Höhe gehalten und ganz bescheuert gefragt: „Was ist das denn?"

Sie darf aber die Rose nicht anfassen!

Die Rose soll nicht ins Wasser, sie muss ein kleines, zusammengerolltes Nest bleiben!

„Du darfst den Stern nicht sehen!", hab ich geschrien und bin zu Nicole gerannt und hab ihr die Blume aus der Hand gehauen. Nicole ist aufgesprungen und hat mich am Arm gekrallt, da habe ich sie, so doll ich konnte, weggeschubst. Sie ist gegen die Schranktür gedotzt und ein Regalbrett mit Gläsern krachte runter, das hat furchtbar laut gescheppert und Nicole ist auch zu Boden gestürzt, voll in die Scherben und mit dem Kopf auf die Fliesen geknallt. Und da ist sie dann liegen geblieben und der Papa ist ausgeflippt und Hanno hat geweint.

Ich bin in mein Zimmer gelaufen, ich wollte Nicole so nicht sehen, weil mich das an die Mama erinnert hat. Ich habe mir mein Kissen gegen die Ohren gepresst, als der Krankenwagen mit Sirene kam, damit ich das nicht wieder hören muss. Und ich hab mir gewünscht, ganz fest, dass Nicole auch einfach über Nacht verschwindet und nie mehr zurückkommt.

Aber sie ist gesund geworden und die Mama nicht. Mama ist nicht aufgewacht, egal wie doll ich sie gerüttelt hatte. Sie roch auch so komisch, ein bisschen wie Hustensaft, und auf dem Nachttisch lagen ihre Tablettenschachteln.

Papa sagt, die Mama schläft jetzt nur lange. Ich weiß nicht, ob das stimmt. Dann müsste sie ja allmählich wieder aufwachen. Und wenn sie aufstehen könnte aus ihrem Grab, würde sie das sofort machen und zu uns heimkommen, auf ihren langen Beinen. Mit denen konnte sie doch so schnell rennen, sogar im Schnee. Wie ein Gepard.

Vielleicht wartet Mama aber auch nur, bis Nicole endlich weg ist und kommt dann zurück. Ich hab sogar schon eine Idee, wie ich Nicole aus dem Haus kriege – für immer.

Die Rose von Jericho ist jetzt kaputt. Ich glaube, Papa ist ein Schimpanse, er hat laut geflucht und sie in den Müll geschmissen. Aber es ist auch besser so. Weil ich nämlich gehört hab, dass Wüstenrosen in Wirklichkeit tot sind. Die leben gar nicht auf, wenn man sie ins Wasser stellt. Das ist nur so eine automatische Reaktion.

Und ich will sowieso nicht, dass der Stern erscheint. Nicole darf ihn nicht finden.

Dreikönigstreffen Gitta Edelmann

„Wo bleibt sie denn?"

Barbaras Finger trommeln auf dem Bistro-Tisch des kleinen Cafés am Bahnhof Gelnhausen. Melanie legt ihre Hand auf Barbaras und stoppt das nervende Klicken der Fingernägel. Karin atmet erleichtert aus.

„Also ich geh noch mal rüber ..." Barbara steht auf.

„Der Zug kommt auch nicht schneller, wenn du drüben am Bahnsteig stehst. Stella weiß, wo wir sind. Wahrscheinlich hatte die Bahn wieder mal Verspätung und sie hat in Frankfurt den Anschlusszug verpasst."

„In Hanau", stellt Karin fest. „Sie muss in Hanau umsteigen."

Natürlich, wenn jemand so etwas weiß, dann Karin. Sie hat in ihrem sorgfältig frisierten Kopf ja auch den Inhalt sämtlicher Bücher gespeichert, die sie in ihrer Hausacher Buchhandlung verkauft!

„Und wenn Dirk sie nicht hat fahren lassen?" Barbara presst die Lippen zusammen.

„Erstens, warum sollte er sie nicht fahren lassen? Und zweitens, in dem Fall hätte sie uns sicher verständigt."

Trotz ihrer ruhigen Worte sieht Melanie ständig zur Tür. Barbaras Sorge ist nicht unberechtigt, angesichts der Dinge, die Stella am Buchmesse-Donnerstag herausgerutscht sind, als sie hier ihr jährliches Treffen beim Italiener gefeiert haben. Stellas Worte haben Karin, Melanie und Barbara keine Ruhe gelassen und so wurde die Idee eines Dreikönigstreffens geboren. Ein Treffen ohne morgendliches Eilen zum Zug nach Frankfurt, ohne hektische Messetermine und ohne wunde Füße, dafür mit viel Zeit für Gespräche, Spaziergänge und gemeinsames Essen.

„Da, ich glaub, das ist sie!", ruft Barbara und springt auf. Tatsächlich. Eine Frau in einem weiten grauen Mantel und mit einem bunten Schal um Kopf und Hals zieht ihren Koffer in Richtung Café. Als sie die Freundinnen am Fenster entdeckt, winkt sie und beschleunigt ihren Schritt.

Während Barbara Stella schon an der Tür in die Arme schließt, warten Karin und Melanie am Tisch auf sie.

„Wie schön, euch zu sehen!" Stella drückt eine nach der anderen und lässt sich dann auf dem freien Stuhl nieder. „Das war mal wieder `ne Fahrt!"

„Verspätung?"

„Das auch. Und umgekehrte Wagenreihung in Bonn und ein Nachbar, der die ganze Zeit am Handy hing, um irgendwelche Ersatzteillieferungen zu organisieren ..."

„Hauptsache, du bist jetzt da", sagt Karin, „dein Cappuccino kommt gleich, ich hab ihn bestellt, sobald ich dich kommen sah."

Tatsächlich bringt die Bedienung bereits eine dampfende Tasse. „Darf es noch etwas sein?", fragt sie.

Die vier Freundinnen schauen sich kurz an, dann lehnen sie dankend ab.

„Lasst uns lieber bald ins Hotel gehen, da können wir uns frisch machen und überlegen, wo wir heute Abend essen", schlägt Karin vor.

„Wann seid ihr denn angekommen?", fragt Stella.

„Ach, schon vor über einer Stunde. Melanies neues Auto ist noch rasanter als ihr altes!" Barbara presst die Lippen zusammen und schüttelt den Kopf.

Stella kichert. Sie kennt Barbara seit der Grundschule und weiß, wie ungern sie schnell fährt. Aber da die drei Freundinnen im Badischen leben, liegt es nahe, dass sie gemeinsam mit dem Auto fahren und Melanie fährt eben nicht langsam. Karin ist ohnehin ein Autofreak und bastelt oft selbst an ihrem uralten Käfer herum, da hat Barbara keine Chance!

„Ein neues Auto?", fragt Stella. „Hat das mit deinem historischen Roman zu tun?"

„*Die Giftmischerin von Freiburg* verkauft sich extrem gut", sagt Melanie und grinst.

„Oho! Willst du dann überhaupt bei der nächsten Buchmesse noch mit uns wie immer hier im Grimmelshausen Hotel wohnen? Oder ist im Oktober ein Frankfurter Hotel-Tower angesagt?", erkundigt sich Karin.

Melanie winkt ab. „Ich werde unserem Hotel nicht untreu! Ich wart doch drauf, dass mir eines Nachts Hans Jakob Christoffel von Grimmelshausen persönlich erscheint und mich in seinem Geburtshaus zum Bestseller inspiriert."

„Gut." Stella stellt ihre leere Tasse ab. „Sollen wir dann mal?"

Es ist nicht weit zum Hotel, einfach geradeaus über die Kinzig und die kopfsteingepflasterte Schmidtgasse hinein in die Altstadt. Frau Denhardt begrüßt Stella herzlich wie immer und gibt ihr einen zweiten Schlüssel für das Zimmer, das sie sich mit Barbara teilt. Auch Karin und Melanie haben ein gemeinsames Zimmer, das machen sie nun schon seit fünf Jahren so. Es ist ein bisschen wie Schullandheim, wenn man sich nachts im Dunkeln im Bett noch leise unterhalten kann.

Nach einer Pause, die Stella zum Duschen, Melanie zum Mail-Checken, Karin zum kurzen Anlesen einer Neuerscheinung und Barbara zum Dösen nutzt, landen sie in einer gemütlichen Weinstube. Während sie mit spanischem Rotwein anstoßen und auf ihr Essen warten, schneidet Karin endlich das Thema an, das sie heute hier zusammengeführt hat: „Wie war dein Weihnachtsfest, Stella? Hat sich Dirk dieses Mal zurückgehalten?"

Stella ist die Frage sichtlich unangenehm. „Ihr tut grad so, als ob er mich schlägt. Nein, das war schon okay. Ist nun mal immer ein stressiges Fest."

Sie dreht ihr Weinglas am Stiel hin und her. Die anderen schweigen und sehen sie erwartungsvoll an. So bekommt man Stella am ehesten zum Reden.

„Seine Eltern waren da und – na, ihr wisst ja, es ist sehr schwer, es denen recht zu machen. Dirk hat sich für mich entschuldigt, als ..."

„Sich für dich entschuldigt?", fährt Melanie auf. „Du bist doch ein eigenständiger Mensch und kein Kleinkind oder Hund! Wenn ihr jemanden auf der Straße trefft, sagt er dir dann auch immer noch laut, dass du denjenigen begrüßen sollst?"

Stellas Gesicht färbt sich ein wenig dunkler.

„Er ist eben so. Er möchte alles schön und nett haben und wenn ich mit dem Haushalt nicht fertig bin, ist er halt enttäuscht."

„Er könnte aber auch einfach helfen. Du arbeitest schließlich noch in der Buchhandlung!", stellt Karin fest.

„Nur halbtags."

„Und was ist mit dem Buch, das du schreiben wolltest?", fragt Melanie. „Hast du endlich angefangen?"

Stella schüttelt den Kopf. „Nein, ich hatte keine Zeit. Dirk findet zwar auch, ich soll ruhig mal was schreiben, aber er macht ja noch eine Fortbildung und jetzt muss ich erst mal ihn unterstützen. Er braucht mich."

„Damit ködert er dich immer wieder." Barbara beugt sich näher zu ihr. „Und dabei redet er hinter deinem Rücken nicht besonders schmeichelhaft über dich. Der weiß gar nicht zu schätzen, was du tust!"

Stella starrt Barbara an.

„Ja, als ich dich im letzten Jahr kurz in Bonn besucht habe, hat er mir sein Leid geklagt, wie störrisch und bedürftig du immer seist, und dass du so wenig Rücksicht auf seine Bedürfnisse nehmen würdest. Ich hab ihm dann gesagt, dass ich dich ganz anders kenne. Danach hat er nicht mehr mit mir gesprochen, aber er sah sehr wütend aus. So, als würde er mich oder dich am liebsten schlagen. Ich hab richtig Angst bekommen."

Stella presst die Lippen zusammen. Ihre Augen glänzen verdächtig.

„Er hat mich nicht geschlagen."

„Aber?"

Stella schluckt. „Er hat gesagt, er möchte nicht, dass solche angeblichen Freundinnen zu mir kommen, die hätten einen schlechten Einfluss ..."

„Oh mein Gott! Dass er dich dann überhaupt hierher fahren lässt ...!" Karin schenkt allen Rotwein nach.

„Ich hab ihm nicht gesagt, wer hier ist", gesteht Stella nach einem großen Schluck. „Hab nur von ein paar Buchhandlungs-Kolleginnen gesprochen und dich erwähnt, Karin. Deinen Namen kennt er ja aus Erzählungen und eine so vernünftige Geschäftsfrau ..."

„... ist was ganz anderes als eine verrückte Autorin wie ich und eine freie, schlecht verdienende Übersetzerin wie Barbara, die dich dazu noch von Kind an kennt und schätzt." Melanie schlägt mit der Faust auf den Tisch, dass das Geschirr klirrt und die Leute vom Nebentisch herüberschauen.

„Das kann doch nicht ..."

In diesem Moment bringt der Kellner das Essen. Sobald

Melanie das Gespräch wieder aufnehmen will, blockt Stella das Thema ab. Stattdessen bestellt sie eine neue Flasche Wein.

Als die Freundinnen schließlich zurück ins Hotel gehen, ist Stella ziemlich betrunken. Ein paar Bemerkungen zu ihrer Ehe mit Dirk haben die anderen ihr noch entlocken können, aber als sie sie in ihr Bett verfrachten, schläft sie augenblicklich ein. Schweigend begleitet Barbara Karin und Melanie in deren Zimmer und lässt sich neben Karin auf dem Bett nieder.

„Scheiße!" Wenn ausgerechnet Karin so etwas sagt, muss sie sehr erregt sein.

„Was können wir bloß tun! Sie sieht überhaupt nicht, was er mit ihr macht. Und sie ist so – so gedämpft im Vergleich zu früher", klagt Barbara.

„Leute, das ist echte psychische Gewalt! Ich hab dafür mal recherchiert", erklärt Melanie. „Er macht sie lächerlich, redet hinter ihrem Rücken schlecht über sie, bauscht jede Kleinigkeit auf, die sie seiner Meinung nach falsch macht, gibt ihr für alles die Schuld ... Es ist schlimmer, als ich dachte. Wie hält sie das bloß aus?"

„Weihnachten muss furchtbar gewesen sein, nix mit Friede auf Erden." Karin seufzt.

„Sie muss raus aus der Beziehung", sagt Melanie.

„Sie wird ihn nie verlassen!", sagt Barbara gleichzeitig.

„Wir müssen etwas tun. Übermorgen ist Dreikönig. Bis dahin müssen wir eine Lösung finden", bestimmt Melanie und fügt mit einem Lächeln hinzu: „Sind wir nicht die drei Weisen aus dem Badnerland? Also, wer hat eine Idee?"

Als Stella erwacht, ist es bereits hell und ihr Kopf dröhnt. Auf ihrem Nachttisch steht ein Glas Orangensaft, das sie in einem Zug austrinkt. Sie wirft einen Blick aufs Handy, um nach der Uhrzeit zu schauen, doch die Anzeige ist schwarz. Der Akku ist leer. Vorsichtig versucht sie, die Beine aus dem Bett zu schieben. In diesem Moment kommt Barbara ins Zimmer.

„Du bist schon wach? Wie gehts dir?", fragt sie besorgt.

„Mäßig", antwortet Stella und hält ihren Kopf ganz gerade. „Wo sind die anderen?"

„Die sind spazieren."

„Oh, bist du wegen mir hiergeblieben?" Der Gedanke ist Stella sichtlich unangenehm.

„Ach nee, ich wollte sowieso lieber im Warmen bleiben." Barbaras Blick weicht Stella aus. Sie lügt. Aber Stella freut sich, dass ihre Freundin ihr bei ihrem Kater beistehen will.

Eine Stunde später sind Karin und Melanie wieder da und Stellas Magen hat sich so weit beruhigt, dass er eine leichte Mahlzeit verträgt. Und lockere Gespräche über Freunde, Bekannte, Bücher und Melanies Recherche für den geplanten zweiten Band der *Giftmischerin von Freiburg*.

„Ihr glaubt nicht, was die Natur alles bewirken kann! Pflanzlich heißt ja nicht harmlos. Und manchmal können die einzelnen Mittel keiner Fliege was zuleide tun, aber in einer bestimmten Kombination ..." Melanie tauscht einen schnellen Blick mit Karin und Barbara.

„Was machen wir heute Nachmittag?", fragt Stella schließlich. „Ich fühle mich langsam wieder fit. Sollen wir irgendwohin fahren und uns die Gegend hier genauer anschauen? Das Wetter ist ja ganz schön."

Melanie runzelt die Stirn. „Ich möchte vor morgen eigentlich nicht mehr ans Steuer. Am liebsten würde ich mich ein wenig hinlegen." Als sie Stellas fragenden Blick sieht, fügt sie hinzu: „Wir haben letzte Nacht noch lange geredet, als du schon geschlafen hast."

„Okay, dann also erst mal zurück ins Hotel! Ich hoffe, mein Handy ist inzwischen aufgeladen. Ich hab versprochen, Dirk anzurufen."

Wieder tauschen Karin, Melanie und Barbara Blicke.

„Mist, das Handy ist wohl kaputt, es hat überhaupt nicht geladen." Stella schüttelt das Gerät, doch das Display bleibt schwarz. „Kann ich deins ... ach nee, ich kann Dirks Handynummer nicht auswendig, da muss ich warten, bis er von der Arbeit heimkommt."

Barbara nickt.

„Stört es dich, wenn ich ein bisschen den Fernseher anmache?", fragt Stella.

Barbara schüttelt den Kopf. „Ich bin nicht müde, war vor den anderen beiden in der Kiste."

Also liegen Stella und Barbara gemütlich auf ihren Betten und schauen fern. Zuerst irgendeine Kochshow. Dann Nachrichten: einen Bericht über das bevorstehende Dreikönigstreffen der FDP, einen Beitrag über die Dreikönigssammlung der Sternsinger und schließlich die Nachricht von einem tödlichen Unfall auf der A 3 bei Limburg, bei dem der Fahrer gegen die Leitplanke gerast ist und sich mehrfach überschlagen hat.

„Das ist das gleiche Modell wie Dirks Firmenwagen und sogar mit Bonner Nummer", sagt Stella beim Anblick des Unfallfotos. „Dabei hat er immer behauptet, das Auto sei besonders sicher."

„Ich bin nur froh, dass niemand anderes in den Unfall verwickelt wurde", sagt Barbara leise.

„Mhm!" Stella nickt.

Während sie herumzappt und einen anderen, interessanteren Fernsehsender sucht, steht Barbara auf.

„Gib mir dein Handy", sagt sie. „Ich geh mal kurz zu Karin, die kennt sich vielleicht damit aus."

„Wenn die beiden drüben wieder munter sind, können wir ja noch mal ein bisschen durch die Gassen spazieren, bevor es wieder Zeit fürs Essen ist", schlägt Stella vor, reicht Barbara ihr nutzloses Handy und rückt ihr Kissen zurecht.

Barbara verschwindet ins Nebenzimmer.

„Es ist in den Nachrichten", flüstert sie, nachdem sie die Tür sorgsam von innen abgeschlossen hat.

„Was ist in den Nachrichten?", murmelt Karin verschlafen, während Melanie mühsam die Augen aufschlägt.

„Dirks Unfall."

„Ah, gut. Dann hat es also geklappt." Melanies Stimme klingt zufrieden.

„Wo?", fragt Karin.

„Bei Limburg."

„Hm, hätte gedacht, das wirkt früher", sagt Melanie. „Oder er ist enorm gerast."

„Aber stellt euch vor, er hätte jemand Unschuldiges mit in den Tod gerissen!" Barbara lässt sich auf das Fußende von Karins Bett plumpsen.

„Um die Uhrzeit nicht sehr wahrscheinlich und ein bisschen Glück gehört ja auch dazu", stellt Melanie fest.

„Also ging alles nach Plan?", fragt Barbara.

„Klar!" Karin setzt sich im Bett auf. „War hilfreich, dass du von deinem Besuch in Bonn Dirks Auto und seine morgendlichen Gewohnheiten kennst. Und Stellas Schlüssel zur Garage gemopst hast. Da konnte ich dann in Ruhe eine Kleinigkeit ... Ach, hier sind sie wieder." Sie reicht Barbara einen Schlüsselbund mit drei Schlüsseln an einem bunten Band.

„Zur gleichen Zeit war Melanie in der Nachtdienst-Apotheke und hat ein paar Dinge besorgt."

„Tja, die Apothekerin hat etwas blöd geguckt, als ich geklingelt hab und nicht im Sterben lag, aber ich hab behauptet, ich würde in der Frühe überraschend verreisen."

„Mel hat dann ihren Kram zusammengemischt und um sieben, als der Bäcker gegenüber von Stellas Haus aufmachte, ist sie reingegangen und hat einen schwarzen Kaffee bestellt. Den hat sie mit zu einem Stehtisch genommen und den Rücken zur Tür gedreht. Eine Minute später kam Dirk und bestellte das Gleiche."

„Der trinkt seinen Kaffee doch nur da drüben, um Stella zu zeigen, dass sie keinen Kaffee kochen kann", wirft Barbara ein.

„Trank", berichtigt Karin. „Mich hat er ja noch nie gesehen, also hab ich ihn dann mit meiner Straßenkarte und ein paar dummen Fragen abgelenkt, sodass sein Becher erst mal unbeaufsichtigt auf der Verkaufstheke stehen blieb. Der hat sich nämlich ganz groß gefühlt, mir zu erklären, wie ich ohne Navi am besten in irgendso'n kleinen Eifelort komme ..."

„Ich bin in dieser Zeit aufgestanden, hab meinen Kaffeebecher neben Dirks auf die Theke gestellt und laut behauptet, der Kaffee wäre mir doch zu stark und habe einen seltsamen Nachgeschmack. Ob ich etwas Milch bekommen könnte? Die Milch hab ich in seinen Becher geschüttet und meinen stehen lassen. Ganz einfach."

„Tja, und dann kam der wirklich geniale Schachzug!" Karin grinst. „Ich hab meine Freundin Stella aus Bonn erwähnt, die leider verreist sei, weil sie sich in Gelnhausen mit einem Freund treffen wollte."

„Nee, hast du nicht, du solltest doch mich erwähnen ..." Barbara reißt die Augen auf.

„Oh, so war das viel effektiver. Und er war sofort derma-
ßen eifersüchtig, dass er versucht hat, sie auf dem Handy zu
erreichen."

„Gut, dass ich den Akku rausgenommen hatte!" Barbara
seufzt.

„Ja, ihm blieb also nichts anderes übrig, als nach Gelnhausen zu rasen, um seine untreue Ehefrau fertigzumachen.
Und wir sind derweil halbwegs gemütlich die Strecke über
die A 61 hierher zurück gefahren. Aber solche nächtliche
Autofahrten schlauchen!" Melanie gähnt.

„Soll ich den Akku jetzt wieder reinmachen?", fragt Barbara und hält das Handy hoch. „Sicher wird doch die Polizei
oder irgendjemand versuchen, Stella als nächste Angehörige
zu erreichen?"

„Wart noch", bestimmt Karin.

„Ja, frühestens nach dem Abendessen", stimmt Melanie
zu. „Wenn sie dann die Nachricht kriegt, ist es zu spät, nach
Bonn zu fahren, und wir haben genug Zeit, um sie zu trös-
ten."

Eine Stunde später verlassen die vier Freundinnen unter
fröhlichem Gelächter das Grimmelshausen-Hotel in Richtung Untermarkt. Am lautesten lacht Stella. Fast, als wüsste
sie, welch einzigartiges Dreikönigsgeschenk auf sie wartet.

Die Weihnachtsgeschichte Almuth Heuner

Ich habs ja nicht so mit dem Lesen. Aber wer Stories schreibt, so wie meine Schwester, der imponiert mir mächtig. Wegen ihr saß ich hier im Frankfurter Soroka-Verlag einer Frau Dr. Zirkelfeld gegenüber. Auf dem Tisch stand eine Schale mit Spekulatius. Es war der 18. Dezember und im Flur hatte ich den Aushang für die heutige Verlagsweihnachtsfeier gesehen.

Ich bin Roswitha. Früher sagten alle „das Riesenross" zu mir. Heute traut sich das niemand mehr. Vermutlich wegen des Tattoos auf meiner Stirn.

Mein Job? Ich erledige Dinge, meist für Inkassobüros. Einfach ist das nicht, aber ich kann ganz gut reden und wenn Reden nix nützt, baue ich mich vor den Leuten auf, und das wirkt dann. Meine Knarre muss ich nur selten aus dem Achselholster holen.

„Tja", meinte ich. „Meine Schwester hat mich bevollmächtigt, das Honorar abzuholen. Für die Weihnachtsgeschichte, die sie für Ihr Buch *Und Friede auf Erden* geschrieben hat. Sie haben wohl einfach vergessen, es nach der Abrechnung im September zu überweisen. Die Mahnungen von meiner Schwester liegen bestimmt noch in der Postmappe, aber das wissen Sie ja."

Die Zirkelfeld tat erst so, als wüsste sie nicht, und wurde laut, aber als ihre Brille zu Bruch ging, fiel ihr ein, dass sie in der Buchhaltung anrufen könnte.

Wies schien, waren sie da noch nicht dazu gekommen, das Honorar anzuweisen. Wegen des Weihnachtsgeschäftes. Das war natürlich eine Ausrede und deshalb war ich vielleicht ein bisschen kurz angebunden, als ich bei Frau Wellenturm in der Buchhaltung hineinschneite. Sätze wie „erhalten Sie in Kürze" stoßen bei mir auf taube Ohren. Es tat mir schon etwas leid, dass die Wellenturm mit dem gebrochenen kleinen Finger den Barscheck selbst ausfüllen musste, weil ihre Sekretärin bereits zur Feier gegangen war.

Jetzt fehlte nur noch die Unterschrift des Verlagsleiters. Der machte einen etwas hilflosen Eindruck, als ich in sein Büro kam.

„Was zum Teufel ...", sagte er und griff zum Telefon.

Ich legte die Hand auf die Gabel. Die Sache zog sich zu lange hin. Ich schlug den Ledermantel etwas weiter auf, weil die Knarre im Holster drückte, beugte mich über den Tisch, knallte dem Kerl den Scheck hin und sah ihm in die Augen. „Ich nehm auch Bargeld."

Er fing an rumzuquatschen. So was kann ich nicht leiden. Ich drückte ihm den Hörer in die Hand und wartete, bis er das mit der Kohle geregelt hatte – was wegen der zwei Schneidezähne, die ihm fehlten, eine Weile dauerte.

Ich weiß nicht, ob die Leute traurig waren, weil sie auf der Feier nicht die Umschläge mit ihrem Weihnachtsbonus bekamen – ich aber war zufrieden, als ich ging. Ich hatte die Knete für meine Schwester und seitdem habe ich auch einen Fuß im Verlagsgeschäft.

Wir alle hier im Leinpfad Verlag sind seit dem ersten Lesen dieser Geschichte geradezu ängstlich bemüht, mit den Honorarüberweisungen nicht saumselig zu werden. Obwohl: Das Tattoo auf Roswithas Stirn würden wir schon gerne mal sehen ...

Die Autorinnnen und Autoren:

Christina Bacher

*1973, gründete vor einigen Jahren „Bachers Büro" – eine Schmiede für Texte aller Art. Seither arbeitet sie als Chefredakteurin des Kölner Straßenmagazins *Draußenseiter* und berät soziale Vereine in der Öffentlichkeitsarbeit. Seit 2008 schreibt sie Jugendbücher und Kriminalromane und geht damit auf Lesereise. Im Jahr 2013 wurde sie sowohl mit dem Stipendium des Kölner Kulturamts in Zusammenarbeit mit der Antoniterkirche als auch mit dem ‚Tatort Töwerland'-Stipendium ausgezeichnet. Für ihr Interview mit dem Kölner Straßenkind Esat wurde sie 2013 beim International Street Paper Award in der Kategorie ‚Best Interview' nominiert. Zeitgleich wurde der *Draußenseiter* mit dem Journalistenpreis der Arbeiterwohlfahrt Mittelrhein als besondere Redaktion ausgezeichnet. Christina Bacher lebt mit ihrer Familie in Köln.

Paula Bengtzon

*1958, lebt und arbeitet in Bochum mit Edda Minck und dem Geist von Herrn Schröder in einer, wie sie sagen, meritokratisch regierten literarischen Wohngemeinschaft, in der nur am Computer arbeiten darf, wer zuvor die lästige Hausarbeit erledigt hat. Paula ist mit ihren Beiträgen in diversen Blogs vertreten, die sich mit dem Essen im Allgemeinen und Tisch- und Kochtopfkultur im Besonderen befassen. (genussliga.de und guteesser.com) Des Weiteren schreibt sie Kurzgeschichten und Romane. www.eddaminck.de

Nadine Buranaseda

*1976, ist gebürtige Kölnerin mit thailändischen Wurzeln väterlicherseits und lebt in Bonn. Sie studierte Deutsch und Philosophie und wurde im Hörsaal entdeckt: Für einen ihrer letzten Scheine, den sie für die Anmeldung zum Ersten Staatsexamen benötigte, durfte sie statt einer analytischen Arbeit einen Kurzkrimi schreiben, den ihr Professor einem Verlag vorgelegt hat. 2005 veröffentlichte sie ihren ersten Krimi – einen Jerry-Cotton-Roman, dem bis heute mehr als ein Dutzend folgten. 2007 wurde sie für den Agatha-Christie-Krimipreis nominiert. Mit *Seelengrab* erschien 2010 ihr erfolgreicher erster Bonn-Krimi. 2011 gehörte sie zu den vier Stipendiaten des ‚Tatort-Töwerland'-Krimistipendiums. Im Herbst 2012 erschien die Fortsetzung ihres Debüts „Seelenschrei" um die Ermitt-

ler Lutz Hirschfeld und Peter Kirchhoff. Nadine Buranaseda ist Mitglied im Syndikat und bei den Mörderischen Schwestern.
www.nadineburanaseda.de

Ella Daelken

wurde in einem malerischen Kurort am Rande des Teutoburger Waldes geboren, studierte in Osnabrück und Nottingham Geschichte und Germanistik und arbeitet heute als Öffentlichkeitsreferentin. Sie mordet mit großer Freude in verschiedenen Kurzgeschichten, die in unterschiedlichen Anthologien veröffentlicht wurden. Darüber hinaus hat sie einige Fachpublikationen veröffentlicht. 2014 erscheint ihr erster Kriminalroman, *Nur fünf Tage*.

Gitta Edelmann

Spannung mit einem Augenzwinkern findet man nicht nur in Gitta Edelmanns zahlreichen Kurzkrimis und Kinderbüchern, sondern auch in ihrem neuen Kriminalroman *Canterbury Requiem*. Die Autorin lebt in Bonn und leitet auch Seminare für Kreatives Schreiben. Während der Buchmesse genießt sie das abendlich stille Gelnhausen.

Dr. Karsten Eichner

*1970. Journalist, Historiker und Buchautor. Pressesprecher eines großen Versicherungskonzerns. Studium der Geschichte, Publizistik und BWL in Mainz und Glasgow, Promotion in Geschichte. Zahlreiche Veröffentlichungen, darunter Krimis, Kurzgeschichten und Sachbücher. Mitglied im Syndikat und bei Quo Vadis. Er lebt mit seiner Familie in Wiesbaden.

Leila Emami

*1970, aufgewachsen in Teheran (Iran) lebt Leila Emami seit 1981 in Deutschland. Als Tochter eines iranischen Vaters und einer deutschen Mutter lernte sie beide Sprachen und Kulturen kennen und lieben. Schon während des Studiums der Germanistik, Filmwissenschaft und Kunstgeschichte entdeckte sie das Schreiben für sich.

Christiane Geldmacher

lebt und arbeitet in Wiesbaden. Studium der Germanistik/Amerikanistik, Theater-, Film- und Fernsehwissenschaften an der Johann-Wolfgang-Goethe-Universität Frankfurt/M. Auslandsjahre in Australien und Polen;

Freie Journalistin, Texterin, Lektorin (Mitglied VFLL Verband Freier Lektoren und Lektorinnen). Seit 2001 Veröffentlichungen von Kurzgeschichten in Anthologien, u.a. im Societätsverlag, Nordpark Verlag, KBV Verlag, Pendragon Verlag, Grafit Verlag. 2008 Herausgabe der Krimi-Anthologie *Hell's bells* im Poetenladen-Verlag, Leipzig 2008. 2012 erschien der Facebook-Roman *Love@Miriam* im Bookspot-Verlag, München.

Denise Haberlandt

*1981 in Duisburg, Jurastudium, Kurzgeschichte *Lachs in Sahnesoße* Radio Rhein-Sieg (2013), Kurzgeschichte *Finisher* für Anthologie *Düsseldorf rechtsrheinisch*, Edition Oberkassel (2014)

Angelika Marie Hauck

*1951 in Cuxhaven, studierte Psychologie, Germanistik, Hispanistik und Pädagogik und war bis 2006 als Deutsch- und Spanischlehrerin tätig. Mitglied der Hamburger Autorengruppe Mörderklüngel, Herausgeberin von *Mutters Mordkompott. Kriminelles zwischen Pampers und Prosecco.*

Almuth Heuner

*1962, ist Schriftstellerin und Diplom-Übersetzerin. Seit 1990 übersetzt sie Literatur und Sachtexte, seit 1999 veröffentlicht sie auch eigene Kriminalgeschichten und gibt Kurzkrimibände heraus, zuletzt *Küche, Diele, Mord.* Daneben forscht sie zur internationalen Kriminalliteratur. www.heuner.de

Tania Jerzembeck

hat Romanistik, Germanistik und Anglistik studiert und arbeitet als freie Werbetexterin und Redakteurin (www.atelier-fuer-text.de). Bloggt unter www.genussliga.de als Teil eines dem Genuss zugewandten Trios über die schönen Dinge des Lebens.

Klaudia Jeske

lebt mit ihrer Familie als freie Autorin und Herausgeberin vor den Toren Hamburgs. Bevor sie in den Sog von literarischem Mord und anderen Verbrechen geriet, arbeitete sie journalistisch. Sie schreibt Kurzgeschichten und Romane. 2011 erschien ihr Debüt *Erben ist menschlich*, zahlreiche Kurzkriminalveröffentlichungen folgten. 2012 wurde sie mit dem 2. Platz des Literaturwettbewerbs der Frauenzeitschrift *Maxi* ausgezeichnet.

Ivonne Keller

fühlt sich im Genre Psychologische Frauenspannung zu Hause und hat neben zahlreichen Kurzkrimis bisher zwei Romane veröffentlicht. Sie lebt mit vier männlichen Wesen in der Nähe von Frankfurt am Main und schreibt am liebsten in der S-Bahn – dort erlebt sie die besten Geschichten.

Susanne Kronenberg

in Hameln geboren, fühlt sich in und um Wiesbaden heimisch, ist Mitbegründerin der Autorengruppe Dostojewskis Erben. Sie schreibt u.a. Kurzkrimis und Kriminalromane, in denen sie ihre clevere Privatdetektivin Norma Tann Wiesbadens abgründigste Seiten aufdecken lässt (zuletzt: *Edelsüß* und *Totengruft*). www.susanne-kronenberg.de

Richard Lifka

*1955 in Wiesbaden. Studium Germanistik, Politik, Geschichte und Soziologie in Mainz und Frankfurt am Main. Seit 1990 selbstständig als freier Autor und Journalist. Mitglied im Syndikat und im DVPJ (Deutscher Verband der Pressejournalisten). Er schreibt unter anderem Kriminalromane, Erzählungen und Kurzkrimis. Seit 2007 leitet er Schreibwerkstätten zum Thema „Krimischreiben". Aktueller Kriminalroman: *Doppelkopf*, Brücken Verlag, Wiesbaden

Ricarda Oertel

*1971, studierte Deutsch, Religion und Erziehungswissenschaften und arbeitete heilpädagogisch mit Jugendlichen. Heute ist sie freie Autorin und Lektorin sowie Mitglied bei den „Mörderischen Schwestern". 2013 wurde sie mit dem 3. Jurypreis des NordMordAwards ausgezeichnet. Mit ihrer Familie lebt sie in Schleswig-Holstein – die bucklige Verwandtschaft verbindet sie auch mit Südhessen. www.lektorat-oertel.de

Claudia Platz

lebt und arbeitet als freie Autorin in Gau-Bischofsheim. Neben Kurzgeschichten und Krimis schreibt sie historische Romane und ist Mitglied in den Autorenvereinigungen: Mörderische Schwestern, Mörderisches Rheinhessen und dem Syndikat. www.claudiaplatz.de

Kathrin Pohl

*1980, verbrachte Kindheit und Jugend zwischen Kurpark, Landgrafenschloss und Hexenturm in Bad Homburg. Inzwischen lebt sie mit Mann und zwei Kindern in Würzburg. Dort schreibt sie Kurzgeschichten und arbeitet an ihrem ersten Krimi.

Regina Schleheck

*1959, lebt bei Köln. Hauptberuf: Oberstudienrätin, daneben fünffache Mutter, Referentin, Herausgeberin, vielfach ausgezeichnete Autorin von Kurzprosa und Hörspielen, zuletzt mit dem Friedrich-Glauser-Preis 2013 Sparte Kurzkrimi, gehört den „Mörderischen Schwestern" und dem „Syndikat" an. www.regina-schleheck.de

Claudia Schmid

lebte dreißig Jahre in Bayern, bevor sie sich ihren Traum erfüllte und an der Mannheimer Schlossuniversität Germanistik studierte. Seither lebt sie mit ihrer Familie in der Metropolregion Rhein-Neckar. Sie schreibt Kriminelles, Historisches und Reiseberichte. Zusätzlich zu ihren Büchern hat sie zwei Dutzend Kurzgeschichten veröffentlicht und mehrere literarische Preise erhalten. Informationen zur Autorin auf www.ClaudiaSchmid.de

Angelika Schulz-Parthu

Mitherausgeberin, lebt seit 1950 in Ingelheim, Verlegerin des Leinpfad Verlags, Mitglied der Mörderischen Schwestern und der Bücherfrauen; der Leinpfad Verlag ist Amigo des Syndikats.

Frauke Schuster

*1958, wuchs in Ägypten auf und studierte später Chemie an der Universität Regensburg. Neben der Liebe zum Orient und den Naturwissenschaften spielt die Schriftstellerei eine Hauptrolle in ihrem Leben. Bisher hat sie fünf Kriminalromane veröffentlicht, daneben verfasst sie Kurzkrimis auf Deutsch und Englisch (zuletzt ‚The Hooker's Green Bird' in ‚Noir Nation 3', Hg. E. Vega, VegaWire Media, 2013). Frauke Schuster ist Mitglied der Autorenvereinigungen ‚Mörderische Schwestern' und ‚Das Syndikat'.

Thorsten Weiß

*1964 in Hamburg. Er studierte Volkswirtschaftslehre und Politische Wis-

senschaft. Seit 2011 gehört er der Autorengruppe „Dostojewskis Erben" an. Nach einer Odyssee durch weite Teile des Bundesgebietes lebt Thorsten Weiß heute in Frankfurt am Main.

Fenna Williams

*1956, lebt und arbeitet als freie Autorin in Wiesbaden. Sie studierte Kreatives Schreiben in Seattle, London und Frankfurt und schreibt seitdem Romane und Kurzgeschichten verschiedener Genres, sowie fiktionale und dokumentarische Drehbücher. Als Teil des Autorenduos Auerbach & Keller, arbeitet sie zusammen mit ihrer Kollegin an der Comic Crime Serie um die Haushüterin und Übersetzerin Pippa Bolle. Als Ausgleich für die einsame Schreibtischarbeit leitet sie Theatergruppen und hält Vorträge über ihre zwei Passionen: Shakespeare und Single Malt Whisky.

Marcus Winter

arbeitet seit über fünfunddreißig Jahren als Kriminalbeamter in einer nordrheinwestfälischen Großstadt. Er schreibt in erster Linie Kurzkrimis und war in dieser Kategorie von 2008 bis 2013 jährlich nominiert für den Agatha-Christie-Krimipreis; 2011 hat er den Preis gewonnen. Kurzkrimis erschienen zuletzt unter anderem in: *Teutotod*, Pendragon, 2013 und *Eine Frage des Alibis*, Fischer, 2013, www.Krimi-Homepage.de

Lieben Sie Weihnachts-Krimis? Wir haben noch mehr!

Claudia Platz, Angelika Schulz-Parthu (Hg.)
Tödlicher Glühwein, 19 Weihnachtskrimis aus Rheinhessen
ISBN 978-3-942291-67-5, 216 S., Broschur, 9,90 €

Gina Greifenstein, Angelika Schulz-Parthu (Hg.),
Tödlicher Glühwein, 21 Weihnachtskrimis aus der Pfalz
ISBN 978-3-942291-80-4, 244 S., Broschur, 9,90 €

Und wir haben natürlich auch Krimis, die im Frühjahr, Sommer, Herbst, ja sogar zur Fastnacht spielen:

Antje Fries, Kräftig im Abgang. 13 Kurzkrimis
ISBN 978-3-942291-76-7, 176 S., Broschur, 9,90 €

Johannes Gerster: Bombenstimmung am Rosenmontag.
Krimisatire, ISBN 978-3-942291-63-7, 229 S., Broschur, 9,90 €

Jürgen Heimbach: Chagalls Rache
ISBN 978-3-942291-19-4, 324 S., Broschur, 11,90 €

Henriette Clara Herborn: Schmerz. Malmingers letzter Fall
ISBN 978-3-942291-62-0, Klappenbroschur, 356 S., 14,90 €
Auch als E-Book!

Torsten Jäger: Todes-Mais
ISBN 978-3-942291-58-3, 188 S., Broschur, 9,90 €

Peter Jackob: Das Leben ist kein Tanzlokal
ISBN 978-3-942291-29-3, 224 S., Broschur, 9,90 €

Katja Kleiber: Dicker als Blut. Ein Frankfurt-Krimi
ISBN 978-3-942291-63-7, 229 S., Broschur, 9,90 €
Auch als E-Book!

Gerd J. Merz, Papa hat dich lieb. Ein Krimi
ISBN 978-3-942291-49-1, 340 S., Broschur, 11,90 €

Claudia Platz: Das Blut von Magenza
ISBN 978-3-942291-09-5, 620 Seiten, Broschur, 14,90 €
Auch als E-Book!

Gabriele Röber, Der Festspiel-Mord
ISBN 978-3-942291-77-4, 144 S., Broschur 9,90 €

Gunnar Schwarting, Plötzlicher Tod eines Vollzugsbeamten
ISBN 978-3-942291-57-6, 208 S., Broschur, 9,90 €

Andreas Wagner: Vatertag. Ein Krimi
ISBN 978-3-942291-83-5, 251 Seiten, Broschur, 9,90 €
Auch als E-Book!

Mehr als Krimis!

Angelika Schulz-Parthu (Hg.): **Rheinhessische Tapas**
Rheinhessen und Tapas gehören nicht zusammen?!? Mit knapp 60 Rezepten beweist Angelika Schulz-Parthu das Gegenteil. Da werden so durch und durch rheinhessische Zutaten wie Handkäs oder Fleischwurst in einer Weise auf den Tisch gebracht, dass es manchem spanisch vorkommen wird.
ISBN 978-3-942291-40-8, Klappenbroschur, 116 S., 12,90 €

Gina Greifenstein: **Pfälzer Tapas**
Lassen Sie sich überraschen von Blutwurst-Ravioli, Kürbis-Frittata, von einer Pfälzer Quiche mit grünem Spargel, von Pufferchen aus Zucchini mit geräucherter Forelle oder einer Kastaniencreme auf Dornfelderkirschen oder Mini-Flammkuchen und und und
ISBN 978-3-942291-78-1, 128 S., Klappenbroschur, 12,90 €

Kalle im Wingert. Von Ausbrechern, einem Lesekönig und verschwundenen Rebläusen
Das einzige Kinderbuch über die Arbeit von Winzern! **Kalle im Wingert** erzählt eine pfiffige Geschichte und informiert gleichzeitig genau über den Beruf des Winzers. Mit Texten von Antje Fries und Maike Müller und farbigen Illustrationen von Carolin Klein
ISBN 978-3-942291-74-3, 32 S., Hardcover, 12,90 €

Sophia Schülke: **Lothringen entdecken. 30 Touren durch Stadt, Land, Wald und am Wasser entlang**
Mit 30 abwechslungsreichen Touren (26 Wanderungen, 4 Radtouren) führt Sie Sophia Schülke zu den schönsten Stellen Lothringens. Infokästen informieren über Länge und Anfahrt sowohl mit dem Auto wie auch per ÖPNV. Weiterhin gibt es zu jeder Tour eine Karte sowie insgesamt 49 Einkehrtipps. Alles Sehens- und Wissenswerte am Rande der Strecken wird in Infoboxen und einem ausführlichen Serviceteil erläutert, gleichgültig, ob es sich um originelle Museen, ehrwürdige Burgen und Schlösser, Kirchen und Klöster, Naturdenkmäler oder traumhafte Aussichtspunkte handelt. Und damit Sie wirklich nichts verpassen – egal wie das Wetter ist – gibt es zu jeder Tour Vorschläge für Abstecher sowie Schlechtwetter-Alternativen. Und für diejenigen, die sicher sein wollen, dass ihnen keine Höhepunkte entgehen, gibt es eine Top 10-Liste.
ISBN 978-3-942291-64-4, Broschur, 184 Seiten, mit 30 Karten und über 220 Farbfotos, 14,90 €

Leinpfad Verlag.
Der kleine Verlag mit dem großen regionalen Programm!
Leinpfad Verlag, Leinpfad 5, 55218 Ingelheim
Tel. 06132/8369, Fax 896951, www.leinpfadverlag.com
info@leinpfadverlag.de
Wir schicken Ihnen gerne unser Programm.